U0118961

# 故事如何真实而精彩

## 创意非虚构写作大师课

[美]李·古特金德　著

苏心一　译

Lee Gutkind

# You Can't
# Make This Stuff Up

The Complete Guide to
Writing Creative Nonfiction
*from Memoir to Literary Journalism
and Everything in Between*

世界图书出版公司

北京·广州·上海·西安

**图书在版编目（CIP）数据**

故事如何真实而精彩：创意非虚构写作大师课 /（美）李·古特金德著；苏心一译 . — 北京：世界图书出版有限公司北京分公司，2023.5
ISBN 978-7-5232-0198-5

I. ①故… II. ①李… ②苏… III. ①文学创作研究 IV. ① I04

中国版本图书馆 CIP 数据核字（2023）第 042072 号

| | | |
|---|---|---|
| 书　　名 | 故事如何真实而精彩：创意非虚构写作大师课 | |
| | GUSHI RUHE ZHENSHI ER JINGCAI: | |
| | CHUANGYI FEIXUGOU XIEZUO DASHIKE | |
| 著　　者 | 〔美〕李·古特金德 | |
| 译　　者 | 苏心一 | |
| 责任编辑 | 余守斌 | |
| 特约编辑 | 吕梦阳　刘晨智 | |
| 特约策划 | 巴别塔文化 | |
| 出版发行 | 世界图书出版有限公司北京分公司 | |
| 地　　址 | 北京市东城区朝内大街 137 号 | |
| 邮　　编 | 100010 | |
| 电　　话 | 010-64038355（发行）　64033507（总编室） | |
| 网　　址 | http://www.wpcbj.com.cn | |
| 邮　　箱 | wpcbjst@vip.163.com | |
| 销　　售 | 各地新华书店 | |
| 印　　刷 | 天津鸿景印刷有限公司 | |
| 开　　本 | 880mm×1230mm　1/32 | |
| 印　　张 | 11.25 | |
| 字　　数 | 244 千字 | |
| 版　　次 | 2023 年 5 月第 1 版 | |
| 印　　次 | 2023 年 5 月第 1 次印刷 | |
| 版权登记 | 01-2022-7112 | |
| 国际书号 | ISBN 978-7-5232-0198-5 | |
| 定　　价 | 59.00 元 | |

如有质量或印装问题，请拨打售后服务电话 010–82838515

**谨以此书献给盖伊·塔利斯（Gay Talese）**

---

盖伊·塔利斯才华满腹、刚正不阿，对工作尽心尽力，对朋友真心实意。他激励着世界各地各流派的作家。

---

# 对作者及其作品的赞誉

## 对李·古特金德的赞誉

古特金德是创意非虚构写作背后的教父。

——《名利场》( *Vanity Fair* )

创意非虚构写作领域的领军人物。

——《哈珀斯》( *Harper's* )

## 对本书的赞誉

这本书文笔生动、例证丰富，涵盖了方方面面的问题，是创意非虚构写作的"圣经"。作者措辞清晰有力，内容充满吸引力，让人爱不释手。即使你从未想过要去写作，你也会想读这本书。

——娜塔莉·戈德堡

《写出我心》( *Writing Down the Bones* )

和《写作的真正秘密》( *The True Secret of Writing* )作者

这本书是创意非虚构写作的权威指南，引人入胜、实用性强，对作家和读者来说必不可少。

——苏珊·奥尔琳

畅销书《兰花贼》(*The Orchid Thief*)作者

这本书让人想起斯蒂芬·金的小说指南《写作这回事》(*On Writing*)，对于想要通过专业的进修课程了解非虚构写作的基本知识，如内容和叙述的连贯性，提升读者对典型小众题材的注意力的新老作家来说，本书大有助益……本书是易于理解、不可或缺的非虚构写作指南，作者是该领域的权威，对非虚构写作了如指掌。

——《柯克斯书评》(*Kirkus Reviews*)

## 对《几乎跟人类一样》(*Almost Human*)的赞誉

有关卡内基梅隆大学的那群年轻人的故事，扣人心弦，令人赞叹。他们引领机器人制造领域，有趣极了。

——乔恩·斯图尔特

描述了一个令人着迷的地方，在那里，科幻梦想正在变成现实……高科技振奋人心。

——《柯克斯书评》

引人入胜，揭示了(机器人专家)走了多远，但要创造出有人类情感和勇气的机器，还有很远的路要走。

——《匹兹堡邮报》(*Pittsburgh Post-Gazette*)

《几乎跟人类一样》娓娓道来，诉说对肉体和金属、树突和电线之间日益脆弱的界限的思考。本书讲述了疯狂的科学家们和他们创造的出奇理智的机器的故事，阐明了高深的计算机科学世界这一主题，同时通过揭示关于机器人的一些基本问题——自主性、认知、志向和它带来的伤害，超越了这个主题，或者说拓宽了这个主题。

——劳伦·斯莱特

《欢迎来到我的世界》(*Welcome to My Country*)、

《百忧解日记》(*Prozac Diary*)

和《打开斯金纳的箱子》(*Opening Skinner's Box*)作者

## 对《永远的胖子》(*Forever Fat*)的赞誉

这本个人散文集文笔优美……说明作者精通他所选定的体裁。这些文章引人入胜，幽默中透着心酸，非常坦诚，力透纸背。

——《出版商周刊》(*Publishers Weekly*)

古特金德涉足于各种主题。他的文章熔幽默、感伤、忏悔和洞察力于一炉。它们因坦率和独特的风格而吸引人……读起来很有趣，任何一篇文章都可以作为优秀的非虚构写作范本，因此，这本书也可用作当代写作课堂或个人研究的材料。

——《大学出版社书评》(*University Press Book Reviews*)

古特金德的作品看似简单，实则不然。他的写作风格简洁流畅，句子就像封面照片一样简明，但极具冲击力。

——《那不勒斯每日新闻报》(*Naples Daily News*)

李·古特金德写道："相信别人是容易的。"但实际上，你永远可以相信他的文字，无论是他笔下的足底疣、匹兹堡小餐馆的咖啡，还是离婚和为父之道。他小心翼翼地对待这个词所带来的所有荣耀。

——布雷特·洛特

《珠宝》(*Jewel*)和《父亲、儿子和兄弟》(*Fathers, Sons, and Brothers*)作者

《永远的胖子》写的是一个男人身心的转变，非常感人，对那些试图在纸上勾勒人生真相、对抗身边充满怀疑的声音的人们来说，书中的这句话，"绝不、绝不、绝不屈服"，特别能引发共鸣。

——特丽·坦佩斯特·威廉斯

《跳跃》(*Leap*)和《心灵的慰籍：一部非同寻常的地域与家族史》

(*Refuge:An Unnatural History of Family and Place*)作者

一本关于身份的书，一个人的家庭可能严重影响他的自我意识，治愈伤害需要勇气和远见卓识。这些文章充满了戏剧张力、敏锐的观察力、风趣和叙事技巧。

——李·马丁，《来自我们家》(*From Our House*)作者

# 目录

## 第一部分

# 什么是创意非虚构写作

第二部分

# 如何做：阅读、写作、修改

# 引言：如何阅读这本书

本书分为两部分。第一部分定义了创意非虚构，阐述了创意非虚构兴起的时间和原委、主要推动者、主要挑战，以及为什么创意非虚构在文学、学术、新闻和出版界方兴未艾，且至关重要。

我把第一部分命名为"什么是创意非虚构写作"，如果有副标题的话，那会是："有关创意非虚构的你想知道的一切、需要知道的一切，以及我能想到的一切，除了如何写创意非虚构作品。"

写作贯穿第一部分的每一页，写作规范指导你构思创意非虚构作品，不论是随笔、散文、回忆录还是书籍。第一部分会帮助你选择写作主题，确定你是否以及如何成为书中的角色，告诉你如何开展调研，如何首次在纸上或电脑上充实完善文章，如何核对其真实性，如何编辑、润色、祈祷，并不断修改文章。

所有规则都在此供你思考，以便你清楚意识到有创意地讲述事实和过度捏造之间的法律、伦理和道德界限。所有这些，包括写作过程本身，还有创意非虚构写作和生活方式中的激情、灵性、艰难困苦及独一无二的回报，都会详加讨论。

接下来是第二部分。第二部分指引并鼓励你把笔落于纸端，手指放在键盘上，体验创造的神奇时刻。

作曲家从音乐中获得灵感和动力，艺术家受到达·芬奇（Da Vinci）、凡·高（Van Gogh）、毕加索（Picasso）等大师作品的启发和激励。也许他们在艺术领域真正立足之前就已经开始绘画或作曲，但在他们完全了解他们的职业背景之前，他们无法发挥最好水平，无法得到认可，无法获得成功或专业信誉。同理，第一部分所阐述的创意非虚构艺术是在为第二部分做准备。

在第二部分，你会把在第一部分得到的见解与知识结合起来，然后就像耐克的经典广告对消费者发出的挑战：尽管去做！（Just Do It!）

"做"意味着"写作—重写—修改"，等完成后，再来一遍：把你或者写作对象的生活变成生动紧张、悬念迭起、内容丰富、真实深刻的戏剧，辅之以生动的场景、激动人心的角色和回味无穷的观点。

在这本书（附录前面）的最后一页，你可以读到我最后的建议，其明确说明了达到卓越标准的方法：写作、修改、重写，直到你确信没法再更改一个字，作品已经尽善尽美。然后再次写作、修改并且重写。写点新东西，把你刚写出来的稿子搁置一段时间，回头你可以从不同角度重新审视每份草稿。

在第二部分，我的目标是教导你，激励你，给你信心，让你有勇气和信念去写作、打磨作品，让作品彰显你的毅力、你的天赋和你的故事的内在力量。

本书的两部分必不可少，你先读哪部分都可以。哪里能激发你的灵感就从哪里读起，可以从头到尾，也可以从后往前，也可以从分散在文中的阅读材料开始。毕竟，我们就是这样写作的。我们在故事中进进出出，用有力量的文字、热忱和远见卓识赢得读者。

说到阅读材料，本书里有不少新老作家的精彩文章和节选。有几篇文章是我写的，但大多来自盖伊·塔利斯[1]、丽贝卡·思科鲁特（Rebecca Skloot）、劳伦·斯莱特（Lauren Slater）等作家。我会要求你学会用"双重视角"来阅读他们的作品（以及所有创意写作作品）。第一重视角，学会从读者的角度来阅读。这是一条黄金法则：你希望别人怎么从你的角度写作，你就怎么从别人的角度写作。另一重视角是教自己像作家一样阅读，了解你所读的作家的写作手法、技巧和诀窍。我会解构本书中的一些阅读材料，再请你去解构另外一些阅读材料，当然，我会提供帮助。

从你中意的地方开始阅读。以任何顺序学习你需要了解的创意非虚构写作的知识，从而开始履行作者的使命：讲述你的故事，分享你的知识和智慧，施加影响，去影响大家的思想并改变他们的生活。

顺便说一下，除了阅读材料，书中还有定期问答，因为我想要与读者建立联系，预测读者阅读时的想法和问题。这也有助于作者不时改变一下行文节奏，有助于读者和作者集中注意力并重新调整注意力，进行思考和回顾。这是创意非虚构作者想要做的重要事情——让读者更深入地思考我们讲述的故事，让我们自己更深入地探索信息的

---

1　美国著名作家、记者，"新新闻主义"代表人物，曾任职《纽约时报》10年，长期为《纽约客》《时尚先生》等杂志撰稿。迄今为止，已经出版多部畅销书籍。（如无特别说明，均为译者注）

内在意义以及是否清晰传达信息。叙述故事、让故事与读者产生共鸣，这正是我们在努力做的事。

请注意我一再重复"故事"这个词以及"叙事"这个概念。你会发现，本书的很多部分都是以创意非虚构的风格写成的，即以故事为依托来表现所描绘的体裁。故事就是创意非虚构的精髓和关键要素，不论那是个人随笔、沉浸式写作、抒情散文还是回忆录，无论你想给它贴上什么样的标签。归根结底，创意非虚构作品意味着讲得精彩的真实故事。这就是我打算写的作品，也正是我打算激发你去写的作品。

我努力助你前行。写作创意非虚构作品，有两种基本手法：回忆录/个人随笔和沉浸式非虚构作品。我设计了一系列练习，来帮助你就每种创意非虚构作品写出一篇例文。

你读完这本书时，尤其是如果你读了不止一遍，你已经会写出一部沉浸式作品和一篇回忆录。我不是说它已经足够出彩，可以发给编辑或经纪人，而是你会拥有扎实的草稿来打磨和润色，并反复修改。

引言到此为止。现在我们来阅读、思考和写作吧！

## 练习1

不论你多大，18岁还是80岁，总有一些时刻让你刻骨铭心，让你有所教益。那可能是在餐桌边，你父母向家人宣布他们要离婚了；或者是你满40岁觉得自己老了的那一天；也可能是你50岁冲过海军陆战队马拉松比赛的终点线，感觉还很年轻的那一刻。

在第二部分，我用大量时间和精力讨论作者在写场景时要使用的元素和技巧。我得说，场景写作是真正的叙事。一个场景是一个事件、一段经历，是作者像拍电影般尽可能捕捉的场面。

你再现的经历或场景实际上可能来自你所写的某个人，你听到的一个故事，或者你观察到的一件事情。如果你在写回忆录，这件事或许是你的亲身经历。这就是我们目前要关注的对象——你！

开始记录你还记忆犹新的经历。在脑中勾勒并再现它们，把它们写下来。它们对你意味着什么？或者说它们对你的读者可能意味着什么？描述这些经历对他人有什么用呢？去完成这项任务，在整本书中你会再次回顾这件事情，并扩写它。

与此同时，在第一部分（第2页），我会重现我经历的一些事情——那一天、那一刻，我成了"教父"。我的生活转瞬之间改变了，我得到一个机会去推广非虚构叙事，即现实文学，在这个过程中，我帮助读者和作者了解并掌握新的表达路数。

## 第一部分

什么是创意非虚构写作

WHAT IS CREATIVE NONFICTION?

## 1

# 教父的诞生

我在世界上最高的教学楼，匹兹堡大学（University of Pittsburgh）学习大教堂的电梯里，正要前往五楼的英语系，我在那里教课。但是由于最近发生的事情，我感到很不舒服，也很不自在。

这时，电梯门滑开了，我的同事布鲁斯·多布勒（Bruce Dobler）站在我面前，他身材矮小，肩膀宽阔，笑起来露出满口牙齿。看到我后，他扬起眉毛，双膝跪地，抓住我的手，用令人喘不过气的恭敬语气说："教父，我吻您的手。"

我满脸困惑，大为震惊，就在我看着他的当儿……他就这么做了，带着口水响亮地亲了一下！

我不知道他为何表现得如此疯狂，随后我想通了。布鲁斯肯定读了詹姆斯·沃尔科特（James Wolcott）在《名利场》（*Vanity*

Fair）上发表的文章，那篇文章让我显得像个江湖骗子，（或许更不堪）像个"自恋狂"（navel gazer）。《名利场》有超过100万读者（1997年为1,157,653人），在上面以这种样子呈现给有头有脸的文人雅士，让我很尴尬。这就是我那天心情不佳的原因。

那篇文章让人始料未及，沃尔科特和《名利场》没有采访过我，也没有联系过我。我在电梯上碰到多布勒的前一晚，我以前的一个学生在超市收银台浏览新杂志时，看到了那篇文章。那天早上，她打电话告诉了我这个消息。我本来想躲一下，暂时不出门，但我很快意识到这么做太傻了。接着在学习大教堂的电梯里，布鲁斯·多布勒向我展示了我该如何适应和应对这转瞬即逝的名望。

多年来，我一直在写作、编辑和倡导创意非虚构，沃尔科特抨击我，还嘲笑其他人，但他把我拎出来，说我是一群坏人中最坏的那一个。沃尔科特用大号粗体字做了强调，这个称号让人没齿难忘。我不仅仅是"自恋狂"，我比这个更糟糕。他称我为"创意非虚构写作背后的教父"。

第一次读到这篇文章时，我羞愧难当。在这样一份享有盛誉的全国性杂志中遭受非难可不是好事，有损我英语教授的形象，也会破坏我跟学术界的保守派同事之间的融洽关系，至少我是这么想的。但是多布勒了解情况，让我想起奥斯卡·王尔德（Oscar Wilde）对于批评的看法："世上只有一件事比被人议论更糟糕，那就是没有人议论你。"

从好的方面看，《名利场》杂志的激烈抨击反倒引起了大家对创意非虚构这种体裁的关注。此后几年里，很多人开始阅读并尝试创作创意非虚构作品。因此，创意非虚构作品出现了前所未有的增长，以不可阻挡的势头转变为不断扩大的文学运动，成为文学和出版界发展最快的体裁。

1997年，沃尔科特把我贬为教父时，很多人在写作并阅读创意非虚构作品，于是创意非虚构作品成为攻击的靶子。但是沃尔科特没有意识到，很少人知道该如何称呼这种体裁，怎么写作这种体裁，去哪里发表他们的作品。得益于沃尔科特的这篇文章和《名利场》超过百万的读者，大家明白他们在阅读和写作的文章有专门的名称和术语，也有理论依据和迅速增长的读者。从那时起，创意非虚构作品成了在文学界争得一席之地的体裁——现实文学。

# 2

# 定义之争

嘲笑创意非虚构的人并不只有詹姆斯·沃尔科特,虽然大家嘲笑的理由各不相同。至少从一开始,问题大多出在"创意"这个词上。一方面,大家认为这个词矫揉造作。学者们尤其觉得这个词让人困扰。他们的口头禅是不要**告诉**读者你有创意,应该让读者自己去领悟并告诉你。

新闻记者也反对"创意"这个词,尽管是出于不同的原因。他们强调,创意意味着编故事、捏造事实,记者绝不能这么做。[问问威廉·伦道夫·赫斯特(William Randolph Hearst)[1]或贾森·布莱尔(Jason Blair)!]为了避免使用"创意"一词,一些学者和记

---

1 威廉·伦道夫·赫斯特,1863 年 4 月 29 日—1951 年 8 月 14 日,美国报业大王、企业家,赫斯特国际集团创始人。

者称这种体裁为"纪实文学"或者"文学新闻"。这两个称号都没有流行起来。

"文学"听起来跟"创意"一样矫揉造作。虽然大部分创意非虚构作品包含新闻元素(当然,这取决于你如何定义新闻),但并不是所有创意非虚构作品都是新闻。

在使用"创意非虚构"这个说法之前,这类写作通常被称作"新新闻",这主要归功于汤姆·沃尔夫(Tom Wolfe),他在1973年出版了一本以此为名的书籍。可这个名称引发了对于"新"这个字的争论。仅列举几位现实文学大师,A. J. 利布林(A. J. Liebling)、乔治·奥威尔(George Orwell)、詹姆斯·鲍德温(James Baldwin)和莉莲·罗斯(Lillian Ross),他们在汤姆·沃尔夫之前的半个世纪就出版了作品,那么,"新新闻主义"又新在何处呢?

近来,"叙事"这个词很吃香,比如"叙事新闻"和"叙事性非虚构"。政治家、电影明星、商人等都有自己的故事或叙事,但创意非虚构作品并不严格遵循一种叙事形式;抒情散文、分段式散文和散文诗,所有这些都可归为非虚构作品。

但说到底,玩这种名字游戏是在浪费时间和精力。关键并不在于你怎么称呼这种体裁,而在于你如何定义它,以及你如何写出成功的作品。


## 它是什么:精彩的真实故事


我很荣幸创办了《创意非虚构写作》(*Creative Nonfiction*)杂

志并担任编辑,这本杂志对这一体裁的定义简单明了而准确,即"讲得精彩的真实故事"。从本质上讲,这就是创意非虚构作品的要点所在。

从某种程度上来说,创意非虚构作品就像爵士乐,融合了多种风格、理念和技巧,有些元素是新创作出来的,有些则跟写作本身一样古老。创意非虚构作品可以是散文、期刊论文、研究论文、回忆录或者诗歌;它可以是私人的,也可以不是,也可以兼而有之。

"创意"和"非虚构"这两个词共同描述了这种体裁。"创意"一词指运用小说家、剧作家和诗人所采用的文学技巧,以引人入胜、扣人心弦的鲜活笔法来表现非虚构作品,即如实描写真人真事的文章。目标是让非虚构故事读起来像小说一样,让读者像着迷于幻想一样对事实着迷。但是,这些故事是真实的。

在这种语境下,"创意"这个词遭到了批评,一些人坚称有创意就意味着作假、夸张、捏造事实和添油加醋。这是完全错误的。

作品可以既真实坦率,又精彩而有创意。阿尔伯特·爱因斯坦(Albert Einstein)、雅克·库斯托(Jacques Cousteau)、斯蒂芬·霍金(Stephen Hawking)和亚伯拉罕·林肯(Abraham Lincoln)就是几位才华横溢的领袖和思想家,他们的作品真实准确、实事求是,他们跻身当时和当下具有丰富想象力和创造力的作家之列。

创意非虚构中的"创意"表现在作者构思想法、总结情况、塑造个性、描述地点、表达和展现信息的技法上。"创意"不意味着无中生有,报道和描述不存在的事情,不意味着作者有说谎的权利。"非虚构"一词意味着素材真实。

基本规则一目了然，不能违背。这是作者对读者的承诺，也是我们赖以生存的行为准则，是创意非虚构写作的基石："你不能胡编乱造！"

## 谁提出了"创意非虚构"

确切地说，没人知道。我从20世纪70年代初期就在使用这个词，但如果要我确定这个词成为"正式"名称的时间，那应该是在1983年，美国国家艺术基金会（National Endowment for the Arts）为这一体裁设立了创意写作奖学金奖项，却不知该如何称呼这一体裁，于是他们开会商讨。起初，创意写作奖学金（当时是7500美元，现在是两万美元）奖项只颁发给诗人和小说家，尽管美国国家艺术基金会早就认识到了非虚构作品的"艺术价值"，并且想要准确描述这一类别，以便作家明白该提交什么样的作品送审。

"随笔"这个词曾用来描述这种"艺术性"非虚构作品，但"随笔"并没有抓住这种体裁的本质。严格来说，各类学者都在写"随笔"，但他们写的通常是学术批评文章。在普通大众看来，即便是最有见地的文章，其风格和内容也不接地气。从某种意义上讲，报纸专栏作者也在写"随笔"，但多半是短小的评论，缺乏艺术性文章所要求的叙事性和研究深度。

"新闻"这个词也不适合，虽然最好的创意非虚构作品的确需要新闻报道的一个重要方面。有一段时间，美国国家艺术基金会用"美文学（belles-lettres）"这个词，这种写作注重形式胜于内容。别的不说，这个词语浮夸到了令人反感的程度。这些词都没有抓住这种引人入胜、角色驱动、故事导向的文学的本质。最后，在那天的会议上，美国国家艺术基金会的一位成员指出，他所在英语系有位"叛逆者"在努力倡导"创意非虚构写作"这一术语。那位"叛逆者"就是我。从那时起，我们在本书中探讨的这种写作以"创意非虚构写作"的名称为人所知。

3

# 发展最快的体裁

  尽管人们对"创意非虚构"这一名称有争议,但也许正因为存在争议,创意非虚构才跻身为文学和出版界广泛流行的体裁。

  目前,哈珀·柯林斯(Harper Collins)、兰登书屋(Random House)、诺顿(Norton)等大型出版商都在积极寻求创意非虚构作品,而不是文学小说和诗歌。[我在这里区分了"文学"和"通俗"小说,后者包括约翰·格里森姆(John Grisham)和詹姆斯·帕特森(James Patterson)等叙事大师的作品。]最近,畅销书排行榜上大型出版商出版的创意非虚构作品包括:劳拉·希伦布兰德(Laura Hillenbrand)的《坚不可摧》(*Unbroken*),戴夫·埃格斯(Dave Eggers)的《泽图恩》(*Zeitoun*),丽贝卡·思科鲁特的《永生的海拉》(*The Immortal Life of Henrietta Lacks*)和珍妮特·沃尔斯(Jeannette Walls)的《玻璃城堡》(*The Glass Castle*)。就连之前只出版区域性书籍、文艺评论和诗歌的小型出版社和学术性（大学）出版社，如今也在积极寻找创意非虚构作品。内布拉斯加大学出版社（University of Nebraska Press）、他者出版社（Other Press）、麦克斯威尼出版社（McSweeney's）、女权主义出版社（Feminist Press）、灰狼出版社（Graywolf Press）等都因其创意非虚构作品赢得了重要的出版奖项，比如"美国国家图书奖"或"美国国家书评人协会奖"，并吸引了新的文学读者。

总的来说，在学术界，创意非虚构已经成为流行的写作方式。借助小型院校和普林斯顿大学、爱荷华大学、哥伦比亚大学等大型院校英语系开设的创意写作课程，学生可以获得创意非虚构的本科学士学位、文学硕士学位和博士学位——不仅在美国，而且在澳大利亚、新西兰和世界各地。创意非虚构作品成为《纽约客》（New Yorker）、《时尚先生》（Esquire）和《名利场》等刊物的主导文章。你甚至会在《纽约时报》（New York Times）和《华尔街日报》（Wall Street Journal）的头版发现创意非虚构故事。本书稍后也会给出一些例子。

如果你翻阅20世纪60年代和70年代出版的杂志（你或许得使用缩微胶片），你会发现创意非虚构作品在当时也占支配地位。盖伊·塔利斯、杜鲁门·卡波特（Truman Capote）、莉莲·罗斯和诺曼·梅勒（Norman Mailer）定期给上述杂志，以及一些如今已经停刊的杂志如《科利尔》（Collier's）和《星斯六评论》（Saturday Review）撰写我们现在称为创意非虚构的稿件。

当时跟现在最大的区别在于如今这种精巧的非虚构写作蓬

勃发展,而文学和通俗(平装)小说的读者人数和销量却未见增长,甚至有所减少,而且这种体裁现在拥有为世人所接受的名称。

## 一些类别

就像诗歌和小说一样,创意非虚构也包括一些子类别。在诗歌中,用形式来划分子类别,而在小说中,主题和语态通常是子类别的划分标准。"鸡仔文学"主要是女性撰写并且面向女性读者的作品,通常以轻松愉快的笔调讨论女性关注的问题,比如劳伦·魏斯贝格尔(Lauren Weisberger)的《穿普拉达的女王》(*The Devil Wears Prada*)。侦探、间谍和悬疑小说,像约翰·格里森姆的《糖衣陷阱》(*The Firm*),汤姆·克兰西(Tom Clancy)的《猎杀"红十月"号》(*The Hunt for Red October*),总是出现在小说类畅销书排行榜上。

跟这些书一样,如今出版的大部分小说都是"通俗"小说。这些书籍广受读者欢迎,更注重情节,而不是更"文学化的"人物塑造和风格。乔纳森·弗兰岑(Jonathan Franzen)的《纠正》(*The Corrections*)与《自由》(*Freedom*)是文学小说,却成功吸引到了大众读者,也许是因为弗兰岑能够风趣地探究并批判美国中产阶级。

非虚构叙事(创意非虚构)的很多类别都与特定的主题相关,如棒球、商业、科学和法律。如果你的作品属于某个特定主题,你就拥有了可以精确界定和分类的固定读者。书店采购员和经理会清楚地知道该把你的书放在何处。分类也有弊端，比如对心理学或高尔夫不感兴趣的普通读者，可能就看不到你的书。但是，这个时代，人们习惯于在线浏览并购买电子书，书店的分类也许没那么重要了。挑战在于，一方面要专注于主题来锁定特定受众，与此同时，又要稍微淡化主题，突出人物和叙事，编写扣人心弦的情节来吸引普通读者。这有效地赋予双重受众双重吸引力，并且有利可图。

## 跨界作者熟练掌握的体裁

有些人把"创意非虚构"称为继戏剧、诗歌和小说之后的第四种体裁。但对于一些享有盛名的作家来说，"创意非虚构"也是他们熟练掌握的第二种体裁。欧内斯特·海明威（Ernest Hemingway），这位以小说知名的诺贝尔文学奖得主，写出了激动人心的创意非虚构作品，如他对斗牛的赞歌《午后之死》（*Death in the Afternoon*）。乔治·奥威尔、詹姆斯·鲍德温、约翰·厄普代克（John Updike）、菲利普·罗思（Phillip Roth）、杜鲁门·卡波特和戴维·马梅特（David Mamet）在小说、戏剧和创意非虚构写作上同样出色。玛丽·卡尔（Mary Karr）、黛安·阿克曼（Diane Ackerman）和特里·坦佩斯特·威廉姆斯（Terry Tempest Williams）最初是诗人，后来才发现创意非虚构写作的潜力，后者让他们名利双收。

"创意非虚构"不仅是一些作家熟练掌握的第二种体裁，创作创意非虚构作品还是很多杰出人士的第二职业。像奥利弗·萨克斯（Oliver Sacks）这样的科学家，埃德蒙·莫里斯（Edmund Morris）这样的历史学家，罗伯·劳（Rob Lowe）这样的电影明星，蒂娜·费（Tina Fey）这样的喜剧演员，鲍勃·伍德沃德（Bob Woodward）这样的记者，吉姆·布顿（Jim Bouton）这样的棒球运动员，都在撰写或者已经写出了大受欢迎而且引人入胜的创意非虚构作品。

## 诗歌（通常）是创意非虚构作品

超乎我们想象的是，诗歌更接近非虚构。许多诗人认为他们的诗歌在本质上是以自由体或韵文呈现的非虚构作品，不折不扣地表现心灵真相。一些人所说的"抒情"散文也可以算诗。在创作抒情散文时，作者强调艺术性胜过信息，思考优于叙事、逻辑和循循善诱。最近，诗人克劳迪娅·兰金（Claudia Rankine）[《别让我孤单》（*Don't Let Me Be Lonely*）]，莉娅·普尔普拉（Lia Purpura）[《论寻找》（*On Looking*）]、文选编者兼作家约翰·达加塔（John D'Agata）[《下一篇美国随笔》（*The Next American Essay*）]一直在倡导抒情散文。第一流诗人的技巧和宗旨也是写实作者最重要的技巧和宗旨。

非虚构作者面临的艰巨挑战是学会有的放矢。我们花费几周、几个月，有时甚至几年的时间来研究和观察不同的亚文化、地域和思想。对于任何特定文章，记者和散文家可以讲出五花八门的故事,离题千里后,才慢慢把注意力集中到他们的研究、想法和访谈的意义上。

最一流的诗人不仅能始终如一地把控其诗歌结构,还能把控诗歌情感范围。即便内容丰富充满戏剧性,他们也可以简洁明了地转化并传达复杂的思想,这正是精彩的创意非虚构作品的要点。一些诗人旨在敏锐(有时不那么敏锐)地宣传社会活动,这同样也是最深刻崇高的新闻传统。诗歌和新闻可以追求同样的目标,两者之间的距离并不像你想的那样遥远。诗人和记者通常步调一致,追寻"更广泛的真实"。

## 优势:灵活、自由、更广泛的真实

盖伊·塔利斯的《被仰望与被遗忘的》(*Fame and Obscurity*)(1970)是具有里程碑意义的传记合集,描写了弗兰克·辛纳屈(Frank Sinatra)、乔·迪马乔(Joe DiMaggio)、彼得·奥图尔(Peter O'Toole)等公众人物。在这本书的前言中,他这样描述他的具体作品和一般意义上的新新闻:"虽然读起来像小说,但本质上不是小说。它应该是真实可信的,与最可靠的新闻报道一样,虽然它追求的是一种**更广泛的真实性**(黑体是我加的),这种真实性光靠简单罗列可证的事实、使用直接引语,以及坚持传统报道的严格组织形式这三种新闻撰写手段是不能达到的。"

这可能是创意非虚构写作的最大优势:在坚持新闻报道基本原则的同时,兼顾了灵活性和自由度。在创意非虚构写作中,作者可以同时兼任诗人和记者。从场景到对话，从叙述到观点，我们鼓励创意非虚构作者借鉴吸收文学和电影技巧，以能够改变世界的方式来写自己、写他人，描述真实的人物和真实的生活。有些作者已经做到了。

　　创意非虚构最重要和最有意思的地方在于，它不仅允许而且鼓励作者成为他们正在写作的故事或散文的一部分。作者融入进去并营造特殊的魔力，能够减轻写作过程中的焦虑，给作者提供了满足感和自我发现的机会，还带来了灵活性和自由度。

# 4

## 真实还是……

詹姆斯·弗雷（James Frey）是个酒鬼、瘾君子和罪犯。他曾入狱3个月，饱受折磨，比如不用止痛药做根管治疗，但他活了下来，最终勇敢地恢复正常生活。之后，他写了一本忏悔书，这本书文笔质朴，但感人至深、鼓舞人心，跌宕起伏的故事甚至打动了奥普拉·温弗里（Oprah Winfrey），她在节目中说弗雷是"让奥普拉彻夜难眠的男人"。这本书《岁月如沙》（*A Million Little Pieces*, 2003）畅销全美，赚取了数百万美元，让作者从寂寂无闻到名利双收。

新闻调查网站"确凿证据"（Smoking Gun）后来发表了对该书的深入揭露报道。基于6个星期的调查，报道指出弗雷是个说谎大王和骗子，这是自20世纪70年代初期克利福德·欧文（Clifford Irving）伪造了隐居的亿万富翁霍华德·休斯（Howard

Hughes）的传记以来，美国文学史上的最大骗局。弗雷入狱不超过半天，根本没有不服用止痛药做根管治疗这回事，他还描述有个朋友自杀了，这也是假的，全部都是无中生有、夸大其词。弗雷的故事告诉我们，如果你胡编乱造，就有被揭穿的风险，后患无穷。弗雷把他的错误归咎于自己的毒瘾。

被曝光后，詹姆斯·弗雷还出版了其他小说和非虚构书籍，销量相当不错，但他的信誉受到严重损害。奥普拉在节目中猛烈抨击他。美国有线电视新闻网（CNN）"拉里·金现场"（Larry King Live）制作了一期电视特别节目来讨论这一争议，詹姆斯·弗雷遭到了指责。

欺骗读者的并不只有詹姆斯·弗雷一人。斯蒂芬·格拉斯（Stephen Glass）刚从宾夕法尼亚大学毕业，就成为华盛顿炙手可热的年轻记者，为《新共和》（*New Republic*）、《滚石》（*Rolling Stone*）和《纽约时报》撰写了精彩纷呈的文章。可他最为"过人之处"在于编造故事再掩盖谎言。借由创建虚构的网站，描绘不存在的隐匿消息来源，编造虚假网址和电话号码，格拉斯维持着他的骗局。《胜利之光》（*Friday Night Lights*）的作者H. G. 比辛格（H. G. Bissinger）曾为《名利场》杂志撰写介绍格拉斯的文章，说这是"现代新闻业旷日持久的骗局"。

格拉斯消失了5年，进入法学院学习，2009年重新出现在世人面前，宣传基于自身经历创作的小说《说谎者》（*The Fabulist*）。在格拉斯宣传新书期间，美国哥伦比亚广播公司《60分钟》（*60 Minutes*）节目也对他做了报道。当时格拉斯渴望通过纽约州的律师资格考试。据《60分钟》报道，他通过了笔试，但是"有人质疑他的品德和资质是否够格通过律师考试"。格拉斯很有可能不能轻易重返新闻界，也许永远不能。《新共和》杂志的文学编辑利昂·维塞尔蒂埃（Leon Wieseltier）告诉《60分钟》："他是个可鄙的家伙。我心里已经没有他的位置了。"

格拉斯在接受《60分钟》采访时追悔莫及。采访记者史蒂夫·克罗夫特（Steve Croft）曾问前《新共和》执行主编查尔斯·莱恩（Charles Lane）："接受采访的人真的是斯蒂芬·格拉斯，还是他杜撰的又一个人物呢？"最终帮助揭发格拉斯的查尔斯·莱恩回答道："如果外面艳阳高照，斯蒂芬和我都站在阳光里，他走过来对我说，'今天阳光明媚'，我会马上另找两个人核实一下，确保今天阳光明媚。"

## 骗子名人堂

跟克利福德·欧文相比，弗雷和格拉斯都是十足的外行，克利福德·欧文试图编造霍华德·休斯的传记欺骗世人，但遭到揭发，被《时代》（*Time*）周刊评为"1972年年度骗子"。欧文在监狱里待了17个月。

欧文和休斯的丑闻发生后不久，素负盛名的剧作家莉莲·赫尔曼（Lillian Hellman）出版了回忆录《旧画翻新》（*Pentimento*，1973），书中详述了她如何把钱偷运给在维也纳抵抗纳粹的童年好友朱莉娅（Julia）。1977年，这本书被拍成电影《朱莉娅》

（*Julia*），由简·方达（Jane Fonda）和瓦妮莎·雷德格雷夫（Vanessa Redgrave）主演。但是10年后，耶鲁大学出版社出版了穆里尔·加德纳（Muriel Gardiner）的回忆录《代号"玛丽"》（*Code Name "Mary"*），情节跟朱莉娅的故事非常接近，大多数评论家认为赫尔曼剽窃了加德纳的故事。

其他通俗故事，比如约翰·贝伦特（John Berendt）的畅销书《午夜善恶花园》（*Midnight in the Garden of Good and Evil*），讲述了萨瓦纳的一桩谋杀案，也因真实性和准确性而受到审查。贝伦特承认编造了对话并重新编排了故事的时间顺序。奥普拉又一次遭到愚弄，这一次是拜赫尔曼·罗森布拉特（Herman Rosenblat）所赐。他签了合同但尚未出版的手稿《铁丝网外的天使》（*Angel at the Fence*），大肆渲染大屠杀时期的一个爱情故事，描述了自己与后来成为他妻子的罗玛的首次邂逅。当时他在集中营，她伪装成基督教农家女孩，从集中营的铁丝网上方给他扔苹果。

罗森布拉特写道，他从未忘记这个善良的女人。战后12年的某一日，他们在一次相亲中碰面了，他拥抱了她，并跟她结了婚。这个故事让奥普拉十分感动，她两次邀请罗森布拉特夫妇，称他们的恋情是有史以来"最伟大的爱情故事"。后来大家发现这个故事是虚构的。2008年，柏克利出版公司（Berkeley Books）取消了出版此书的计划。

问：可是为什么编辑或者出版商没有确认一下弗雷和罗森布拉特写的是真实故事呢？

答：出版商通常把责任推给作者。出版商声称，他们没有时间或者金钱去做必要的事实核查。他们要求作者签署一份合同，证明手稿的真实性。

问：这样他们就没有责任了？

答：出版商希望自己摆脱了责任，但他们跟作者一样很容易遭到起诉。

问：这说不通啊。出版商的损失比无足轻重的作者大得多。

答：出版商也有更多的律师来保护他们。

问：难道免责声明不能保护作者和出版商吗？只要在书的前面或后面印上：作者尽其所能确保故事的真实性。就像老电视节目《法网恢恢》(*Dragnet*)那样："姓名已被更改以保护无辜者。"

答：这或许有用，但这无法保证你受到保护。

问：我还能让写作对象签署许可和免责声明表，允许我自由使用他们的名字和故事，并以最适当的方式来写他们。我这么做也可以保护自己，对吧？

答：这么说吧，这不是全无道理。如果你遭到起诉，免责声明和许可文件或许有帮助，但不能真的保证你拟定的条款会在法律纠纷中得到认可并执行。再者，请你的写作对象签署许可和免责表也许会让他们再次思考是否要跟你合作。这会让他们紧张不安。

问：那么作者该怎么做呢？

答：阅读下面的事实核查章节（还有有关诽谤、中伤和讲真话的章节），尽其所能保护自己。不要指望你的编辑或出版商为你辩护，尤其是在你遭到媒体、律师或写作对象攻击时。你得靠自己。就某些方面来说，这是最好的，因为你是自己命运的主人。你要对自己的信誉负责，维护你和读者之间的契约。

## 5

# 真相、事实与虚构的界限

假设你跟我刚离婚的前妻坐在当地的一家星巴克里,她在跟你讲述决定跟我离婚的种种原因。她一一数落我的缺点。谈话结束时,你了解到跟我一起生活简直太折磨人了,我是个工作狂,总是四处旅行、抱怨不休,从来不想安定下来,就算在家里,也坚持每周7天凌晨4:30起床。我太难相处了,她跟我离婚情有可原。

了解了我前妻的说法后,你跟她告别,走到街上另一家咖啡店跟我见面。这家店名叫咖啡树烘焙坊。前面的窗户可以自动打开,有点像车库门。天气晴朗和煦,于是我们在敞开的窗户边坐下来,边聊天边享受着舒适的阳光,一阵凉风不时拂过,让人神清气爽。

现在才上午11点,我一口一口地抿着今天的第五杯咖啡,一五一十地告诉你,我婚姻破裂的前因后果。在我们结婚之前,她就知道我是个作家,我过着什么样的生活。毕竟,在正式结婚之前我们一起生活了5年。可她总是抱怨,想要我改变,而且她母亲讨厌我,让我们的生活痛苦不堪。没错,离婚是她提的,可我们走不下去是她的问题,不是我的问题。

不到一小时后,你走出门,透过窗户与我挥手道别。你边琢磨边往前走,钻进你的车,听完双方的故事后,你觉得这就像是两段不同的婚姻,双方各执一词。一时间,你不知道该相信我们中的哪一位,谁说的是真话?然后你意识到也许我们两人都没有说谎。

真相,只是一个人的真相,是用我们的个人滤镜和个人倾向过滤后的所见、所想、所信。就算是同一件事情,一个人感知到的真相也许跟另一个人看到的真相不同。我没有捏造我前妻的任何事情,我如实告诉你我如何看待我们婚姻关系的解除。我的前妻也同样坦诚地跟你说我的情况,以及她如何看待我们婚姻的失败。

一个故事有多重真相,同一个故事有许多版本。在美国,对于同一起谋杀案、抢劫现场或事故,陪审团通常听取不同目击者宣誓后的证词;这些证人给出的细节,常常互相冲突,可能会让陪审员觉得犯下同一罪行的是两三个不同的男女。

我们来对比一下真相与蓄意捏造。詹姆斯·弗雷说谎了。他在监狱里待的6小时,可能**看起来像**3个月,但其实不是,他知道真相。斯蒂芬·格拉斯说谎了,他煞费苦心地设计谋划来误导编辑和读者,他纯粹是凭空编造。这些作者不是在写作创意非虚构作品。他们甚至不是在写小说。他们不诚实，打破了作者、编辑、出版商和读者之间的信任。格拉斯和弗雷知道真相，却为了自己的利益篡改了真相。

我前妻和我，以及大部分创意非虚构作者，是讲述了我们记忆中的故事，尽管我们的故事某些方面会冲突。我们的看法不同，听了我们两人的故事后，你也会有自己的见解。你对我们婚姻的看法也许是在两个版本故事之间的一个折中版本。你对那个特别的早晨与我们会面的回忆，以及我们讲述的故事，也许跟我们对彼此的回忆一样有错误和冲突之处。

## 不必客观，但必须准确

这并不意味着创意非虚构作者百无禁忌，可以写记得的任何事情，或者别人记得的任何事情，如果作者是在讲述他人故事的话，不能因为个人看法就模糊或改变故事中的事实。描述和细节是可以确认的，比如匹兹堡大学学习大教堂有多少层，《名利场》发表那篇文章的日期，我认为是沃尔科特和王尔德所说的话，这些查证一下，通常都可以得到证实。

那真的是我家附近星巴克拐角处的"咖啡树"吗？它有一扇可以像车库门一样升起的前窗吗？确认每一处可以查证的事实是创意非虚构作者的责任。匹兹堡大学英语系是在五楼吗？这件事发生时它是在那个地方吗？如果不是，而读者知道我搞错了，他们怎么能信任我？

然后是只能凭借记忆和感知来确认的真相。布鲁斯·多布勒是双膝跪地还是仅仅弯下腰？他亲了我的手，还是假装亲吻，发出咂嘴的声音？他是在跟我开玩笑还是在取笑我？那种行为是表示尊重欣赏，还是嘲笑？当然，我们可以问问布鲁斯，他会给出解释，很可能跟我的解释不同。不管他如何回答，从我们的角度来说，我们说的都是实话。（布鲁斯·多布勒于2010年去世，为了核实情况，据我所知，这件事情唯一健在的目击者就是我。）

由于事实与真相之间存在着模糊的界限，读者通常会基于他们对叙述者的信任，来判断故事和观点的真实性。故事作者的可信度越高，读者就越容易接受。不管是多么微不足道，胡编乱造或者懒于去证实现有信息的准确性，都会损害作者和读者之间的纽带。如果你想要成为可信的创意非虚构作家，你不必在叙述中保持客观公正，但你必须是可信赖的，你的事实必须是准确的。

## 幽默不是编造和夸大的借口：对塞达里斯的事实核查

读者们喜爱戴维·塞达里斯（David Sedaris），他聪明风趣而谦逊。塞达里斯的书已经卖出了700多万册，在他亲自朗读自己的作品时，听众都为之倾倒。

但是，曾经与塞达里斯共事的资深杂志编辑亚历克斯·赫德（Alex Heard）认为，塞达里斯的一些故事似乎有些牵强附会，他笔下的人物都是恰到好处地古怪，非常适合写作；对白有时过于做作完美，让人难以置信。于是赫德对塞达里斯书籍中的很多经典片段做了事实核查，并就他的发现写了一篇文章，文章分为3部分，2007年发表在《新共和》杂志上。塞达里斯的很多经典作品都是从童年取材，赫德探究了他的童年，采访了他的亲友，还有塞达里斯本人。赫德发现塞达里斯对他描述的很多情景添油加醋得厉害，并经常编造对话。对于这件事情，塞达里斯曾这样告诉《时代花絮报》(*Times-Picayune*)："为了达到故事效果，我会在对白中采用极其夸张的手法。"

下面是3个例子，首先是《裸体》(*Naked*)。赫德去了帝国港，这是纽约芬格湖区一个林间修养地，塞达里斯所描绘的裸体主义大本营。他采访了帝国港的合伙人玛琳·罗宾逊(Marleen Robinson)，她认出了《裸体》中的人物达斯蒂(Dusty)，他在故事中嘲笑塞达里斯的城市生活方式，达成喜剧效果。

"哦，"达斯蒂一度气急败坏，"你们真是优雅，坐在小咖啡馆里，仰望着帝国大厦，而我们则躺在干草堆里，抽着玉米芯烟斗。"

在另一个故事中，塞达里斯写道："有个女人坐在从北卡罗来纳州前往俄勒冈的公共汽车上，对她孩子的不思上进的父亲大喊大叫：'我说，我好想叫他该死的蠢货塞西尔(Cecil)，跟他父亲一样，你这个该死的蠢货。'"

最后在第三个故事中，戴维的妈妈莎伦·塞达里斯(Sharon Sedaris)，和戴维二年级的老师讨论他的神经性抽搐："你在说什么，我一清二楚。每次他翻白眼时，我就像在跟老虎机说话。希望有一天他会取得成功，不过在那之前，我们再喝一杯怎么样？"

这些是真实的吗？这些对话是否发生过，内容属实吗？塞达里斯告诉赫德,达斯蒂的那句话部分是虚构的,另外两段话则完全是编造的。

塞达里斯不仅编造了对话,还虚构了地点、人物和整体概况。赫德指出,并非总是如此。比如,如《未完成的四人行》(*The Incomplete Quad*)中所描述的,塞达里斯"真的跟一个坐轮椅的女孩搭便车从俄亥俄州到了北卡罗来纳州"。赫德认为,塞达里斯很风趣,在大多数情况下,他编造的东西无伤大雅。但作为叙述者,他靠不住。塞达里斯不仅承认了**过错**(黑体是我加的),而且似乎并不在意遭到赫德的揭露。他告诉《新闻日报》(*Newsday*)的记者,"我很幸运,写这篇文章的人(赫德)不在行"。

赫德的调查引发了一场对话,主题为"幽默作者应有的自由度"。《罗利新闻与观察家报》(*Raleigh News Observer*)表示,"得益于夸张和添枝加叶,幽默可以揭示更广泛的真实"。《旧金山纪事报》(*San Francisco Chronicle*)表示,"由于有趣的事情写出来通常并不好笑,幽默的作家有很大的自由度"。

这些言论肤浅愚笨。准确生动报道出来的真实故事、确凿的事情,可以唤起滑稽、悲哀、恐惧等万千情绪,并不只有幽默的作家才该获得一张自由通行证,以及通向广泛真实性的捷径。在政治、战争和科学中有无数的广阔真相,可以借由虚构和夸大阐明得更加真诚深刻。我对塞达里斯[或者詹姆斯·瑟伯(James Thurber)、伍迪·艾伦(Woody Allen)]大肆渲染真实故事没有异议,但他们的作品是小说。在非虚构作品中,幽默不受这套规则的影响。

## 改变事实招致憎恶：自负的达加塔

对于创意非虚构作品的真实性、准确性和事实核查，我是否小题大做？是的！理由很充分：真实可信是非虚构作品的精髓和毋庸置疑的重要基本要素。此外，胡编乱造没有什么意义。欺骗读者，对作者和读者有什么好处？

但是，这是约翰·达加塔《事实的寿命》(*The Lifespan of a Fact*)一书的前提。根据达加塔的说法，以艺术之名改变事实、改变真相无可非议。这听起来很荒谬，但他的观点吸引了一些注意力，毫不奇怪的是，招来的主要是憎恶。

这本书的背景故事始于2003年。达加塔受托为《哈珀斯》(*Harper's*)杂志写了一篇文章，叙述一个年轻人在拉斯维加斯(Las Vegas)自杀的故事。这篇文章因为与事实不符被退稿。事情本该到此为止。哪家杂志会想发表由于作者作假而被退稿的非虚构文章呢？但是《信徒》(*The Believer*)杂志同意发表这篇文章。

刚从大学毕业的实习生吉姆·芬戈尔(Jim Fingal)奉命对达加塔做事实核查，达加塔认为自己不需要接受事实核查，也不需要如实叙述。芬戈尔逐字逐句地核查了达加塔所谓的"事实争议"（以及"事实上的吹毛求疵"和"事实上的略微改变"）。达加塔强烈反对任何更改，不管他错得多么离谱。

例如，当芬戈尔证明拉斯维加斯有31家脱衣舞俱乐部，而不是声称的34家时，达加塔说："句子中用'34'比用'31'更有节奏感,所以我做了改动。"他把一家酒吧的名字从"波士顿沙龙"变为"血海",也是如此,因为"'血海'更有意思"。关于拉斯维加斯的某段时间有多少次心脏病发作,芬戈尔证明是8次,不是达加塔所谓的4次。问能否修改文本,达加塔回答:"我想保持原样。"

芬戈尔很惊讶:"可这是故意出错……难道你不担心在读者心目中的信誉吗?"

"我不是在竞选公职,"达加塔答道,"我就想写点有趣的东西。"

就是这样了。达加塔是爱荷华大学的副教授,讲授创意非虚构写作,写作和编辑了4本书,我确信他很清楚应该怎么写。那么他在搞什么鬼?像有些人所说的那样,你可以说他很懒,不愿意去做费力且往往还很乏味的背景调查工作来纠正错误。你可以说他并不在意他身为作者的责任,要去讲述故事启发他的读者,甚至他的写作对象。你可以说——我也同意——达加塔极度自负。

纵观历史,作者总是想有所作为,去打动读者,让他们了解身边发生的事情。我们明白经由故事讲述出来的信息可以成为弹药,那是我们寻求改变的武器。奥巴马(Obama)总统让他所有的工作人员阅读阿图尔·葛文德(Atul Gawande)发表在《纽约客》上面的一篇文章,文章讲的是如何应对医疗费用的不断上涨。葛文德专门探讨了得克萨斯州麦卡伦市的医疗体系,那里的病人接受心脏手术的次数是全国平均水平的2倍,救护车的支出是4倍,临终时的医疗保健费是8倍。葛文德还比较了类似规模城镇的医疗支出，让公众注意不必要的浪费和管理不善。葛文德文中的一些想法最终被纳入奥巴马的医疗保健计划，因此失实报道或任何原因造成的不准确都会有深远的影响。

有很多精彩的创意非虚构书籍，它们充满张力、风格独特、节奏强劲、事实准确，并产生了影响，比如丽贝卡·思科鲁特《永生的海拉》及苏珊·希恩（Susan Sheehan）最近获得普利策奖的图书《地球是否无我安身之处？》(*Is There No Place on Earth for Me?*)，在本书都有所摘录和讨论。我们都可以列出这样的书籍和作家名单，他们引人入胜的叙事非虚构作品在忠于事实的同时，也影响了公众舆论，如蕾切尔·卡森（Rachel Carson）、约翰·赫西（John Hersey）、欧内斯特·海明威、厄尼·派尔（Ernie Pyle），他们都是记者。

达加塔则不然，他告诉芬戈尔："我不是记者，我也从未声称自己是记者。"在某种程度上，这或许是对的，但仍然很荒谬，因为所有非虚构作品都包含大量报道。（其实，大部分虚构作品也是如此。）在他的文章中，达加塔并没有如实地报道、研究和采访。在创意非虚构作品中，报道会受到作者的看法和叙述技巧的影响，但这并不意味着我们在编造人物和情境，也不意味着我们在蓄意篡改事实。我们以戏剧性的形式尽可能生动地再现发生过的事情。也就是说，我们有责任讲述我们知道的事实，而不是故意更改事实。

然而达加塔坚称文章中的信息不必符合事实。也许在形式往往比内容更为重要的经典随笔中是这样，但是内容必须真实可信,捏造就是虚构。大多数人相信内容至关重要,形式是让内容吸引更多读者的载体。因此,他们认识到,创意非虚构作品在追求内容与形式的平衡方面充满挑战。

但是,达加塔并不是真正在为普通大众写作。不管怎么说,他承认了这一点。这回答了我先前对他想搞什么的疑问。

在第77页你可以看到,达加塔把"抒情散文"这一术语引入大学创意写作课程。在他的大力提倡下,"抒情散文"这个术语获得了一些人气。有趣的是,达加塔最初对抒情散文的定义与他目前对事实的态度相矛盾。在第77页可以找到完整的定义,但达加塔和他的导师德博拉·托尔(Deborah Tall)说:"显然,抒情散文要与事实紧密联系,在内容上忠于现实,在形式上富有想象力。"**忠于现实**对我来说,显然是指实事求是、准确无误。

然而,他一再自相矛盾,坚称他的读者有欣赏力。关于心脏病发作4次而不是8次是否关系重大的问题,达加塔在辩论中告诉芬戈尔:"那些在意'4次'和'8次'之间区别的读者可能不会再信任我。但是,在意有趣的句子和在意将这些句子汇总起来达到隐喻效果的读者会原谅我。"

他的同事们也许会原谅他,甚至会开玩笑(就像我的一位同事说她完全"达加塔化"了自己写的东西,意思是说她虚构了故事),推测达加塔通过巡回售书会和访谈获得的收入。

但是,会有人信任他吗?弗雷在一定程度上挽救了自己的职业生涯,格拉斯把谎话连篇的人生变成了一部小说。可大家不会真正敬重他们的人品,会觉得他们别有用心,达加塔的下场也好不到哪里去。

"我有点困惑,在这句话中用'4'而不是'8'到底有什么好处?"芬戈尔一度问达加塔。达加塔显然没法回答这个问题,除非承认他说不出理由。他的回答很能说明问题:

"我不想再讨论这件事了。"

## 准确性和可信度:对太浩湖的描述

有位读者最近恼火地指出了《创意非虚构写作》中一篇文章有处事实错误。他写道,"对太浩湖(Lake Tahoe)的一处描述'完全错误',太浩湖不是'美国最大和最深的淡水湖',苏必利尔湖(Lake Superior)才是最大的,面积达3.17万平方英里[1],含有世界上10%的淡水。俄勒冈州南部的火山湖(Crater Lake)是美国最深的湖,深达1932—1949英尺[2],比太浩湖深300多英尺。太浩湖仅仅是美国最大的高山湖"。这位读者在邮件最后不满地说,这是"很大的差别"。

对于大多数读者来说,这个差别可能并不大,他们也许并不在意这个事实。这也不会影响到这篇文章的内容,也没产生什么后果。那么《创意非虚构写作》杂志为什么要在意?这有什么大不了的?

---

1　1平方英里≈2.59平方千米。——编者注。

2　1英尺≈0.3米。——编者注。

在这位读者看来，最大的问题是作者犯懒。她没有对自己做事实核查。这项任务做起来很简单，她只需"在网上轻点几下鼠标"就可以完成。《创意非虚构写作》杂志也有责任。"你们杂志的编辑和事实核查员本应发现这个明显的错误，让这位作者免于在一本全国性文学杂志上出丑，因为其他读者肯定也注意到了这个显而易见的研究失误。"

彻查事实的准确性通常并不复杂。你可以质疑"真相"并展开讨论。我对某个人的看法和对某件事情的回忆，也许跟你的看法和记忆不同。但是，一个湖的大小和深度，一座教学楼的楼层数是能够查证确认的，也是必须查证确认的。

事实的准确性不同于个人真相。读者如果知道作者对事实负责，往往更容易接受作者的说法。如果我们不信任作者，用谷歌搜索他们文章中的细节，那么我们怎么能够相信他们的故事中的可疑论点，尤其是在我们必须相信作者的情况下？这是可信度的问题。

"这位作者犯这个错误，我并不惊讶（如果我们写得够久，我们都会犯这样的错误），"那位读者继续恼怒地说，"我也不在意她这篇文章剩下的部分是否精彩……不过，老实说，我没有读完这篇文章，如果前两页中就有明显的事实错误，你们就会立即失去我这个读者。"

太浩湖事件是一个错误，一个疏忽，很容易纠正，但正是因为它太容易纠正，作者和编辑本不该让这样的事情发生。作者失去了一位读者，杂志可能也失去了一位订阅者。

## 真实故事改编的作品

2010年上映的科林·弗思（Colin Firth）主演的电影《国王的演讲》（*The King's Speech*）值得一看，这部电影讲述了英国国王乔治六世（George VI）登上王位的故事，语言治疗师帮助他控制口吃，让他得以对英国人民发表亲切而鼓舞人心的演讲。

紧随其后，《社交网络》（*The Social Network*）获得关注并角逐奥斯卡奖项。这部电影一开始是在2003年的秋天，杰西·艾森伯格（Jesse Eisenberg）饰演的哈佛大学本科生、计算机编程迷马克·扎克伯格（Mark Zuckerberg）在宿舍里创建了脸书，引发了一场通信革命，缔造了一家价值数十亿美元的公司。在这两部电影中，观众深入了解了两位主人公、他们周边的人物和时代精神。也许如此。

**问**：这些电影是以事实为依据的吗？它们是真实的故事吗？

**答**：是也不是。这是一种混合的电影制作形式，称为BOTS，即基于一个真实故事（based on a true story）。

BOTS在我们的艺术文化中广受欢迎，并且往往收益很高。奥利弗·斯通（Oliver Stone）导演凭借拍摄这类电影赢得了极大的声誉。迄今为止，斯通制作了总统三部曲，除《刺杀肯尼迪》和《尼克松》外，最近又开始拍摄《小布什传》。近几年以来，还有一些奥斯卡获奖影片是根据真实故事改编的，比如《巴顿将军》(*Patton*)，其主演乔治·C.斯科特（George C. Scott）获得奥斯卡最佳男主角。还有《阿拉伯的劳伦斯》(*Lawrence of Arabia*)，主演彼得·奥图尔（Peter O'Toole）获得奥斯卡最佳男主角提名。BOTS包含很多真实元素，但大部分是虚构的。

我们在这里谈论的不仅仅是电影。成百上千的小说都是根据真实故事改编的。我的脑海中马上浮现出像欧文·斯通（Irving Stone）的《痛苦与狂喜》(*The Agony and the Ecstasy*)、利昂·乌里斯（Leon Uris）的《出埃及记》(*Exodus*)和詹姆斯·米切纳（James Michener）的《夏威夷》(*Hawaii*)等经典作品。这些作家从没有声称他们写的是真实故事。他们很清楚"非虚构"就是完全真实。人不可能半死半活。半真半假的故事就是虚假的，因此被归类为小说。如果你的儿子告诉你他开车去便利店，买了一块糖，和一个朋友聊天了，但实际上他跟朋友一起抽大麻，尽管他辩白中的其他内容都是对的，但归根结底他是在编故事，没有说真话。

这不是说作家和导演，甚至演员没有做研究，没有借由服装、情绪和精神来刻画故事发生的时代。但是，尽管所有这些故事都引人入胜、激动人心，电影制作人却偏离事实，构建从未发生过的场景，插入不存在的角色，并经常更改结局来取悦或警醒观众。

纪录片和剧院中的纪实剧，即创意非虚构电影是完全不同的探索和体验。摄像机就是记者。摄像机的镜头展现图像、思想、对话和冲突。谁能忘记在2005年的影片《帝企鹅日记》(*The March of the Penguins*)中摩根·弗里曼（Morgan Freeman）讲述的充满戏剧性、悬疑感，又催人泪下的动人故事呢？没有任何文字、影像或想法是编造的。弗里曼诠释了他或者编剧对企鹅迁徙的猜想,猜测它们所说的话,但他没有捏造,不论这多么诱人。

然而,纪录片并没有声称它是客观公正的。向观众展现哪些影像,剪辑掉哪些镜头,是导演的选择。叙述者或编剧诠释给观众的是他们看到的镜头的意义,至少是从他们的角度来看。迈克尔·摩尔(Michael Moore)[执导《科伦拜校园事件》(*Bowling for Columbine*)、《医疗内幕》(*Sicko*)、《华氏9/11》(*Fahrenheit 9/11*)等纪录片]强调他所有的纪录片都经过了事实核查,这是毋庸置疑的。但是,要展现什么样的观点、人物和事件,不展现哪些,是他的选择。

创意非虚构作者可以像迈克尔·摩尔一样主观,树立个人的观点,但过于固执己见会疏远读者。有时,为了证明论点,轻描淡写也是有效的。那些可以自由做出决定的人往往拥有更多的热情和信念。因此请记住,在讲述自己的故事时,你不是在写专栏文章。你想影响读者,但需要潜移默化。

---

## 练习2

在写作过程中,你应该保持阅读。因此,购买你最欣赏的杂志,那些你想要发表自己作品的杂志。我们指的是《纽约客》《哈珀斯》和《创意非虚构写作》等一流刊物。研究其他作家的写作技巧,以及他们处理主题的方法。读这本书的过程中,努力了解书中讨论的众多思路和技巧,比如合法性、对话和整体结构，把它们与你现在的写作联系起来。记住，你在教自己像作者一样阅读，也像读者一样阅读。

## 有趣的不同视角：回忆录的"罗生门"

2011年5月，玛格丽特·罗宾逊（Margaret Robison）的回忆录《漫漫归途》（*The Long Journey Home*）出版。罗宾逊是奥古斯丁·巴勒斯（Augusten Burroughs）的母亲，奥古斯丁·巴勒斯写了一本有名的童年回忆录《拿着剪刀奔跑》（*Running with Scissors*, 2002）。他的哥哥约翰·埃尔德·罗宾逊（John Elder Robison）也写了一本回忆录《看着我的眼睛》（*Look Me in the Eye*, 2007），描述了家庭，以及身患阿斯伯格症的成长经历。约翰书中记录的事情发生的时间和地点，跟他弟弟和母亲的回忆录差不多重合。3本书大相径庭，对于家庭生活中的大事描述不一。3个人都把自己的视角、风格和才华融入了各自的回忆录。你可以把这些书看作是回忆录的"罗生门"，对同一个家庭，有3个不同的故事，但3本书没有一本是虚构的，却都没有揭示这个家庭的全部真相。就像我所说，关键是事实的准确性比完全的真实性更容易实现，因为事实可以确定，而真相难以捉摸，真相是个人的真相。写作创意非虚构作品时，你必须尝试揭开一连串的真相：忠于你的故事，忠于你的人物，忠于你自己。

---

**练习3**

在第一个练习中，我请你再现往昔的场景或情境，它会引入你想要谈论的重大事情。它是开启更广泛对话的一扇门。我给你举了个例子——我成为"教父"的那天。这为我打开了一扇门，让我开始谈论创意非虚构的体裁、定义、特征，甚至是可能出现的问题。现在我要讲述另一个故事，这个故事会引出我在本书中要讨论的另一系列话题。这是一个探案或推理故事，虽然不能算犯罪故事，一会儿你就明白了。

不过首先，我希望你把一个故事或多个故事引向某处——整理好叙事，让它们转入一段对话，或对一项实质问题的考察。非虚构作者旨在向读者传播信息和想法，这些故事会把你带到哪里？你有要写的事件或情境，现在让它变得更有意义。

注意：留意我在下一章所做的事情。我讲了一个故事，这个故事引出了实质性的信息和消息。

## 谁会是最终的裁决者

在这一节的开头，我介绍了创意非虚构和新闻界著名的造假者和言过其实的人，以及跨越这一步，从非虚构跨越到虚构面临的惩罚和问题。

"这一步"，我指的是故意或错误地冒险，过分突破边界、越过底线。我已经提出一些想法，采取了一些行动来保护你和你的写作对象。

但是，如果事情出了差错，谁会是最终的裁决者？像克林特·伊斯特伍德（Clint Eastwood）那样知晓规则，毕生致力于守卫规则的执行者在哪里？

你马上就会见到创意非虚构写作的警察了——算是吧！

# 6

## 良心：创意非虚构的警察

那是一个星期四晚上，白天我上了一天课，刚刚完成在得克萨斯州奥斯汀（Austin）圣爱德华大学的朗诵会，开始回答有关写作的问题。我告诉听众，要写出像小说一样的非虚构作品富有挑战性。有些批评家说这几乎不可能，除非作者在风格和内容上自由发挥，这会破坏非虚构作品，让内容失真或者只是部分真实。《午夜善恶花园》的作者约翰·贝伦特指出了这种类型固有的危险。他说为了从一个场景切换到另一个场景，让读者阅读起来更愉悦，他在书中编造了一些过渡情节，这个过程他称为"绕过拐角"。

在我的朗读会结束后，我们在礼堂讨论的正是这个话题：游走在虚构与非虚构的模糊边界，作者能做什么，不能做什么。随着听众的参与，问题也越来越多。"你怎么能确定你再现的几个月前发生的一起事件的对话是准确的？"一位听众问。另一位质问道："你又不能进入人物的头脑，怎么用他们的眼光看问题？"

我试着解释说，这样的问题与叙述可信度和作者的伦理道德边界有很大关系。过了一阵，我愤怒地抬起双手说，"听着！我不是创意非虚构写作的警察"。

听众中有位女士，朗读会一开始我就注意到她了。她坐在第一排，引人注目，比大多数本科生年纪都大，也许快40岁，头发金黄，妩媚动人。她脸上挂着护士般警觉又镇静的表情，不太放松，总是随时准备采取行动或做出回应。她脱掉鞋子，把脚搁在台上；我记得我朗读文章时她发出了嘲笑声，脚趾动来动去。

我说"我不是创意非虚构写作的警察"时，很多人咯咯发笑，但这位女士突然一跃而起，倏地拿出一枚徽章，指向我的方向。她说："哦，我是的。你被捕了。"

然后她捡起鞋子，光着脚怒气冲冲地冲出了房间。问答环节结束后，我冲进走廊，但她已经走了。主持人说那位女士是个陌生人，谁也不认识她。对大家尤其对我来说，她是个神秘人物。

这件事发生在大约10年前。自那以后，我两次回到奥斯汀朗读和教学。每次我都期待那个带着徽章的女人再次出现，并逮捕我。不管我去哪里，她总在我脑海里，潜伏在我意识的阴暗处，某种程度上让我意识到有人在监视着我，让我不得不经常审视创意非虚构作品中固有的伦理道德边界。

我们如何区分正确与错误、夸张与虚构、真实与虚假、诚实与奸诈？对于创意非虚构作者来说，判定其中的差别很难。重要的是，一开始要做事实核查，同时要做正确的事情——遵循老式的黄金法则，尊重你的角色和他们的故事，就像你希望他们尊重你和你生命中重要的人一样。但事情远不止这些。那位神秘的女士，我称她为**良心**，是对我们所有人的提醒，也是一位无形的仲裁者。

## 客观性的争议

鲍勃·伍德沃德和卡尔·伯恩斯坦（Carl Bernstein）在《华盛顿邮报》（*Washington Post*）上发表的一系列爆炸性文章，揭发了水门事件的残酷真相。

1974年，他们出版了《总统班底》（*All the President's Men*）一书，呈现了一个完整全面的故事。他们以立体视角描述人物，从人物的角度分析并思考故事中错综复杂的事件和矛盾冲突。

在《华盛顿邮报》的报道中，这样的内容大部分都缺失了，比如记者在重现水门事件时经历的冒险和挑战，他们努力寻找事件发生的原因，设法找出犯案者，揪出这次失败事件的策划人。这种个人层面的叙事是《华盛顿邮报》的故事所缺失的——这是创意非虚构写作享有的荣幸和自由。

由于真相与事实的分离，记者往往对创意非虚构作品最为挑剔。如果可信度受到质疑，肯定会引发一定程度的怀疑。但新闻业也有阴暗的一面。记者的使命是客观公正地报道新闻，不偏袒故事的任何一方，也不更多关注任何一方。但是，透过《纽约时报》和福克斯新闻（Fox News），我们知道新闻业的客观并不存在，那只是空洞的说辞。客观是不可能的，除非你是个机器人。即便如此，帮助机器人思考的软件也是由有自己想法和观点的人编写的。

创意非虚构作者不需要担心是否客观公正。我们鼓励创意非虚构作者保有某种立场、有自己的观点，显示其能在真实、准确和高品位的界限内思考、评价、总结和规劝。这种主观倾向性可以区分传统非虚构作者和创意非虚构作者。不过创意非虚构作者最好要显得公正。公正，和客观一样很难达到。即便使用跟传统记者同样的事实素材，创意非虚构作者也能以不同的方式讲述故事，对读者的影响也大为不同。

## 拼凑不存在的主角

这个故事我们耳熟能详。1719年，丹尼尔·笛福（Daniel Defoe）出版了一本书，书中的主人公鲁滨孙·克鲁索（Robinson Crusoe），被困在荒岛上长达28年，完全与世隔绝，还不时受到食人族、海盗和叛变者的威胁。

很多读者之前都认为《鲁滨孙漂流记》（*Robinson Crusoe*）是一个真实的故事，有些读者如今仍这么认为。作者很可能以现实生活中至少两个船沉后漂流到孤岛的人为蓝本创作了小说。笛福拼凑了他们的冒险经历，借助想象力做了不少发挥。尽管有真实的联系，但笛福写的是小说，并没有想要欺骗读者。

然而，250多年后，《华盛顿邮报》记者珍妮特·库克（Janet Cooke）凭借叙述一个8岁男孩在首都街头贩毒的故事，获得了1981年的普利策奖。出于好奇，记者们去寻找这个故事的主角，最终迫使库克承认并没有这个人。这个男孩是她根据碰到的几个孩子合成的。库克丢掉了工作，身败名裂。可惜，有些人并没有从她的错误中吸取教训。

　　2002年2月，《纽约时报杂志》（New York Times Magazine）披露其报道过的一个男孩，一个在可可种植园除草赚取极低工资的科特迪瓦劳工，是拼凑而成的。作者迈克尔·芬克尔（Michael Finkel），该杂志的撰稿人，被解雇了。起初芬克尔反应十分强烈，显得目中无人。他告诉《纽约时报杂志》：“老实说，我希望读者明白，我是想尝试创造一些美好的东西，达到更高的水准。”几年后，他在2006年出版的《真实故事：谋杀、骚乱、我的过失》（True Story: Murder, Mayhem, Mea Culpa）一书里承认：“我以为我可以逃过一劫。我写的是西非丛林中贫困无知的少年。谁能查明我的主角不存在呢？”

　　揭露骗局者有时是编辑，有时是批评家，但通常是读者。这就是你不能凭空捏造的原因。这么做违背了创意非虚构的首要使命——讲述真实的故事，给读者提供有影响力的真实见解和信息，让他们难以忘怀。编造故事是不道德的，而且完全没有必要，因为真实事件通常比幻想更能引发共鸣，显然也更令人信服。

## "压缩"技巧：混合多个事件或情境

亨利·大卫·梭罗（Henry David Thoreau）在瓦尔登湖住了两年，但他在1854年出版的《瓦尔登湖》（*Walden*）一书中，把这两年的生活混为一谈。他选择的是这两年中的哪一段呢？在他煞费苦心的修订过程中，有多少次把两三天甚至4周的生活合并为一天呢？

梭罗采用了"压缩"技巧，把多件事情或多种情境混合起来，让叙事内容更充实。得益于这种技巧，作者能更轻松流畅地构建一个扣人心弦、入木三分的故事。

珍妮特·马尔科姆（Janet Malcolm）在《弗洛伊德档案》（*In the Freud Archives*, 1984）一书中，把她与西格蒙德·弗洛伊德（Sigmund Freud）档案馆的前项目主管杰弗里·穆萨耶夫·马森（Jeffrey Moussaieff Masson）的一系列谈话合并为一次长谈。随后马森起诉了马尔科姆和刊登了该书节选的《纽约客》杂志，认为她在这段对话中捏造了引述。他一开始并没有意识到她压缩了对话，直到很久之后看见他们白纸黑字的对话。马尔科姆不承认篡改了谈话中的事实，她觉得她只是修改了谈话发生的时间和形式。

这桩案子花了近10年时间才在美国最高法院结案。尽管马尔科姆因其草率的报道而受到批评，但是马森败诉了。一些直接引用马森的话实际上是错误的，但只是使用了压缩技巧。虽然对方律师激烈辩论，但它们仍被认为是合法的。那么压缩违反了与读者或采访对象的伦理或道德纽带吗？也许没有，只要信息不是捏造的——这完全是另一个话题了。但是，如果你在作品中压缩了事件，最好告诉读者。你可以在书开头或结尾的作者说明中轻松做到这一点，你也可以把信息插入文本中。你不会希望读者最后觉得自己被误导了。

## 编造对话

讨论到创意非虚构作品时，总会遇到这样一个问题："如果作者不在场，作者怎么知道有这样一段对话，怎么知道参与者都说了些什么？"或者，"即便作者在场，作者怎么能一字不差地记住每个人说的话？"或者最终，"引号是不是表示这段对话句句属实？"

引号的使用历来意味着真实性。一些作家，比如塞巴斯蒂安·荣格尔（Sebastian Junger）在1997年的畅销书《完美风暴》（*The Perfect Storm*）里，写对话时不用引号。1996年，弗兰克·麦考特（Frank McCourt）在其轰动一时的回忆录《安吉拉的灰烬》（*Angela's Ashes*）里，选择把对话排成斜体。许多作者认为在重现的场景中使用引号并无不妥，他们认为读者知道作者没有（像大萧条时期的麦考特一样）随身携带录音机或录像机来记录生活中每一段难忘的对话。

我喜欢在再现的对话中使用引号。我的读者知道这是再创作的，我并没有想要欺骗他们，并且我认为引述让文本读起来更流畅。读者看到"引述",就自动在脑海中听到这些话,我想要建立并保持这种真实性。

但是,若这些引文是回忆或再现的讲话,且如果作者觉得向读者传递这样的信息很重要的话("这不是完全可信的,不是一字不差"),我能理解作者使用斜体字或其他符号。哪种方式更好,有点像掷硬币。最终目的是生动地再现对话,在信任和良好判断力的基础上反映记忆和推测。

## 更改姓名

问:如果作者更改了一个人的名字,那么在书或文章中,对于这个人,作者就可以畅所欲言,还免受法律诉讼,对吗?

答:很多人这么认为,但事实并非如此。他们仍会对作者发火,仍然可以用煎锅打作者的头。作者也不一定会受到法律保护。

问:我直接说我在写小说,行吗?

答:如果一个人容易认出来,如果你让他的右脸有胎记或他的前臂上有刺青,或者他有易于识别的口音,你可能会有大麻烦。仅仅因为你声称在写小说,即便你的声称是合法的,你也不能免于诉讼。

1993年,戴维·莱维特(David Leavitt)写了《在英格兰沉睡时》(*While England Sleeps*),讲述了"二战"前两个男同性恋者之间的爱情故事。这本书因细致入微的同性恋性爱描写而引发了争议。毕竟那是1993年。这本书一时间臭名远扬，大家发现它描绘的其实是颇有声望的英国诗人斯蒂芬·斯彭德（Stephen Spender）露骨的生活。莱维特最终承认该书是根据斯彭德1951年的自传《世界中的世界》（*World Within World*）改写的。在莱维特的书中，对主人公斯彭德的描述，很可能会损害这位诗人的杰出声誉。斯彭德提起诉讼，要求莱维特的书在英国下架，并且迫使莱维特为在美国出版的第二版做了重大改写。

斯彭德多少有点名气，并不费多少工夫就能确定他就是莱维特的人物原型。但是那些不出名的人呢？如果朋友、家人、同事和商业伙伴都能认出这样一个人物，作者对这个人物的描绘可能损害他的名誉从而损害他的生计，那么这位作者跟莱维特一样负有法律责任。当然，尽管不如死亡，但真实仍是最好的防御。

## 诽谤、诬蔑：在世之人和逝者的差异

回到我的前妻身上。不管我说了她什么，不管我的话多么不堪入耳，如果我说的是真话，那就不是诽谤。就算我说的是假话，如果我只是对她说这些话，或是在信里或电子邮件里写给她，这仍然不是诽谤。但是，如果我写一些谎话恶意中伤我的前妻，并且在文章、博客或信里公之于众，那么我可能会有麻烦，犯诽谤罪……也许。

也许？严格来说，诽谤是以书面形式对第三方做虚假和诬蔑性的陈述。如果我说的话让我前妻感到难堪或恼怒，她可能不会原谅我，但她不会赢得对我的诉讼。但是，如果我的假话伤害了她的名誉，让她受到人身攻击或事业受损，那么这就是诽谤，我就该找律师为自己辩护，或者达成协议。

第一个教训是要诚实准确、谨小慎微。第二个教训是了解法规中的限制性条款和例外情况。比如，在某些情况下，陈述观点和陈述事实是有区别的。

事实可以验证，但如果我前妻对我说三道四，又不能被验证，那么这很可能是观点。《皮条客杂志》(*Hustler Magazine*)曾坚称福音传教士杰里·福尔韦尔(Jerry Falwell)与他的母亲发生过乱伦行为。福尔韦尔提起诉讼，最终案件被驳回，法庭裁决说《皮条客杂志》的说法太离奇了，那是恶搞，不能当真。福尔韦尔的母亲已经去世了，无法否认这一指控。

对电影明星、政治家、体育明星等公众人物来说，诽谤罪的门槛比普通人高得多。这就是为什么那么多人可以指责贝拉克·奥巴马不是美国公民，还能逍遥法外（在他2008年当选之前，这种指控就一直存在，甚至持续到了2012年），即使这损害了他的名誉，导致他在下一次选举中失败。另外，由于我不是公众人物，如果我的前妻说我不是美国公民，她的断言让我名誉受损，比如让读者拒绝购买我的书，那么我可以让法院给她发传票。

有人可以免于诽谤和中伤吗？毫无疑问，在世之人不可以。但是，书写逝者通常是安全的。在大多数州，无论你多么努力，你都不能对逝者构成诽谤。但是，也有一些例外。在某些情况下，在罗得岛、加利福尼亚或得克萨斯等少数几个州，对逝者的虚假和诽谤性陈述会导致诉讼。任何情况下，如果有律师介入，最好格外小心，事先查看州法规。

## 关于埃德蒙·莫里斯《荷兰人：里根传》的争议

1999年，关于普利策奖得主、传记作家埃德蒙·莫里斯作品的真实性引发了一场全国性争论。在撰写罗纳德·里根（Ronald Reagan）的授权传记时，为了深入描绘里根隐秘而令人费解的个性，莫里斯把自己作为虚构人物写进了这本书。平心而论，莫里斯并没有误导读者。他明确表示，在《荷兰人》(*Dutch*)一书中，自己这个角色是杜撰的。然而，虚构授权传记的重要一环这个做法引起了轩然大波，《纽约时报》《60分钟》和其他媒体都作了报道。多年来，历史学家已经认可了《荷兰人》的学术成就，但是莫里斯从非虚构到虚构的风格飞跃仍饱受争议，某些人认为在学术界这是不可接受的。但是，莫里斯并不为他的同行写作，《荷兰人》是严肃作品，针对的是普通读者。

## 与当事人分享你的作品

保护你的书、论文或文章中的人物，同时让他们自我辩护的一个方法，是在出版之前分享你对他们的描述。很少有作者这么费心费力，但与你的当事人分享你的叙述并不意味着你需要改变你对他们的相关描述；这只意味着你对你的人物及其故事特别负责。

我理解为什么你可能不想跟写作对象分享你的叙述——这会带来风险。这会毁掉你们的友谊、婚姻、未来，会让你的书或文章在发表之前就被抵制，并会导致诉讼。但是同理，如果你的书或文章的信息有误，出版后也会造成严重的损失。这是一种负责任的行为，如果情况发生了逆转，你就会感激自己这么做了。

我有时（并不经常）在书出版之前，给我的当事人阅读摘录，与他们分享书的部分内容，反响不错。这么做值得提倡，可以考虑。他们喜欢倾听并琢磨我写的东西，还纠正了错误。但是，更重要的是，我与人物面对面交流时能够更亲密。我向对象透露我的想法和感觉，当了解到我笔下的他们时，有些人会生气，这是很有趣的现象，值得观察并写出来。但是大多数时候，他们很高兴能在作品出版之前参与进来。

请注意，我给我的人物读了摘录，这样他们可以"听到"我对他们的描述。这是因为我不会交出打印稿。我**不让**我的对象跟其他人分享我对他们的描述。不然，律师、配偶、朋友，甚至邻居，都可能参与到对话中，你会失去控制。因此，我不会请他们阅读和评论，而是把我所写的东西读给当事人听，并录下他们的评论。他们听到了我写的东西，同时我们还可以聊些有价值的闲篇，但他们不能在闲暇时挑剔我的作品。

## 保护自己：劳伦·斯莱特的事实核查清单

劳伦·斯莱特总是这样保护自己，你在本书的后面会读到她的作品。2004年，在她颇有争议的书《打开斯金纳的箱子》（*Opening Skinner's Box*）中，斯莱特写道，为了说明人拥有自由意志，哈佛大学著名心理学家杰尔姆·卡根（Jerome Kagan），突然跳起来钻到桌子底下。这本书出版后，卡根感到恼火，也许是为自己的行为感到尴尬，他告诉《卫报》（*The Guardian*）的一位撰稿人，这件事没有发生过。他说，他只是说他**可以**这样做。几个星期后，《纽约时报》的一位记者就卡根的否认与斯莱特对质，斯莱特递给他一份她与卡根邮件交流的记录。在正式出版前，斯莱特给卡根发了一份事实核查清单，她在其中写道"为了向我证明人们确实有自由意志，你钻到了桌子下面"。卡根对此回应说："我是想证明，人们有选择行为的权利时，他们可以选择过去从未得到过奖赏的行为。"斯莱特早就想到了，她猜测这位著名学者也许不想显得很傻，即便这就是他所做的，或者在这种情况下，他否认这么做过。

## 关于伦理、法律和道德底线的最后思考

首先要记住的是：没有规则、法律和特定的处方，没有人可以被认为是创意非虚构的警察、最终仲裁者，甚至教父。李·古特金德或其他任何人的准则都不存在，也不应该存在。重要的是

做正确的事情，保持公平、遵循黄金法则、以礼相待、尊重他人、运用常识。

"绕过拐角"、拼凑人物或事件并不是绝对错误的，但如果你真的尝试使用这些技巧，你需要确保你有正当的理由。基于良好的叙事原则做出的文学决策通常是合理的。说到底，你是个作者。勇敢尝试、打破规则会让你受益，也让作品增色。但要小心，三思而后行。尝试和实验没有坏处，可是在你点击"发送"之前，考虑一下对你和你的写作对象的影响。

与写其他文学体裁的作者相比，创意非虚构作者更需要依靠自己的良知和对他人的体恤，表现出更高的道德水平和对公平正义的相当尊重。我们可能心怀愤恨、憎恶和偏见；但是身为作者，我们没有特权做出出格的行为，并且伤害他人。这听起来简单，做起来难。要为艺术而写作，也要为人类而写作。换句话说，我们要自我监督。身为作者，我们意图有所作为，改变大家的生活，着眼于全人类更高的利益。我们为什么写作？为了讲述有意义的事情、影响社会，以及在历史上留下个人印记。艺术和文学是我们留给后世的遗产。我们会被遗忘，但我们的书籍和文章，我们的故事和诗歌会让我们存活下来，不管是在图书馆的书架上，还是在互联网时代的以太空间中。

不管你如何划定虚构与非虚构的界限，你需要记住好公民的基本准则：不要捏造从未存在过的事件和人物，在写作中不要伤害无辜。牢记你自己的故事，但在思考你的奋斗和成就时，不要忘记你的故事会怎样影响读者。除了创造浑然一体动人心魄的故事外，你还想触动并影响他人的生活，这是创意非虚构作者与小说家、讲故事的人和诗人的共同目标。我们都希望与他人建立联系，让他们记住我们，也许他们会与他人分享我们的作品。

我希望有朝一日可以与那位赤脚女听众，奥斯汀圣爱德华大学的那位带着警察徽章的女士面对面交流。我从未忘记过她。很奇怪，她成了我良心的化身，在我写作时监督我，拷问我作品中的种种问题，而这些作品正是我向你推荐的。我希望每次你坐下来，靠近键盘或笔记本开始写作时，也可以感受到她就在你身后。

# 7

# 写作日程安排

我已经要求你写作，并且提供了一些练习帮助你开始动笔。我十分清楚你要面临的挑战。写作很难，耗费时间，有时痛苦单调，并且几乎总是令人沮丧。当然也没有你想象的那样赚钱。那么如何保持有规律地写作，创作出心目中的作品，并让你的作品产生应有的影响呢？正如我所说，没有执行者来强制引导你遵守规则。但是，你可以借由自我监督，来激发、激励和刺激自己。听听安妮·迪拉德（Annie Dillard）怎么说。

在《写作生涯》（*The Writing Life*, 1989）一书中，迪拉德写到了她和其他人的日程表："日程表可以让你远离混乱和冲动，它是捕捉日子的网。日程表是脚手架，劳动者可以站在上面，空出两只手劳动。"

她描述了很多作家的日常生活，比如诗人华莱士·史蒂文斯

（Wallace Stevens）总是早上6点起床，读两个小时书，再步行3英里[1]去他在哈特福德保险公司的办公室，向秘书口述诗歌，然后卖保险挣钱。

杰克·伦敦（Jack London）每天写作20个小时；他设定闹钟，睡了4个小时后叫醒自己。"他常常睡过头，"迪拉德说，"于是他改装了闹钟，时间到了就让一个重物落在自己头上。"迪拉德承认，自己并不相信这个故事，虽然她开玩笑说："像《海狼》（*The Sea Wolf*）这样的小说有力地证明了某种重物曾频繁地落在他的头上。"

迪拉德凭借《听客溪的朝圣》（*Pilgrim at Tinker Creek*）一书获得1975年普利策非虚构奖，她在科德角（Cape Cod）一个8英尺长10英尺宽的预制工具房写作，里面塞满了电脑、打印机、复印机、空调、加热器和咖啡机。小屋外面的世界让她分心时，她就剪下方形的纸，贴在每块窗户玻璃上。为了不感觉局促压抑，她又在纸上画上鸟儿、树木和野花。

为了规律写作，你尽可以采用对你管用的方法。你需要制订写作计划表，并保持其神圣不可侵犯。如果成为作者对你意义重大，那么就像我所说的，你要学会自我监督。但是，更重要的是，写作应该成为你的生活中的自动自发的行为，而不是迫不得已的行为。很多作者抱怨写作痛苦，但只要想到放弃它，哪怕一个星期，也无法忍受。

---

1  1英里 ≈ 1.6千米。——编者注。

## 规律作息

约翰·麦克菲（John McPhee）[1]写了30多本书并环游了世界，是一个严于律己、生活规律的人。他在普林斯顿大学校园有间办公室，他在那里写作。不出门旅行时，他每天早上8点左右就到那里。一整天他都会待在那里写作或构思，很少有例外情况。

长日漫漫，形单影只，静待灵感降临，他承认这期间有时他会睡着，但他知道到了一天结束时会有所期待，他期待自己能写出一两千字，为他的手稿添砖加瓦。他会把新写的篇章塞进托特包，步行回家，喝杯马提尼，也许会把写的文字读给他最信赖的批评家——他的妻子，征求意见或批评。

我们不可能都有幸在大学校园里拥有办公室，也不可能拿出一天中的大部分时间来写作，但是麦克菲的日常安排展现了作者为了取得进展、写出东西，必须有所作为。以写作为生，不像熬夜写论文来应付大学教授。写作是水滴石穿的过程，需要持之以恒的努力。

一个规律的日程安排极为重要。我从没听说一个经常出版作品的作者不经常写作，有某种特异的作息时间，不管喝不喝马提尼。相比马提尼，海明威更喜欢喝葡萄酒和威士忌，但他一向吹嘘自己不论前一晚出去"过作家的生活"多晚回来，他都会一

---

1 约翰·麦克菲：普林斯顿大学教授，美国著名的非虚构作家。从1963 年起，为《纽约客》撰稿至今，已出版 30 多部作品。曾四度入围普利策奖，并于 1999 年获此殊荣。曾两次获得美国国家图书奖提名。

大早就在打字机前写作。

我不指望我的大部分读者成为全职作者，虽然我希望可以帮助你们有朝一日达成这个目标。如果你可以灵活安排生活，最好选择舒适安静的时间和地点，彼时彼地你的思维最清晰。对我来说，那是拂晓前的几个小时，但对其他人来说，也许是午夜或者更晚的时候。受失眠困扰的时候，我会走到邻居家附近，凌晨3点钟他家三楼阁楼的灯总是亮着，那是他头脑最清醒的时候。他是个大学老师、单亲爸爸，也是个作者。跟他的孩子道了晚安后，他便开始他最严肃的工作。

不仅是作家需要规律的作息安排。很多年前一个初春的早上，我起床穿好衣服，手上握着第一杯热气腾腾的咖啡时，寂静中飘来木管乐器的美妙音乐。我走到键盘前开始工作，边写边倾听音乐，那音乐很美，令人心醉神迷。它非但没有干扰我，反倒令我心旷神怡。但我心底纳闷这音乐来自何处，为何那天我会听到音乐。最后我解开了谜团。我家后面的小马车房搬来了一位新邻居汤姆，他是著名的匹兹堡交响乐团首席长笛手。

后来汤姆和我讨论了我们工作的相似之处。"你不是每天下午在亨氏音乐厅或者你要演出的地方排练吗？"我问他。

"没错，"汤姆回答，"可我必须有规律地练习，不仅是为了提升技艺，也是为了保持高水准。"

他的说法让我领悟我写的每一稿都是为下一稿做演练。我最后的手稿像汤姆的表演，有些精妙绝伦，有些则微不足道。练习永远不能带来完美，但肯定能提升你自己。

伟大的运动员迈克尔·乔丹（Michael Jordan）曾这样阐述他的哲学观和人生观："在我的职业生涯中，投失9000多个球，输掉了差不多300多场比赛。有26次，大家相信我能投入制胜的一球，但我没做到。在我的生活中，我一次又一次地失败。这就是我成功的原因。"

这样说来，作家和运动员异曲同工。如果我们不能坚持不懈地锻炼肌肉和大脑，磨炼技能，那么我们的天赋如何就并不重要。迈克尔·乔丹和泰格·伍兹（Tiger Woods）都不是天生的超级明星。为了获得成功，他们努力练习，一以贯之。这种全心全意、勤学苦练的精神始于激情。

## 激情与练习

几乎每个作家都有特别的方式让自己动笔并写下去，还会为当天设立令人满意的终止目标。有些作家，比如麦克菲，需要从头到尾努力完成整篇文章，先写出粗略的草稿，再精雕细琢，使框架和条理清晰。但是，威廉·斯蒂伦（William Styron）曾告诉我，他的目标是每天写一页，并且在那一天反复写，直到写出他觉得最好的一页，之后他不会再回到这一页。海明威的背不好，他站着写作，托马斯·沃尔夫（Thomas Wolfe）也是如此。沃尔夫是个身高6英尺7英寸[1]的巨人，他总是趴在电冰箱上写作，因为冰

---

1　1英寸 ≈ 2.54 厘米。——编者注。

箱比他能找到的任何桌子都高。

沃尔夫写作时充满激情，一写就是好几天，有时忘了给他的手稿编号，就把它们扔在纽约西村（West Village）公寓的地板上。据说人们经常看见他的编辑，著名的马克斯韦尔·珀金斯（Maxwell Perkins）在沃尔夫的公寓翻找、寻找丢失的稿纸，想办法弄清楚它们在沃尔夫紧张精彩的故事中属于哪一页。沃尔夫写不下去时，就在城市的街道上咆哮，并以同样的激情和放纵来生活，以此来激励他的写作。

有一段时间，我也经历了跟托马斯·沃尔夫扔稿纸相似的阵阵兴奋和疲惫。在写了整天或整夜后，我会跳上摩托车，轰隆隆地进入乡村，感受夜晚的冷风吹拂我的脸，凝视黑黢黢的无名公路。几小时后，在卡车停靠站或小餐馆里喝着咖啡时，我用文字勾勒出疲惫的面孔，记录下和路人的对话。对我来说，这些经历虽然狂热疯狂，却美妙而影响深远。我骑车飞驰在这些黑暗的乡村小路上的场景尤为突出，历历在目。

激情是创意非虚构作者所必需的：对人类的激情、对文字的激情、对知识的激情、对自发性体验的激情、对了解事情前因后果的激情。正如琼·迪迪翁（Joan Didion）在《纽约时报杂志》上题为《我为什么写作》（*Why I Write*, 1976）一文中所说："我写作是为了弄清楚我在想什么、我在看什么、我看到了什么，以及我看到的东西意味着什么。"

很容易举出著名作家和运动员的例子，但是那些在黑暗中孤军奋战，还没有取得成功的人呢？他们可能不愿意告诉别人自己是作家,以免有人问他们出版了什么作品,这些作品是否出现在畅销书排行榜上。这是难以跨越的障碍——要对自己怀有信心,从心底明白总有一天你会证明自己的价值,你的练习和激情会带来满足和成功。这几乎是所有作者都面临的挑战:这是他们自己独特的"绳索测试"。

## 我是如何通过绳索测试的

和我的大多数朋友和家人一样,我以为加入美国海岸警卫队的话,在身体上会比较轻松。毕竟,海岸警卫队士兵是浅水水手。我不知道的是,由于我们在海岸上活动(保护我们的海岸不受敌人侵略),我们总是在陆地上拼命奔跑,而不是像真正的海员那样驾驶船只在海上乘风破浪。

断断续续的三声钟声,钟楼上的这个信号触发了基本训练里最受欢迎的演习。听到这些钟声时,新兵必须抓起步枪和刺刀,冲向入侵的敌人,并在水中作战。20世纪60年代我当步兵时,传统的海岸警卫队新兵训练营为时12个星期,而陆军是9个星期。这是因为加入海岸警卫队的人通常身体状况不佳,而且我们有更多的理论课程,比如旗语和海事法。

12个星期的新兵基本训练之后,我是我们连唯一一个没有毕业加入分队的成员。刚来时我220磅[1],这时我已经减掉了大约80

---

1　1磅≈0.45千克。——编者注。

磅，身体尤为健康。不用说，这里的食物没有我母亲煮的饭菜那么可口。

但是，不论我多么努力，多么频繁地尝试，我都无法通过绳索测试。我们本应该爬上一条50英尺长的绳子，绳结的间距均匀，用手可以抓取；我们得爬到顶端，然后慢慢下降。还有其他方法登上入侵的船只，但绳索是唯一的选择时，海岸警卫队员必须做好准备。

新兵训练营毕业典礼之后（我被拒之门外），我跟新兵同伴们道别，他们被分配到了国内外的部队，而在通过绳索测试之前，我要一直待在新兵训练营基地。军士长奥赖利（O'Reilly）向我保证："我们会把你留在队伍里，无论需要多长时间。"

白天，我跟维修队一起在一个废弃的大熔炉里工作，维修队队员都是犯了轻罪的军人，不工作时他们被关在禁闭室里。我们凿开烧焦的烟灰和碎屑，三餐之间都看不到阳光。那时，口罩还闻所未闻。我整个上午吸入煤尘，晚上再咳出来。工作时间漫长，十分辛苦，又呼吸着炭黑色的东西，一天结束时，我都没有力气和意愿去爬绳索，甚至没法做力量训练来锻炼上半身。我想整个服役期间我都只能是"新兵"了，我似乎完不成绳索测试。

一个星期六的下午，我漫无目的地在娱乐大厅闲逛，走到台球厅后面的房间，在房后的门上，我看见了一块写着"图书馆"的牌子。我进入了一个新世界。

我在图书馆里找到了在家里读过的很多书：海明威的《尼克·亚当斯故事集》（*Nick Adams Stories*）；弗兰克·斯劳特（Frank

Slaughter）的小说，讲述了在各种环境下工作的医生的故事；阿瑟·米勒（Arthur Miller）的《推销员之死》（*Death of a Salesman*）[我理解比夫（Biff），并不是因为他是个令人钦佩的人物，而是这个昵称很妙！]；赫尔曼·沃克（Herman Wouk）的《马乔里晨星》（*Marjorie Morningstar*）；《安妮日记》（*The Diary of Anne Frank*）；马克·吐温（Mark Twain）的《哈克贝利·费恩历险记》（*The Adventures of Huckleberry Finn*）。

我在图书馆得到了一些清净，我可以坐在软椅上思考，没有人说话，没有人告诉我要做什么，也没有人强迫我行军礼。书籍就是故事，我阅读的故事把我带到了另一维度的时空，我跟那里的一些人产生共鸣，与他们同病相怜。

沉浸在他人或真或假的人生故事里，帮助我评估并重新确定了生活中的轻重缓急。菲利普·罗思的《再见，哥伦布》（*Goodbye, Columbus*，1959）中的主人公，为自己跟这个世界格格不入而沮丧，具有讽刺意味的是，打心里他就不想融入这个世界，就像当初我难以融入学校和社区一样。

欧内斯特·海明威1925年的故事《大双心河》（*Big Two Hearted River*）[收录在他的第一部小说集《在我们的时代里》（*In Our Time*）]吸引了我，并加深了我对孤独的追求，海明威在密歇根州的上半岛感受到了这种孤独。在几个星期内，我感觉自己起了变化。得益于阅读他人的故事，我自信起来，决心变得更强大独立。我还变瘦了，入伍时领取的制服像窗帘一样挂在身上。

我不曾刻意要减肥，就这样瘦了。我开始早早起床，在起床号前，额外做数百个俯卧撑和仰卧起坐。午餐时，我不吃饭，也不抽烟，而是长时间绕着院子散步，边走边读书。有时我去男厕所，在厕所隔间的墙上练习引体向上。我躲在关着的门后面，因为跟我一起清理火炉的那些家伙被关禁闭了，不是因为他们太胖，也不是因为他们不能通过绳索测试。他们可不喜欢我公开做额外的体能训练。他们觉得我们的常规训练已经足够了。晚上，我回到我的私人图书馆庇护所，阅读和锻炼。

遵循秘密训练计划6个星期后，一天晚上我去健身房，几乎毫不费力地跳上绳子从地板爬到了天花板，这让我的上级军官和我自己都感到不可思议。我用一只手稳稳地触碰到顶端，然后不用脚再次轻快地滑了下来。第一次到达地面时，我有些卖弄地又爬上去再回来。这是个胜利的时刻，不仅因为我成功了，还因为我轻而易举就完成了。

突然间，我的人生充满无限可能和无穷潜力。我通过了绳索测试，军士长奥赖利非常满意。我可以去担任其他职位，接受其他挑战，比如写创意非虚构作品。

## 跌倒九次，爬起来十次

对我来说，绳索测试是一次人生考验。我永远不会忘记——我永远不允许自己忘记——只要我心怀目标、坚持不懈，我的潜力无穷。我能爬上绳索，任何地方的任何绳索，我做到了，不管要花多长时间，付出多少努力。

一路走来，有两句话成为我的座右铭。第一句话来自一位器官移植医生，我在为《无数个不眠之夜》(*Many Sleepless Nights*, 1988)这本书做调研时碰到了他。他当时在跟一位等待器官移植的病人说话，那个病人快撑不下去了。他改述了温斯顿·丘吉尔(Winston Churchill)1941年在德国闪电战的至暗时刻对英国人民的呼吁，告诉他的病人："绝不屈服，绝不放弃。绝不，绝不，绝不，绝不。"

后来我查看了丘吉尔的原话："绝不屈服，绝不屈服，绝不屈服，绝不，绝不，绝不，绝不。事无巨细，都绝不屈服，除非是为了荣誉和理智的信念。"

我记得那位病人奇迹般地有了回应，他又撑了几天，等到了可移植的心脏。手术后，我跟他失去了联系，不知道他是否还活着，也不知道他活了多久，但他的心脏外科医生跟他说的那句话让我铭记在心。我绝不会屈服，我绝不会忘记如果我坚持不懈，我就会有所成就。不尝试就意味着屈服。

第二句话来自另一个病人，一位老朋友，他终其一生都在与抑郁症抗争。他在婚礼当天割腕，他的新婚妻子发现他在浴室失血过多几乎致死。急救医生救了他的命。

几周后，我去看他，他看上去高高兴兴的，经历了那些事情后，他仍能保持积极的精神状态，我问他原因。他为我反复哼唱他在自杀病房听到的一首小曲。在他休养的精神病院里，每个病人都要接受24小时观察。

黑暗中，他躺在床上，房间的门敞开着，以便护士可以持续监视他,他听见有个男人在唱歌。他后来了解到,那个男人在几年前的一场车祸中失去了妻子和孩子。当时是他开车。自那之后,他饱受抑郁症困扰,严重到丧失活动能力,他频繁自残,但据护士说,他似乎总是强自振作,恢复常态,努力生活下去。他很坚强,常常康复出院,但是在家里待一段时间后,抑郁症又会发作。我朋友说,他的歌很简单,他没完没了地唱了一遍又一遍,听起来很怪异,但那句话清晰明了,深深打动了他:"跌倒九次……爬起来十次。"

　　这是每个作者必须学习的功课:创意写作的每篇文章都是一次单独的挑战。写一本书就像生个孩子,把孩子养大成人。一篇5000字的长文,可以与一次外科手术相提并论。好吧,也许我有点夸张。但是,作者是一本书的父母。即便你写的是非虚构作品,那也是创作。作者要描述并塑造人物的生活,计划他们的未来。当人物偏离轨道时(他们会的),作者会感到痛苦。

**问**:在开始写作之前就列好提纲呢?

**答**:就算你开始写作时列好了文章或书的提纲,从罗马数字I到X或XX,你也没法知道这些数字会把你带到何处。我希望你的提纲只是指南,而不是束缚。你是作者,而作者,特别是那些写创意非虚构作品的作者,跟世上大多数有创意的人一样,通常受直觉的指引。跟着你的直觉走,尤其是在写第一稿时。之后再考虑打磨细节。

不管写书还是文章，长篇还是短篇，约翰·麦克菲通常从结尾开始。麦克菲说，他喜欢一开始就写下最后一句或最后一段，这样，在写文章和书的第一稿时，他就知道自己要在哪里结束。这不是说他一开始就能预测到结尾，预见到最后的场景。但是，不管故事把他带向何处，他都知道要去的大概方向。等他写到最后，结局可能有变化，但在出发前，他需要一张类似路线图的东西。从结尾开始是他的方法。

我的写作方式不一样。我从感觉最兴奋最投入的点写我的故事。一开始我就有一个想法，但写的时候，我尽量让文字和思绪引导我。说到底，有多少严肃的作者，可能就有多少种写作方式。重要的是记住：要在写作上获得成功，唯一的路是坚持写下去，写好为止。

---

## 练习4

有赖于绳索测试的经历，以及我从中学到的富有意义而非常难忘的经验，我写作课的学生把我安排日程的方法称为"新兵营的写作方法"。这是因为我在所有课上都宣讲规律作息，我的日常作息与海岸警卫队时期军队灌输给我的作息时间表如出一辙。自从过上写作生活后，多年来，我在凌晨4：30或5：00起床。还是初出茅庐的作者时，我做过很多工作：开卡车、卖鞋、写广告文案，最后是教书，但大清早就起床让我得以专注于"真正的"工作——创意写作。

那是我着手一天的实际工作之前，精神最饱满、头脑最清醒的时候。

你们中一些人已经在按固定的规律写作了；对于还没有这样做的人，现在就是制订时间表的时候。想想你的生活，看什么时候你头脑最清醒，在哪里可以找到不受打扰的空间，以及你最愿意牺牲哪段时间（清早、深夜、与同事共进午餐的时间）。试试所有的组合，找到最适合的那个。

## 最后的提醒

"写书或者写故事的时候，每天早上天一亮我就尽快动笔，那时没人打搅。清凉的早上，有时很冷，写着写着就暖和起来。写到自己还有精力、知道接下来该怎么写的时候停笔，坚持到第二天再去碰它。

"停笔的时候，内心好像空了，同时又觉得充盈，就好像和喜欢的人亲热完毕，没有什么能伤害你，什么都不会发生，什么都没有意义，就等第二天再来一次，难就难在你要熬到第二天。"（欧内斯特·海明威）

# 创意非虚构写作的钟摆：
# 从个人主题到公众主题

探讨创意非虚构写作的一个简单方法是评估作者与主题之间的关系。

想象一个从左到右大幅度摆动的钟摆。

这个钟摆在两个极端之间摇摆，一边是所谓的"公众""问题导向"或者"宏大命题"的创意非虚构作品，另一边是"个人""私人"的创意非虚构作品。钟摆可以彻底地从一边摆动到另一边，完全私人或完全公众。钟摆也可以适度摆动，把公众和私人融合为内容丰富而引人入胜的混合文章。这种时候，创意非虚构的爵士乐就成了文学交响曲。

## 私人创意非虚构作品：引发狂热的吻

女孩美丽动人，头发金黄，肤色白皙，身体柔韧，腼腆敏感。故事开始时她才20岁，她从最初就知道自己做错了，错得离谱。但她沉迷其中，无法自拔。

她在火车站、机场、美术馆和国家纪念碑旁跟他见面，他们常常在她黑暗的公寓里幽会。这种痛苦的幽会断断续续地持续了两年之久，直到有一天，她终于鼓起勇气，决心结束这一切。

他难以接受，不愿意终止与她的会面。但他心里明白，自作孽不可活，跟女儿有染不会有好结果。尤其是他还有另一个家庭，妻子和3个孩子在数百英里外，他们不知道他去了哪里、和谁见面。

况且他还是长老会牧师，要守护一众灵魂。

20年后，女孩将一切公之于众。1997年，凯瑟琳·哈里森（Kathryn Harrison）的回忆录《吻》（*The Kiss*）出版时，因为太过暴露隐私而轰动文坛。那时她结婚了，有两个年幼的孩子。

想到当今我们每天在电视真人秀看到或在通俗小报上读到的东西，凯瑟琳·哈里森的揭秘我们见怪不怪。但是，在1997年，评论家们疯狂了。《华盛顿邮报》的乔纳森·亚德利（Jonathan Yardley）对其念念不忘，3次评论《吻》，几乎再怎么恶语抨击都不够。亚德利认为《吻》"可耻、污秽、艳俗、无所顾忌、令人作呕"。

玛丽·埃伯施塔特（Mary Eberstadt）在英国《标准周刊》

（*Weekly Standard*）上撰文说哈里森编造了这个故事，是因为她的小说（在《吻》出版之前，她出版了3本小说）卖得不好。詹姆斯·沃尔科特（称我为教父的那个家伙）在《新共和》上撰文，以心理治疗师的幌子，指责哈里森"由于自己受到折磨……让自己的孩子们蒙羞"。

这就是写作过于私人的东西，揭露隐私的危险所在。大家不会拿你的话当真，会认为你不过是要博取眼球，或者你孤苦伶仃，在自怜自哀。但是，哈里森的书改变了几代女性的生活，她们向朋友和家人隐瞒类似的秘密一辈子，默默忍受痛苦。这就是创意非虚构钟摆的一端，是非常个人化、有感染力的作品的典型例子。《吻》很快成为畅销书，如今仍在出版。但是，正如哈里森揭示的那样，这种坦诚让大家对这本书嗤之以鼻，但并没有影响在《吻》之后她出版的其他优秀虚构和非虚构作品。

## 私人回忆录热潮

詹姆斯·沃尔科特对他所谓的"自恋"极为愤怒。沃尔科特在《名利场》杂志中说，"创意非虚构写作"是"灵魂的公民新闻，是一种病态的输血，是将微弱敏感的虚构的声音注入到非虚构的躯壳中"。他的意思是说在创意非虚构作品中，作者过多地谈论自己，关注内在而不是外在，他们是自我放纵、牢骚满腹、精神错乱的无聊人士。在《创意非虚构写作》最近的一篇文章中，虚构与创意非虚构作品都写的罗宾·赫姆利（Robin Hemley）指出诗人和小说家不断过度内省，受益于这种内在的反思，他们的作品充满力量，并能打动普通读者。这是件好事。为什么不允许创意非虚构作者有同样的内省呢？

诚然，像迈克尔·波伦（Michael Pollan）[著有《杂食者的两难》(*The Omnivore's Dilemma*, 2006)，《植物的欲望》(*The Botany of Desire*, 2001)]或者德克斯特·菲尔金斯（Dexter Filkins）[著有《永远的战争》(*The Forever War*, 2008)]这样的"公众"非虚构作者写作的书籍，处理的是战争与政治、食物和橄榄球等重大问题。这些书会带给读者快乐、惊奇和信息，但它们不会像短篇小说、诗歌或回忆录那样感动读者。这就是回忆录打动人心的原因。回忆录展现的是亲密的日常生活——一些人可能批评说，回忆录中的想法和信息不如核危机或其他重大问题重要。但是，很多作者确信，个人的细小问题跟那些重大问题一样重要。

"早在20世纪80年代末，我还在读研究生的时候，"赫姆利写道，"我和朋友们就把作家分为两类：窗户型和镜子型。小说家是窗户，他们眺望广阔的世界，写下自己的所见。诗人是镜子，他们喜欢沉思和冥想……我们甚至给我们的垒球队命名为窗户队对镜子队。"

可是哪一队把可怜的非虚构作家，尤其是回忆录作家算了进去？

"他们不属于任何一队，"赫姆利说，"我们如今所知的回忆录作家当时并不存在。"此一时彼一时，时易世移。

当然，《吻》并没有改变文学界的格局。它出版的时候，同时有6本其他私密回忆录出版。这些书引发了出版业和书评家所说的"回忆录热潮",他们对此既表示惊讶又加以嘲笑。

弗兰克·麦考特的《安吉拉的灰烬》(1996)和托拜厄斯·沃尔夫(Tobias Wolff)的《男孩的生活》(*This Boy's Life*)(1989)都被拍成了电影;英国女演员埃米莉·沃森(Emily Watson)扮演麦考特的母亲安吉拉(Angela),奥斯卡奖得主罗伯特·德尼罗(Robert De Niro)则扮演沃尔夫的继父德怀特·汉森(Dwight Hansen)。玛丽·卡尔(Mary Karr)的《骗子俱乐部》(*The Liars Club*, 1995)是又一部自我爆料式的畅销回忆录,蹭到了这波热潮。

回忆录并不是文学界的新鲜事物。亨利·大卫·梭罗的《瓦尔登湖》是回忆录的经典之作,一如伊萨克·登森(Isak Dinesen)的《走出非洲》(*Out of Africa*),该书1938年在美国初版。但是,《吻》涉入新的领域,乱伦主题让评论家和普通读者都感到惊骇。即便在1997年,书评式微,任何有助于销售杂志或报纸的争论都是好事。亚德利和沃尔科特预言回忆录这种形式会消亡,但它仍然在文学领域占据重要地位。

如今回忆录热潮继续全面开花。名人、政治家、运动员——既有受害者也有英雄——都将自己的私人生活公之于众。读者对这些书爱不释手。现实文学作品,随着作者坦承的所有痛苦和秘密,让国家和世界密切相连,意味深长。

## 回忆录与自传之间的区别

经常有人问我："我是在写回忆录还是自传？"

我询问道："你写的差不多是你从开始到现在的整个人生吗？"如果答案是肯定的，那么很可能是自传。

相比之下，回忆录是自传性的，但侧重于生活中的一个方面、一段时期或一件事情。比方说你的婚姻处于崩溃的边缘。一周又一周，你和伴侣能够感觉到你们的关系在破裂。你们吵架又和好，一段时间好像没什么事，但伤害已经造成了。争吵和辱骂盖过了和好的快乐。你人生中的这件大事，婚姻破裂或即将破裂的威胁，可能是你的回忆录向读者打开的窗口，读者通过其望见你的生活。

我们不会了解到你在银行业中的出色工作，你身为高尔夫球员的挫败感，或者你青春期的粉刺问题，除非这些问题跟你摇摇欲坠的婚姻状况有某种联系。如果把作者想象成一台相机，那么回忆录作者用变焦镜头记录特写，展现最私密的细节，而自传作者则用全景镜头拍摄整片风景。

阅读《吻》时，我们对凯瑟琳·哈里森了解甚少，除了她跟父亲有两年的婚外情。最近的畅销书《美食、祈祷、恋爱》(*Eat Pray Love*)主要讲述了伊丽莎白·吉尔伯特(Elizabeth Gilbert)在经历了纠葛不清的离婚后，寻找自我的历程。吉尔伯特略去了她在哪里长大，在哪里上学，她在写这本书之前从事什么职业等信息。她描写的内容都与她感情生活遇到的创伤和挑战有关。

在本书收录的劳伦·斯莱特的文章《三个维度》(*Three Spheres*)中,读者透过一扇窗户窥视斯莱特几天的生活。但这几天极为生动。回忆录的力量就在于火力集中、内容清晰、情节紧凑。

还有人经常问我这个问题:"回忆录和个人随笔有什么区别?"

"回忆录"通常指的是一本书。单篇的短文,素有个人随笔之称。比如,《三个维度》是斯莱特的第一本回忆录《欢迎来到我的世界》(*Welcome to My World*, 1995)的7篇文章中的一篇。她还写过这几本书:《百忧解日记》(*Prozac Diary*, 1999)、《谎言:回忆的隐喻》(*Lying: A Metaphorical Memoir*, 2000)和《爱是这样的:从一种生活走向另一种生活》(*Love Works Like This: Moving from One Kind of Life to Another*, 2002)。

## 钟摆的两端:抒情散文与严谨论文

学术界经常提到形式严谨的论文和不拘形式的随笔。两者有什么特点呢?菲利普·洛帕特(Phillip Lopate)在文集《个人随笔的艺术》(*The Art of the Personal Essay*, 1994)的序言中,引用了休·霍尔曼(C. Hugh Holman)和威廉·哈蒙(William Harmon)所著的《文学手册》(*A Handbook to Literature*),来定义并区分形式严谨的(或非个人的)论文和不拘形式的随笔。霍尔曼和哈蒙认为不拘形式的随笔的特点是包含"非常个人化的元素,包括揭示自己的内心世界、个人品位和经历、幽默……形式新颖，不生硬做作……对主题的阐述点到为止"。我认为不拘形式的随笔、个人散文、回忆录在内容上非常接近，提及时可以不加区分。三者都归属于创意非虚构作品。

在形式严谨的论文中，"相较于严肃的主旨，文学效果是次要的"。形式严谨的论文不那么个人化，或者说是另一种个人化，处在创意非虚构钟摆的另一端，即"公众"或"宏大命题"那边。它们也属于创意非虚构的范畴，即讲得精彩的真实故事。

"抒情散文"这一术语令很多人困惑，也许因为"抒情"是诗意的术语，而"散文"这个术语更注重事实，两者似乎并不相配。但它们常常可以结合在一起，如约翰·达加塔在其2002年的文集《下一篇美国随笔》中展示的那样。达加塔把约翰·麦克菲、苏珊·桑塔格（Susan Sontag）、琼·迪迪翁和安妮·迪拉德等创意非虚构大师的作品汇集在一起，展现了创意非虚构作品抒情的空间，把传记、诗歌、哲学和回忆录混合在一起。

如我在第32页提到的，达加塔和他的导师、诗人德博拉·托尔一起，在文学期刊《塞内加评论》（*Seneca Review*）[霍巴特学院和威廉·史密斯学院（Hobart and William Smith colleges）的出版物]上介绍了抒情散文。从1982年直到2006年去世，托尔一直是该刊物的编辑。从那时起，达加塔便推广这一理念，它主要在创意写作的课堂上流行起来。如何定义或描述抒情散文？如何区分抒情散文与诗歌？在1997年的《塞内加评论》中，托尔和达加塔清楚地说明了这一点："抒情散文在信息的密集度、形式、思想的提炼和语言的音乐性方面具有诗的特点,在内容的丰富性、对事实的表现方面具有散文的特点,内容上忠于现实,形式上富有想象力。"

本书转载的伊芙·约瑟夫(Eve Joseph)的散文《黄色出租车》(*Yellow Taxi*)(第217页),就是具有强烈抒情元素的个人散文的范例。

# 9

## 公众主题或"宏大命题"

　　个人与公众，或者说钟摆两端之间的一个区别在于，回忆录是**你的**独特故事，而不是别人的。它是个人的，属于你自己。与此相反，公众的创意非虚构作品大多是他人的故事；任何人，只要不辞辛劳，愿意花时间来写，这个故事就可以为之所用。反过来说，如果你把自己对于世界的理论、看法，或深刻观点融入其中，那个故事也可以属于你。这是一个更大更普遍的想法。

　　《纽约客》每周都会刊登"事实报道"，这些创意非虚构作品包括各种主题——从斗牛致死、开卡车横贯大陆、印度的贫困状况到非洲的狩猎。主题方面没有限制，除了作者和主题自身的限制。因此，这可能是你的故事，但它不是个人的故事，这是几乎人人都可以研究并书写的故事。

　　我在本书中收录了公共类创意非虚构写作实例，包括我1996

年发表在《草原篷车》(*Prairie Schooner*)文学评论上的文章《艰难的抉择》(*Difficult Decisions*),丽贝卡·思科鲁特2004年刊登在《纽约时报》上的《给尼莫做手术》(*Fixing Nemo*)。前一篇文章讲述的是大型动物兽医温迪·弗里曼(Wendy Freeman)一天的生活。后一篇文章记录了给一条金鱼做手术的过程。虽然我费了不少劲才接触到那位兽医,思科鲁特也花了不少工夫才采访到那位鱼医,但几乎任何一个作者都可以建立这样的联系,投入时间和精力,写出这些文章。因此这两篇文章都是背后有想法的公共故事。

回忆录非常个人化,受众有限,但在公共类创意非虚构作品中,作者写的是他人的事情,受众更多。这些文章更受编辑和经纪人的青睐。

每期《纽约客》有两篇,有时多达四五篇"事实报道",即公共创意非虚构文章,而通常只有一两篇较短的"个人经历"文章,也就是"回忆录"。《纽约客》是一本广受欢迎、引领潮流的杂志,其页面上的公共文章与个人文章的出现频率非常重要。《哈珀斯》《时尚先生》和其他杂志也有类似的组合。

## 引发普遍共鸣:将个人色彩与宏大命题混合

创意非虚构背后的驱动力便是吸引读者并保持读者的兴趣。在钟摆的公共或重大问题这一端,主题必须吸引读者的注意力。棒球迷喜欢米基·曼特尔(Mickey Mantle)、乔·迪马乔(Joe

DiMaggio）和泰·科布（Ty Cobb）等球员的传记。男人喜欢阅读并总是痴迷于军事史书籍，尤其是 "二战" 类书籍。这些书不断出版，在出版界称作重印书，意思是说它们是常销书，不需要推销就能卖出去，也许印数不多，但足以持续盈利。

钟摆另一边的回忆录有其自身的魅力，这些不同寻常、引人入胜的私人故事，也会出现在重版书目录中。《吻》《骗子俱乐部》等类似的作品会长期存在，因为这些故事独一无二、暴露隐私，并且文笔优美。钟摆的两端都能获得成功。

理想的创意非虚构文章是钟摆停在中间某处——带有私密个人色彩的公共主题。作者如果选择公共主题，并给予个人化处理，就是在建立一种 "普遍的共鸣"：伸出手去拥抱广大的读者。从爱荷华到以色列，从纽约到印度尼西亚，大家对这样一本书同样感兴趣。这就是作者的使命：建立和扩展潜在读者群。

《艰难的抉择》和《给尼莫做手术》是公共话题或观点文章。很多作者可以描写兽医，不管他们专攻山羊还是金鱼。就其基本内容而言，甚至劳伦·斯莱特的《三个维度》处理的也是公共主题。这篇文章阐明了治疗师和治疗团队如何对待患者，并把他们送入合适的治疗机构。它还讲述了边缘型人格障碍患者的行为，以及专业人员和治疗团队如何治疗边缘型人格障碍患者。《三个维度》展现了作者如何调整与主体的距离，融合双重声音。斯莱特不仅是治疗专家和作家，她还是病人。她同时 "置身其中" 又 "置身其外"。

苏珊·希恩获得普利策奖的图书《地球是否无我安身之处？》

（1982），最初在《纽约客》杂志刊登节选。这本书显示了到达内在与外在（公众和私人）的中间地带的另一种方法。故事以精神分裂症患者西尔维娅·弗鲁姆金（Sylvia Frumkin）为中心，跟斯莱特的病人一样，她要被送进精神病院，要在纽约州的制度下讨论她可以选择的治疗方案。希恩是记者，她记录了弗鲁姆金生活中悲剧性的、有时荒谬的细节。

这本书的开篇，生动描绘了弗鲁姆金洗澡的场景。希恩告诉我们，她混合了洗发水和红色漱口水，来洗她的棕色头发。过去的某个时候，弗鲁姆金把头发染成了红色，她喜欢自己红头发的样子，但染色的过程让她不胜厌烦。那天早上，她断定漱口水会渗进头皮，让她的头发永远变成红色。

希恩描述了弗鲁姆金在浴缸里"嬉戏"，吹泡泡，把地板弄得到处是肥皂泡，这导致她滑倒，后脑勺划了个口子。她用毛巾裹住头，跌跌撞撞地走进卧室。她看见梳妆台上有瓶昂贵的香水，那是一个亲戚最近送给她的30岁生日礼物。"她倒了点香水到伤口上，"希恩写道，"一方面是因为她知道香水里含有酒精，酒精可以消毒，另一方面是因为她突然觉得自己是耶稣基督，她的伤口是荆棘冠冕造成的。她还认为自己是曾把油膏抹在基督身上的抹大拉的玛丽亚（Mary Magdalene）。"

虽然斯莱特和希恩的故事内容有别，但身为病人的斯莱特和弗鲁姆金支离破碎的记忆和经历都同样让人感觉混乱不安。她们可能是同一个人。或者，进一步说，如果环境发生变化的话，年轻的斯莱特长大后或许就是弗鲁姆金。这是希恩开展了调研的证明,她有能力与当事人建立联系,她愿意投入足够的时间和精力,深入立体地理解问题和想法。她在书和故事中建构了普遍的共鸣,这意味着她谈论的是与我们国家普遍相关的真实问题,尤其是医疗保健系统。她个性化了这个宏大命题,便于读者理解,让读者产生共鸣、难以忘怀。

## 练习5

在最初的几次练习中,我请你选择一段个人经历并生动地描述出来,然后将这个故事与你要谈论的实质问题联系起来,创建一段对话或者做进一步阐发。也许你已经写了一篇叙述宏大命题(公共问题)的文章,并且你的文章包含难以表述、极其重要的普遍共鸣。如果没有,那么是时候更认真地思考一下你文章的走向,考虑怎样让它在内容上与更多读者挂钩。

或者更好的是——我更喜欢这样——开始第二篇文章,写一篇具有宏大命题的文章,讨论对你至关重要的事情。什么让你兴奋不已?什么让你兴味索然?政治、食物、法国葡萄酒、可持续发展,还是一流的大学体育运动?你想要进一步了解或谈论什么?你想要怎样改变世界?列个清单,学习有关这个主题的知识。研究往往是开始的最好方式。

## 10

# 增大钟摆的摆动幅度：扩大读者群

　　借由研究，或者用记者更喜欢的词——报道，作者可以最大限度地扩大读者群，引发普遍共鸣。作者的故事也许过于地方化，太局限于家乡或街坊邻里，没法打动住在内布拉斯加州、俄克拉荷马州或像波士顿、纽约等城市亚文化地区的人。也许故事太个人化，写的是作者的密友和家庭，读者没法与他们产生共鸣。

　　为了拓宽内容，扩大读者群，一些作家回溯过去，打捞历史故事。约翰·埃德加·维德曼（John Edgar Widemann）是《事实至上：最佳创意非虚构写作》（*In Fact: The Best of Creative Nonfiction*, 2003）中《看看埃米特·蒂尔》（*Looking at Emmett Till*）一文的作者。1965年三K党在密西西比州莫尼小镇谋杀了少年埃米特·蒂尔（Emmett Till），这篇文章讲述的正是这件事。维德曼清楚地说明这不是一起个别事件，而是我们国家的一场灾难。他列举了20世纪60年代至今的许多其他案例，都是因白人仇视黑人而犯下的罪行。

他写道："埋葬埃米特·蒂尔叫人心痛。在亚拉巴马州伯明翰的教堂，4个女孩遭遇炸弹袭击身亡。埋葬卡萝尔·罗宾逊（Carole Robinson）、阿迪·梅·科林斯（Addie Mae Collins）、丹尼丝·麦克奈尔（Denise McNair）、辛西娅·韦斯利（Cynthia Wesley）也叫人非常心痛。痛定思痛，整个国家沉浸在悲痛中。"他继续写道："任何人的儿子，如果违反了种族法，都可能会像埃米特·蒂尔一样血肉模糊；任何人的小女孩都可能被压在被炸毁的教堂废墟里……马丁·路德·金（Martin Luther King）认为，杀害我们的孩子就是在破坏国家的未来。"

临终关怀顾问伊芙·约瑟夫在她的回忆录《黄色出租车》[ 收录在我最近编辑的作品集《在生命的尽头：我们如何走过人生最后阶段的真实故事》(*At the End of Life: True Stories About How We Die*, 2012）中 ]中写道："我12岁时，我哥哥在车祸中丧生。那是1965年，那一年，艾伦·金斯伯格（Allen Ginsburg）提出了'权利归花儿'这一口号，马尔科姆·X（Malcolm X）在哈莱姆区的奥杜邦舞厅内遭到枪杀；那一年，T. S. 艾略特（T. S. Elliot）去世了，鲍勃·迪伦（Bob Dylan）的《像一块滚石》(*Like a Rolling Stone*)就要成为新的经典。"（见第217页的全文。）

对历史的回溯，让读者想起自己在20世纪五六十年代的经历，或者与少数族裔的关系——那些危险或令人尴尬的事件。1955年，在这个国家，犹太人没有因为是犹太人而被处以私刑或遭到谋杀,但反犹太主义仍然很普遍,足以让他们感到害怕;日裔美国人对在"二战"期间经历的歧视和拘禁有一肚子的怨恨。因此,即便这些群体没有像非裔美国人那样公然受到迫害,维德曼的话仍然让他们产生了共鸣。很少有婴儿潮一代在想起金斯伯格和迪伦时,不会勾起酸楚之情和波澜壮阔的怀旧记忆,这让伊芙·约瑟夫对往事的缅怀击中人心。

内容适当的话,包括历史可以扩大基本受众;添加了引人入胜的相关信息作为调和后,作者描述的事实更令人回味,也能收到同样的效果。在《黄色出租车》的后面,约瑟夫写道:"新生儿出生时大约有300块骨头,而成年人平均拥有206块。随着我们慢慢长大,骨骼会融合。我们在不知不觉中搭建起自己的骨架。我们胸腔的24块肋骨形成庇护心、肺、肝和脾的胸廓。像珍禽一样,我们生活在自己的骨笼里。"

她继续把信息与故事联系起来:"一个夏天的晚上,一个28岁的病人请求把病床推到外面,让她在星空下睡觉。她患有罕见骨癌,在她过世的前几天,她胸腔里的骨头十分脆弱,她一翻身就有一两根骨头断裂。我们的骨头居然可以像干树枝一样折断,让我倒抽了一口冷气。"

如果你写的是关于地理或旅行的文章,那么有关地点的信息可以增加实质内容,让你与更多的读者建立联系。在我的书《跟萨姆一起上路》(*Truckin' with Sam*, 2010)里,下面这段有趣的叙述就是我在谷歌上发现的:"我们沿着州际公路经过法戈到达北达科他州的詹姆斯敦,最后转入52号美国国道到波特尔,其姐妹城市北波特尔就在加拿大边境的萨斯喀彻温省。过了一段时间，我在谷歌上搜索波特尔，得知这个小镇以超越国界的高尔夫球场而知名，这是世界上唯一跨越两个国家的球场，前8个洞在加拿大，最后一个洞横跨两个国家。如果你在加拿大发球，你的球越过北纬49度线，由于时区的变化，一个小时后才能落在北达科他州的波特尔。"

纵使你描述的是熟知的东西，也最好引入其他视角，这样做不仅可以拓宽主题，还能提高可信度，就像伊芙·约瑟夫在文中援引一位杰出专家的话，起到了很好的效果。

1969年，伊丽莎白·屈布勒-罗斯（Elisabeth Kübler-Ross）借由《论死亡和濒临死亡》（*On Death and Dying*）一书，将死亡这个话题从医学院的隐私中解放出来，传播到街头巷尾。她为普通人理解悲伤的过程提供了语言和框架。她的悲伤五阶段论从新的角度思考和谈论死亡，让死亡成为动态过程。她的模式很好地解释了十分普遍的"善终"理念，这种理念认为我们可以平静地走向生命终点，平和地咽下最后一口气。"善终"的核心观念是允许人以自己的方式，相对来说没有痛苦地、有尊严地离开这个世界，仿佛我们有控制权。家人常常要我描述死亡的过程。我会告诉他们，在去世前的几天，人们经常陷入昏迷，呼吸由深变浅，有规律的呼吸变为断断续续。我会解释什么是呼吸暂停，很多人窒息很长时间，有时长达3分钟，房间里的其他人也屏住呼吸，直到喘息声打破寂静。我会解释说，很少有人会在正常呼吸时死去，他们会返回到自己的身体，好像在演习如何死亡。我会检查堵痰的可能性，堵痰会导致"临终喉鸣"，这个说法令人恐惧，让人想起陀思妥耶夫斯基（Dostoevsky）在《罪与罚》（Crime and Punishment）中描述的场景："她渐渐陷入惊厥昏迷状态。有时，她打着哆嗦，眼睛扫视着周围，一时什么人都认得出来，但很快就变得神志不清。她嘶哑地、艰难地喘着气，喉咙里好像有什么东西在呼哧呼哧作响。"我会讲到，为了最后一次保护重要器官，血液从手脚流出，聚集在心脏和肺部周围，于是手和脚慢慢变得冰凉，在死前不久变成紫色。我会讲到，人们如何呼出最后一口气，气息从胸部转到喉咙，最后是气若游丝的虚弱呼吸，像搁浅的鱼。

注意伊芙·约瑟夫怎样把她的想法和经历与伊丽莎白·屈布勒-罗斯的书联系起来，从而提高她的可信度。在公共故事中引用专家的话很常见，但这里用在了回忆录或个人随笔上。这一点很重要。**在回忆录中**加入研究成果和新闻报道，我们可以把钟摆推向中间，触及更多读者，我们的个人故事也更具有包容性。

回忆录作者不会因为增加研究而失去故事或私密性。正相反，有了研究信息，作品会更真实有力。这也是重要一环。记住，"创意非虚构"这一术语包含两个词，作者有时太痴迷于第一个词，而忘记了第二个词。把研究信息和故事结合起来就创建了结缔组织，形成了我们都在寻求的普遍共鸣，从而与各个层面的读者产生联系，最大限度地扩大我们的受众范围。

## 11

# 创意非虚构作者的生活方式

我曾以为自己会成为伟大的小说家。欧内斯特·海明威、菲利普·罗思、约瑟夫·赫勒（Joseph Heller）和诺曼·梅勒等是我的偶像。对于成长于20世纪五六十年代的犹太男孩来说，以他们为偶像，没什么稀奇，是意料之中的，一如汤姆·沃尔夫指出的，小说是那个年代美国文学之"王"。

可是，我越是了解这些我崇敬的伟大作家的生平，越是阅读他们的书，就越觉得自己对这个世界一无所知。我只认识在宾夕法尼亚州匹兹堡的街坊邻居，这个地方不错。可是梅勒、赫勒和海明威都上过战场，或者应该说上过战场**多次**。特别是海明威，非洲、西班牙、古巴、怀俄明州，哪里都去过。他打过大型猎物，对斗牛了如指掌。第一次世界大战期间他在前线开救护车。我呢？我什么地方都没去过，也没做过什么值得一提的事情，除了断断续续地上高中，在我父亲的店里卖矫形鞋。

我没有像大多数同龄人一样上大学，而是应征入伍，入伍期间我在匹兹堡之外的几个地方住过，遇到了很多与我截然不同的人。新兵训练营的第一个星期，我认识了第一个跟我同龄的黑人和第一个同性恋者——或者说我知道的第一个同性恋者，他恰好也是犹太人。

还有一个叫高尔的大个子，差不多有6.5英尺高，肩膀宽阔，脾气暴躁。他来自佛罗里达州中部的某个地方。我们共用一个铺位，他在上铺，我在下铺。我一到，把背包扔在下铺的床垫上，他就跳了下来，好像秃鹫一样等着我归巢。他弯下腰来，鹰钩鼻伸到我的脸上，问道："你是犹太人吗？"

我心想："哦，我的天啊，就像我父亲警告过我的一样：不论你走到哪里，都会有反犹太主义者来恐吓你，让你吃不了兜着走。"

我考虑过否认自己的犹太血统，可我已经收到了身份识别牌，牌子上写着我是犹太人。再说，高尔可能从我的脖子上扯下胸牌核对，于是我鼓足勇气，准备接受高尔的攻击，说："没错，我是犹太人。"

高尔看了我一眼，笑着跳回上铺。然后他又弯下腰，友好地说，"哦，只要你不是天主教徒就好。"

这一刻对我来说太神奇了。我在一个有天主教堂的社区长大。左邻右舍都是天主教徒家庭。隔壁家的大儿子比利经常嘲笑我，不仅因为我是犹太人，还因为我不是天主教徒。他母亲有一次非常温和、充满同情和怜悯地告诉我："我为你感到难过，因为你是犹太人。如果你是天主教徒，你会快乐得多。"

她的说法也许是对的，起码在我们格林菲尔德社区是这样的，但在训练营我庆幸自己是个犹太人，因为高尔是我的室友。高尔是浸礼会教徒，成长过程中身边也都是天主教徒，他在老家把他们打得屁滚尿流，并以此为乐。

在新兵训练营的4个月里，我很快发现我有很多东西要学，在军队里我认识的人越多，去的地方越多，我就越发意识到我对世界及世人所知甚少。我进入大学的时候——我靠打零工、上夜校读完了大学——我意识到自己的储备仍不足以写一本好小说。我喜欢读小说，但我知道，如果我阅历不深，我就写不出我想要写的书。

小说不仅仅是探险故事，也不仅仅是人物研究。一本好小说以独特的、别开生面的方式再现世界，或塑造世界的某一方面。因此，我不断地读书，制订规划去获得新的体验，尽可能多地结识人，探索我的生活和他人的生活。我尽己所能为写作生涯做准备，但那时我还不明白，我要写的是不同于小说的体裁，这一体裁当时还没有准确的名称，但现在被称为"创意非虚构"。我过起了创意非虚构的生活。

## 沉浸式写作

苏珊·希恩能够生动详尽地讲述西尔维娅·弗鲁姆金的故事，

因为她与西尔维娅·弗鲁姆金住在同一家诊所，并且经常待在同一个房间里。希恩在弗鲁姆金的床边支了张小床。那天早上，弗鲁姆金用漱口水洗头、在浴室跌倒，最终被送入克里德莫尔精神病院时，她也在场。断断续续几个月时间，希恩融入了弗鲁姆金的生活，以便能够透过弗鲁姆金的眼睛看世界，至少去理解弗鲁姆金的世界和其中的人。

使用沉浸技巧，作者可以把公共故事（大主题）打造成为自己的故事。全心全意地投入进去，最终作者会产生亲近感。作者融入的程度越深、越有针对性、范围越广，沉浸感就会变得越紧密。沉浸需要勇气、投入，以及大量的时间和精力。就像回忆录一样，沉浸这个概念并不新鲜，几千年来，作家和叙事大师一直亲身体验他人的生活和陌生情境，只是到最近大家才注意到作家用这种方式来完善他们的作品，吸引读者。

梭罗花了两年时间沉浸在大自然里，来记录瓦尔登湖上孤独的一年。为了体验和描绘那些被剥夺权利的人群的贫穷生活，乔治·奥威尔完全沉浸在了巴黎的地下室和地窖里，在巴黎的高档酒店和餐馆厨房里累死累活，只赚取极低的工资。1933年他的《巴黎伦敦落魄记》（*Down and Out in Paris and London*）就是沉浸式的经典之作。为了写作《午后之死》，海明威沉浸在斗牛文化中。最近，约翰·麦克菲为了写一本同名书籍，沉浸在新泽西州的松林瘴地。为了1968年的报告文学《橙子》（*Oranges*），他沉浸在佛罗里达的湿地。汤姆·沃尔夫和美国国家航空航天局（NASA）早期宇航员们待在一起，写出了《太空英雄》（*The Right*

*Stuff*, 1979）。苏珊·奥尔琳（Susan Orlean）探索兰花世界，写作了畅销的个人新闻作品《兰花贼》（*The Orchid Thief*, 1998）。以某种方式成为故事的一部分，是创意非虚构生活方式的重要一环。

## 单一主题的沉浸式作品

约翰·麦克菲是单一主题沉浸作品的先锋。这类书现在变得很流行。仅举几例，除了《橙子》，他还写了美洲西鲱［《元勋鱼》（*The Founding Fish*, 2002）］、独木舟［《树皮独木舟生存记》（*The Survival of the Bark Canoe*, 1975）］和货运［《非凡的承运人》（*Uncommon Carriers*, 2006）］。其他作家也写过单一主题书籍，比如鱼子酱、鳕鱼、桃子、苹果、奶酪、巧克力和盐等，这些书注定会成为畅销书。马克·科尔兰斯基（Mark Kurlansky）的书《鳕鱼》（*Cod*, 1997）的副标题是"一部改变世界的鱼的传记"。他在书里讨论了鳕鱼捕捞如何激发了人们对北美的早期探索，因此这也是一本历史书，充满了奇闻逸事和稀奇古怪的有趣人物。

## 得益于沉浸式写作，作者见证故事的发生

不论你是在家乡或家乡所在的州，还是在世界各地，从积极生活，尽可能多地体验生活开始。

我的第一本书《摩托车热》（*Bike Fever,* 1973）写的是摩托车亚文化。为了深入了解骑摩托车的人和他们骑车的感受，在

近3年的时间里，我断断续续骑车穿越了全国。那段时间我深受以下作品的鼓舞：杰克·凯鲁亚克（Jack Kerouac）1957年那本薄薄的自传体虚构小说《在路上》（*On the Road*），1969年彼得·方达（Peter Fonda）和丹尼斯·霍珀（Dennis Hopper）主演的经典公路电影《逍遥骑士》（*Easy Rider*），还有亨特·S. 汤普森（Hunter S. Thompson）1967年对声名狼藉的摩托车团伙的报道《地狱天使》（*Hell's Angels*）。汤普森曾与最邪恶的"地狱天使"飙车帮混在一起，并跟他们在加州生活了一段时间。

有一阵，我喜欢棒球，于是在《摩托车热》之后，我坐下来，寻思我可以写什么主题的棒球书，这样就能沉浸在棒球亚文化里。我选择了穿蓝衣服的裁判员。

随着我慢慢了解这些裁判员，我发现这些人在许多方面跟我遇到的一些摩托车手很像，他们都很独立，生活在社会的边缘。裁判员都是普通人，对我来说，他们就是棒球运动的核心和灵魂。但是，因为他们也是这项运动的执法者，他们生活在棒球文化的边缘，就像摩托车手一样。了解他们后，他们成了我心中的英雄。我花了一年时间与全国职业棒球联盟的4名裁判员一起周游了全国，从而写出了《观赏球赛的最佳位置，但你必须站着：裁判眼中的世界》（*The Best Seat in Baseball, But You Have to Stand: The World as Umpires See It*, 1975）。

体验了摩托车手和棒球裁判的生活后，接下来我想要与世隔绝、平静安宁的生活，与花草树木为伴，于是我成了拓荒者，在宾夕法尼亚州和西弗吉尼亚州的边远地区逗留，透过不问世事的人的眼睛来看这个世界。

在森林护林员的引见下，我认识了拓荒者麦库尔（McCool），他降伏过熊，抓住过响尾蛇的脖子，戴着浣熊睾丸项链。他在森林里无所畏惧，但从不敢去离家超过50英里远的地方。他一辈子住在山里，从没去过大城市，也不打算去。他害怕车辆，害怕黑人，害怕提到毒品文化。麦库尔一直在社会边缘活动，这种生活方式或主题似乎贴合我的每本书。这本书是《宾夕法尼亚森林西部的居民》（*The People of Penn's Woods West*, 1984），随后还有一部纪录片《一个恰到好处的地方》（*A Place Just Right*）。

这些都是沉浸式书籍，有不错的研究主题：摩托车亚文化、城乡鸿沟和裁判员，其实裁判员这个主题并不只跟棒球有关，还跟棒球比赛中的种族主义这个更宏大的问题相关。这些激发了我钻研大主题的欲望，去探索更多人关心的重大问题，然后写出来。做了大量阅读和思考之后，我转向了医疗保健，之后是器官移植。

1983年，我在《新闻周刊》（*Newsweek*）上读到一篇文章，名为《可替换的身体部位》（*The Replaceable Body*）。文章说肝脏、心脏、肾脏等大部分身体器官，都可以从一个人移植到另一个人身上。不久以后，我成为世界上最大的器官移植中心——匹兹堡大学长老会大学医院和儿童医院器官移植组的一员。我跟外科医生、病人和护士待在一起，并融入移植的环境中，后来写成了《无数个不眠之夜》。我跟外科医生一起擦洗并消毒，在摘取捐献器官的夜晚搭乘飞机飞行，与移植候选者及其家人住在一起，他们痛苦而窘迫，等待着有人死去，以便他们或他们的亲人能够有机会活下去。

写完器官移植主题之后，我沉浸在一家儿童医院，随后又在一家精神病院，分别写了关于儿科医生和有心理健康问题的儿童的书。那之后写了一本有关兽医的书。在很多方面，器官移植医生和兽医是医学界的局外人，他们处于主流的边缘。最近我沉浸在卡内基·梅隆大学（Carnegie Mellon University）的世界上最大的机器人智囊团里，写作有关机器人的书，后来出版了《几乎跟人类一样》（Almost Human, 2007）。

我最初的梦想是增长关于世界的见识，写出一本小说，但我发现自己的使命在创意非虚构作品上。体验他人的生活，见证他们痛苦不堪、优柔寡断和春风得意的时刻，是价值非凡的，让我兴趣盎然。深入了解了他们的生活，让我找到了人生目标，这个目标远不止于成为伟大的作家。能够触及宏大主题或观念的创意非虚构作家可以唤醒世界，并改变世界。

这些振奋人心的特别经历，我永远不会忘记，但需要对主题做一个解释，看看我书籍的副标题：《无数个不眠之夜：器官移植的世界》（Many Sleepless Nights: The World of Organ Transplantation）、《几乎跟人类一样：让机器人思考》（Almost Human: Making Robots Think）、《观赏球赛的最佳位置，但你必须站着：裁判眼中的世界》。

## 练习6

试试沉浸。重要的是学会沉浸，至少体验一次。沉浸是创意非虚构写作的基本研究方法，通常用于"公共"故事，而非"个人"故事，但不论你写的是什么，沉浸都是有效的。顺便说一句，你的首次沉浸不必异常复杂，要求过高。你有喜欢去的咖啡店吗？比如，你可以每天去那里待一小时，连续去5天。概述一下你看到的人，和无意中听到的对话。这会把你引向何方？

在动物园待上半天，或者观看一场冰球比赛。如果是在夏天，去看看少年棒球联盟的比赛。家长之间，以及与他们的孩子之间的互动，往往是有趣和值得观察的。一开始你不需要采访任何人，也不需要做任何研究。只用观察、聆听、记笔记（不要引起太多注意），看看会发生什么。如果你能沉浸在与你写的东西有关的环境中，那么你显然找对了方向。重要的是你要至少体验一次沉浸。

关键是，沉浸式体验将非虚构作品个人化，给人以回忆录的感觉，但作家的自传不会占据压倒地位。得益于沉浸，你更了解主题对象所处的环境，甚至在某种程度上你可以书写自己的故事。但是你需要有一个明确的非虚构主题——一个沉浸的理由。读者会学到什么？机器人很可爱？棒球是美国最伟大的运动？也许，但你必须意识到自己肩负着更高的使命。对自己说，我要让读者懂得机器人专家的工作方式，他们做些什么，他们睡多长时间，他们多么有天赋——所有这些都是为了让机器人能够思考。球迷应该知道，棒球教练看待比赛的方式不同于球员和球迷，也许，他们性格上有缺陷。

安排一对一的访谈对写作故事很有帮助，很多访谈会跟进之前给出的答案，往往非常有用。但是，如果你想要确定事件的根本原因和解决措施，分析和报道一个人或一群人的人格动机，那么观察并倾听你的写作对象，置身于事件发生的场所，可能是不能替代的。身临其境，亲眼去看、亲耳聆听，有时会观察到一些自然而然出现的行为和情境——这是你永远没法从访谈中获得的东西。[范例请见137页的《弗兰克·辛纳屈感冒了》(*Frank Sinatra Has a Cold*)]

---

## 练习7

　　每天选择3份报纸来阅读。第一份应该是当地的报纸，因为你需要知道家门口发生了什么。第二份应该是全国性的报纸，如《纽约时报》或《华尔街日报》。（我更喜欢《纽约时报》，并不是因为它更具自由主义的倾向。《纽约时报》比其他任何报纸都更全面地报道国内外新闻。此外，《纽约时报》每天都有专栏，关注科学、商业、媒体、家庭、体育等领域发生的事情。）然后再任意选取一份报纸，也许来自小城市比如伊利诺伊州的皮奥里亚，或者佛罗里达州的塔拉哈西。浏览一下标题，看有没有感兴趣的人物的有趣特写。如今来到电脑前，在网上读报易如反掌。把你喜欢的故事，那些让你着迷、开怀大笑或者痛哭流涕的故事，打印出来并粘贴到供日后所用的文件夹里。你会发现这个文件夹越来越厚，在你渴求灵感的时候，去文件夹里查看你存储的信息和想法宝库。

发现你感兴趣的主题时，创建谷歌快讯（Google alert）。只要快讯处于激活状态，谷歌就会把庞大数据库里跟你的主题有关的所有信息都发送过来。

## "未来备忘本"或"灵感书"

请注意是一篇杂志文章引发了我写作器官移植的书。很多公众和大主题书籍就是这样写出来的。作家不会突然心血来潮地对自己说："我想我要写一本有关运输、曲棍球、迈克尔·乔丹或宇航员的书。"一些事物，比如一篇文章、一个电视特别节目、一段无意中听到的对话触发了作家的想法。

有时这些灵感出现的时候，你还没有准备好跟进。好的构想是难得的，即便灵光一现时你正忙于另一个项目，你也可以准备一本我说的"未来备忘本"。做个笔记，写个段落，保存报纸上的文章。这是未来项目的原始素材。

在你的未来备忘本里，写下你感兴趣的角度和宏大主题，记录下经历或沉浸如何阐明那个公共话题。不时想到这个本子——你永远不知道什么时候会有另一个想法出现，为先前的想法增添些东西，或者什么时候你才会准备好开始一个新项目。有时你沉浸在一个项目里，眼光会变得狭隘，觉得你绝不会写别的东西。但是，写完一本书或一篇文章的某个早上，你睁开眼睛，突然发现你没什么可写的，那是一个作者最空虚的时候。太恐怖了！

未来备忘本记录了可以沉浸式体验的公共主题，但请记住，你正沉浸在自己的生活中，会出现（也许已经出现）很多耐人寻味的事情，会碰到很多有意思的人，稍后你也许想要跟读者分享。因此，即便你正忙于一个项目，也要去记下可供未来使用的事件和想法，这样你总会有另一个故事可讲。

# 选择写作主题和沉浸环境

问：我怎么知道自己选择了不错的沉浸主题呢？判断标准是什么？

答：着眼全球。记住，你想要尽可能地吸引更多的读者，你想要改变想法、引发对话。因此选择全国性甚至国际性的主题，或者能激起各方兴趣的题材。但是，在本地行动，在你生活和工作的地方找一个全国性主题，这样更容易沉浸进去，事情发生时，你可以随叫随到。

  拿《无数个不眠之夜》来说，我知道世界上最大最活跃的器官移植中心就在我的家乡，简直可以说在我的家门口。匹兹堡大学医学中心坐落在陡峭的山顶上，本地人称之为心脏山。我当时执教的学习大教堂英语系的办公室就在山脚。那些日子里，我随身带着一部传呼机，每当手术室里有动静或者要摘取器官时，它就会响起来。我气喘吁吁地冲上心脏山，10分钟后就到了那里，准备观察。

15年后，我沉浸在截然不同的环境里。卡内基·梅隆大学机器人研究所离我办公室一英里，离我家两英里。虽然在机器人领域，很少有生死攸关的时刻（至少对人来说是这样），但如果你要记录像设计机器人、制造机器人和给机器人编制程序的过程，你不会想错过特殊试验、激烈辩论和对话。待在你的项目附近，有重要事情发生时你可以马上响应。

有很多精彩的写作主题、妙趣横生的沉浸机会。但是，除非你有无限的时间和金钱，否则你应该选择不会迫使你"空降"的主题。"全球化思考，本土化行动"应该成为你全身心沉浸时的座右铭。

## 拒绝"空降"：比辛格的彻底沉浸式体验

1990年，巴兹·比辛格（Buzz Bissinger）出版了《胜利之光：一座城，一支球队和一个梦》（*Friday Night Lights: A Town, a Team, and a Dream*），这是描述得克萨斯州高中橄榄球的经典故事。在为本书做调查时，他将其不愿意做的事称为"空降"。这本书讲述了得克萨斯州奥德萨的帕米亚高中黑豹橄榄球队在1988年赛季问鼎全国高中联赛冠军的历程。比辛格写这本书时，是《费城问讯报》（*Philadelphia Inquirer*）的体育记者。虽然他知道在家乡宾夕法尼亚州，有些地区有高中橄榄球运动的传统，但在得克萨斯州，高中橄榄球运动最有热度，竞争最激烈。帕米亚高中就以橄榄球知名。

比辛格本来可以"空降"进出，把家人留在费城，自己往返奥德萨观摩训练，看周五晚上的比赛，但他意识到，除非他一整个赛季都沉浸在小镇和帕米亚黑豹橄榄球队的生活中，不然他没法捕捉到真实的故事和背后的深刻真相。于是他关掉费城的房子，举家迁往奥德萨。他的妻子在奥德萨的超市购物，跟邻居们打交道，他的孩子们去了当地学校上学，整个橄榄球赛季比辛格都跟球员、他们的家人和教练在一起，跟当地人互动，努力了解他们奇特的橄榄球文化及其营造的狂热氛围。这是彻底的沉浸式体验。

如果比辛格"空降"到奥德萨，他可能也会写出一本精彩的橄榄球书，但搬到那里后，他对这个社区的了解远不止于橄榄球。他观察到了"最丑陋的种族歧视"，了解到橄榄球无谓地消耗了小城的大量资源。他发现在这个崇尚橄榄球的小城，学业无足轻重。归功于这种沉浸带来的熟悉和深刻洞察，《体育画报》(*Sports Illustrated*)将《胜利之光》评为有史以来最佳体育书籍第四名。《胜利之光》后来改编为电视剧，在美国全国广播公司(NBC)和美国卫星电视(Direct TV)两个电视网上播出了5年。比辛格的沉浸得到了回报。

## 沉浸的关键：人

我一直在谈论吸引读者和拓宽读者群，这正是比辛格等借由沉浸深入挖掘主题的作者们想要达成的目标。如果《胜利之光》

只是有关橄榄球的书，主要读者会局限于橄榄球迷。但是比辛格的沉浸式写作增添了吸引力。这本书还涉及得克萨斯州和整个南方少数族裔之间的关系和矛盾，也写到了高中教育。因此，这本书的读者群扩大到对这些广泛主题感兴趣的人。而且，由于比辛格注重对主人公的描述和性格塑造，他书中的人物真实生动，吸引了许多读者，以及5季黄金时段的电视观众。

## 花多长时间沉浸在主题中

问：我应该花多长时间沉浸在主题中？

答：多久都行。

通常，主题的时间范畴决定了沉浸的时间。比辛格想要写一整个赛季的橄榄球，同样，我写那本裁判书也经历了从春季训练到世界职业棒球大赛的一整个赛季。特雷西·基德尔（Tracy Kidder）的杰作《房子》（*House*, 1985）从业主决定在自家土地上建造新房子到聘请建筑师设计，再由承包商建造开始，到房子建成、一家人搬进来后数月才结束。《三个维度》以一直抗拒的劳伦·斯莱特终于与她的边缘型人格障碍患者面对面为结尾。

什么时候结束沉浸式写作或回忆录，这个问题通常比较容易回答：在你的故事结束的时候。或者你所观察的地方、观察的人群、你自己的生活发生重大变化时。

这种变化未必意味着你的沉浸或写作结束了，你可以继续跟进并描述这种变化。变化本身就是信号，提醒你注意，停下来想一想。在一篇后记里，比辛格更新了帕米亚高中1988年橄榄球赛季中人物的近况，这足以使读者满意。房子住人后，基德尔决定走出沉浸式的生活。这两种方法都可行。

## 因沉浸而产生的优秀文学体育作品

根据《体育画报》的说法，有史以来最好的3本体育书籍中有两本是沉浸式作品。第一本是罗杰·卡恩（Roger Kahn）的《夏日少年》（*The Boys of Summer*, 1972），书中叙述了布鲁克林道奇队及其在20世纪50年代末迁往洛杉矶的经历。第二本书是落魄的蝴蝶球投手吉姆·布顿的回忆录《第四球》（*Ball Four*, 1970），讲述的是他1969年赛季的故事。《体育画报》评选的最佳体育书籍是A. J. 利布林关于拳击的个人沉浸式散文集《甜蜜的科学》（*The Sweet Science*, 1956）。

在《夏日少年》中，罗杰·卡恩对道奇队从布鲁克林迁往洛杉矶后的叙述最有力道。书的第一部分，卡恩描述了布鲁克林与道奇队之间的亲密关系，以及马球球场的巨人队、洋基体育场的洋基队和道奇队在当地展开的竞争。书的第二部分，卡恩介绍了埃贝茨球场的一些英雄人物，道奇队在迁至西海岸之前一直在那里打球。书的第三部分，卡恩讲述了搬迁后球员们的遭遇。名人堂接球手罗伊·坎帕内拉（Roy Campanella）出了车祸，四肢瘫痪。大联盟史上第一位非裔美国人球员、先行者杰基·鲁滨孙（Jackie

Robinson)的长子小杰克(Jack Jr.)滥用药物死于车祸,这让他难以承受。超级巨星三垒手比利·考克斯(Billy Cox)默默无闻地经营酒吧,当时的俱乐部老板沃尔特·奥马利(Walter O'Malley)说他拥有"道奇队有史以来最好的防守能力"。搬迁后道奇队的变故也许比搬迁本身更耐人寻味。

## 苦乐参半的结局:退出沉浸式体验

在你认为故事已经完成,也就是有开端、中间和结尾,戏剧和情节贯穿整个故事时,最好停止沉浸。如果你意识到你过早结束了沉浸,你可以随时跳回到激烈的情节中,从中断的地方继续讲故事。

沉浸让人着迷。如果你能很好地融入其中,它会成为你生活的一部分,让你难以放下故事和其中的人物。

记住,你故事中的人物会继续他们的生活,过跟你进入他们的空间之前一样的生活。你可能会觉得备受冷落。故事结束,书或文章写成了,体验也就告一段落。接下来是什么? 在短暂的沉浸比如一天、一周甚至一个月,写成文章之后,回到你自己的生活是容易的。但退出书籍沉浸式体验,也许需要几年的时间,并且会让你产生情感上的破灭感。这就像参加证人保护计划,从一个地方搬到另一个地方开始新生活。等你完成项目时,你必须找到新的生活。这就是为什么你需要"未来备忘本"。打开它,翻阅它,读你的笔记,回顾你保存的剪报,准备好再次兴奋起来。

## 13

# 写作时遇到的困难和问题

## 焦　虑

不管是写沉浸式作品还是回忆录，你的写作对象大都不知道他们在你的生活中变得多么重要。没错，你每天花几个小时跟他们在一起，日复一日，有时长达数年，去了解他们的故事，理解他们的梦想和目标。但是，他们不明白并且不能理解的是，在他们回到家，回到他们的朋友和家人身边，回到他们的**另一种生活**后，你仍然跟他们在一起。你把他们带回了家，在回忆与现实之间穿梭。

首先你观察他们、做笔记，并琢磨着如何在纸上用文字描述他们。然后你带着笔记本电脑和键盘去办公室或咖啡店，花一两年时间写书，在你完成作品之前，他们日夜在你脑海里盘旋，而那时，他们对你的印象已经模糊了。

有时你永远不知道你的写作对象是反感还是欣赏你的作品，原因是什么。我的第二本回忆录《跟萨姆一起上路》出版后，我等待着我儿子的母亲、家人和朋友的回应，但没有只言片语。他们的沉默让人痛苦。

　　在《孩子的天地：深入儿童医院》（*One Children's Place: Inside a Children's Hospital*, 1990）出版后，主要人物没有跟我交流。他们收到了这本书，但没有出席新书发布会。他们也没有写来便条，表示感谢、愤怒或给予其他反馈。

　　最终，几个月后，我跟其中两人交流了一下，我在他们身上花了很多时间和笔墨。那位自称"自私无理的浑蛋"的外科主任，说我对他的刻画起初让他很恼火。他非常尴尬，他的妻子和家人也是。但是，我也表明了他是热诚、有才干、执着的外科医生，因此在一次偶遇时，他最后告诉我，他对一切感到释怀。有天深夜，在给一个孩子做了紧急手术后，他独自一人待在医院的自助食堂里，这时食堂的一位工作人员走到他身边，这个人他以前见过但从未交谈过。"医生，"那人说，"我想告诉你我读了那本写你的书。"

　　"你觉得怎么样？"外科医生生硬地问道。

　　"我觉得你很了不起，是真正的英雄。"食堂工作人员回答道。

　　"可我表现得像个浑蛋。"外科医生反驳说。

　　"我能理解你的行为，"工作人员说，"你不可能对所有病人都好声好气。你得要操心怎么拯救他们的生命。"

　　这正是我在这本书里要表达的观点，虽然医生坦诚自己有时表现得像个无礼的浑蛋，但他一直关心病人。

另一场与儿科医生的对话非常温暖。那是在书出版好几个月后，我十分沮丧地安排了与他的会面。之前我没有收到他任何回应，甚至没有为得到赠书说一句"谢谢"。等到终于跟他面对面坐下后，我直截了当地问他是不是讨厌这本书。

他看着我，吃惊地摇了摇头："你在说什么？我喜欢这本书。"

"可我从未听你说过一个字。"我表示不满。

他微微一笑，脸发红："你在书里说了我很多好话，一直展示我最好的那一面。我受宠若惊，不知说什么好。"

（注意：实际上，几个月前我跟这位医生见过面，跟他一起复核了我在书中使用的所有医学、科学、服务和面向病人的信息。但是，出于显而易见的原因，我从不在这种时候分享我的个人见解，不管是消极的还是积极的。他很可能没有意识到我保留了书中一些"私人"片段，只给他看了事实性和信息性的部分。）

沉浸式作品和回忆录里的信息往往很私密，因此对作者来说，结局并不总是皆大欢喜。我在《观赏球赛的最佳位置，但你必须站着：裁判眼中的世界》里写到的裁判员对我在书中对他们的描绘非常愤怒，四位裁判员中有两位签署了宣誓书，声称我从没跟他们一起出去过。他们断然否认了我的融入。这两位裁判员中的一位，从大联盟退职后开办了一所成功的裁判学校，半夜打电话给我母亲，说我很卑鄙。第三位裁判员认为这本书就是他第二年被解雇的原因之一，尽管我的书着墨于他的同事对他的种族歧视行为。

最后,无论是回忆录作者还是沉浸式作者,创意非虚构作家都可以从中得到一个教训:我们有时会受到写作对象的指责。我不能告诉你别较真,尽管我能尽量应付过去,但这种敌意真的很伤人。但是,这是游戏的一部分,是作家必须学会接受的阴暗面。当然,通常这种敌意对于回忆录作者来说是雪上加霜,因为你写回忆录,就是在曝光家人和朋友的生活,你必须接受这一事实:他们和你可能都会被弄得大为光火。

## 作者应该成为故事的一员吗

如果作者本身**就是**故事中的一员,那么答案是**肯定的**。

回忆录是你的故事,你理所应当是主角。但是,公共题材故事通常不是关于你的故事,或者说起码你不是主角,那是别人的故事。由于你沉浸其中,你可能会成为故事中的一员,这个故事不能没有你。因此,按照实际经验,如果作为作品中的一个角色,你对于情节发展是必要的,你就应该把自己囊括进去。

约翰·麦克菲总是自诩,他1994年出版的书《结合能曲线:探究西奥多·B. 泰勒让人敬畏和震惊的世界》(*The Curve of Binding Energy: A Journey into the Awesome and Alarming World of Theodore B. Taylor*)超过6.5万字,但直到书的后半段才出现指代他自己的"我"这个词。他说那时他才成为有意义的角色。

对于他是否要在故事中出现,麦克菲处理起来相当娴熟。在他最近的作品里,即便不是完全必要,他也会不时把自己写进去。

但是，应记取他的一般性建议。即便你就在现场报道观察，如果你没有参与，如果你只是旁观者，那你参与故事情节的意义是什么？读者知晓作者在场，否则作者怎么会知道发生了什么事情？

如果这不是回忆录，读者很可能不会因为是你写的而购买书籍或阅读文章；很可能是主题或者有力的开场白吸引了他（那很好）。因此，专注于你的主题。这个想法或问题比你更重要。

## 记录沉浸过程的方法

如何记录在项目中的沉浸过程，作家有自己的方式方法。

不久前，大多数沉浸式记者不喜欢用录音机。这种不情愿有充分的理由。很多人抵制科技，认为年轻人要获得经验，必须效法老派记者，用笔和笔记本写作。

在20世纪80年代初期，美国国家艺术基金会赠送电脑给创意写作奖学金获得者。很多作家拒绝了。电脑令他们感到害怕、恐惧和恼怒。为什么他们要采用新方法来创作散文和诗歌呢？如果打字机对海明威和菲茨杰拉德（Fitzgerald）够用，那么对他们也够用。当然，如今大部分作家在电脑上写作，至少在电脑上完成部分写作。有些作家用纸笔创作初稿，这样他们可以慢慢写，更仔细地构思内容。再把手写文本转移到电脑上，在电脑上编辑修改。

很长一段时间以来，像约翰·麦克菲和盖伊·塔利斯这样的老手坚决反对录音。18年前，为了出版《创意非虚构写作》杂志的第一期,弗吉尼亚作家迈克尔·皮尔逊(Michael Pearson)来到麦克菲工作和生活的普林斯顿采访他。麦克菲拒绝接受采访,除非皮尔逊关掉录音机并记笔记。此后,麦克菲的态度有所软化,在为写作自己的故事采访别人时,有时会使用录音机。他还用电脑写作。目前,大家更加习惯使用电子设备,面对他人使用电子设备采访时也更自在,特别是现在智能手机有摄像和录音功能。科技已经融入了我们的生活。

这一点要着重考虑。在沉浸过程中,你不希望有任何事情让当事人惶恐或紧张。出于这个原因,塔利斯和其他许多作家都尽量不显得唐突,在火柴盒和餐巾纸上匆匆做笔记。或者他们根本不记笔记,尽可能地记住一切,等到他们脱身时再把他们听到的记录下来。《纽约客》作者亚历克·威尔金森(Alec Wilkinson)很少在采访对象面前记笔记。在访谈结束后,他尽快回到车里,或者去能找到的任何安静的地方,比如附近的咖啡店,把故事记在黄色便利贴上。"我几乎可以记住所有细节。"他曾告诉我。

在我自己的沉浸式工作中,我经常用关键词快速做笔记,日后好唤起记忆,回想起事情的细节。比如:"约翰和蕾切尔大吵一架。约翰咬住嘴唇。血。"这就足以让我想起这个故事。我一有空,就会找个安静地方,拿出录音机,在关键词的提示下,假装我在给朋友详细讲述那个特别日子里发生的事情,一条笔记接一条笔记。有时我会抄写独白,因为我想讲个精彩的故事,即便我是在自说自话,或是根据它把笔记打出来。

如果不记笔记,我能相信自己的记忆吗?能也不能。答案当然是尽可能地核查事实。就像我先前提到的,我常常会请作品中的人物听我读我写的东西,确保我准确记住了我们谈话中的事实和主旨。但是我们必须正视这一点:我们很难抗拒"夸张"的诱惑。有时我们真的会忘乎所以,认为事情并不是实际发生的那样,而是我们期待中的样子。有时你故意夸大或添加缺失的细节,让作品更流畅有力。但是,在某一时刻你必须回过头来考虑你写的东西,因为你很清楚你能做什么,不能做什么。

我最近提到过这一点吗?你不能胡编乱造。

## 衬衣板和别致衣服:盖伊·塔利斯的方法

盖伊·塔利斯,新新闻主义的创始人之一,出版了《父辈的荣誉》(*Honor Thy Father*, 1971),1966年在《时尚先生》上发表了经典小传《弗兰克·辛纳屈感冒了》,他总是穿着一身帅气的意大利西装,系着丝质领带或阔领带,去收集精确的细节,这些细节构成了特别有神韵的场景,这使他成为我们这个时代杰出的文学记者。

他没有把这些细节写在记者的笔记本上,而是在从干洗店回收的小块衬衣板上记笔记。晚上,他回到酒店客房,把衬衣板放在桌子上,用手动打字机打出这些笔记。每份笔记都被字斟句酌地打出来后,他才去睡觉。在这些没有录音的夜间活动中,衬衣板上潦草写成的便条变成迷你场景,用这些打出来的笔记、不断展开的叙事,塔利斯确定了他故事的方向。

## 14

# 笨蛋，关键是故事

1992年，比尔·克林顿（Bill Clinton）竞选总统时，他的机会渺茫。他的对手乔治·H. W. 布什（George H. W. Bush）被认为是不可战胜的，布什外交经验丰富，结束了与苏联的冷战，打赢了海湾战争。在萨达姆·侯赛因（Saddam Hussein）入侵科威特后，布什成功成立反伊联盟，打败了萨达姆。

但是，克林顿的高级战略家詹姆斯·卡维尔（James Carville）独辟蹊径，确立了响亮直白的竞选口号，他在克林顿竞选总部周围的海报和便利贴上布满了这句口号："笨蛋，关键是经济！"

他认为，虽然克林顿是偏远的阿肯色州的州长，不太知名，但可以赢得布什，只要把重点放在经济衰退的事实上，布什任期内经济衰退，而布什对此无能为力。卡维尔说，关注金钱就能赢得选举——金钱、经济是美国公众最关心的事情。

20年后的今天，我写这篇文章的时候，我们正慢慢走出由另一位战时总统布什所引发的更为严重的经济衰退。但现在，我把克林顿竞选获胜的口号改写为你的口号，以期待打动读者，让他们欣赏你这个作家，吸引编辑出版你的作品，让你写出最佳的创意非虚构作品。这条信息应该张贴在你的写作空间，每当你开始写作，甚至当你想写作时，它都会在你的脑海回荡，时时提醒你。这是创意非虚构作品成功的秘诀："笨蛋，关键是故事！"

故事就是创意非虚构作品的本质。

## 故事的力量：托马斯和琳达的私情

我喜欢长跑，已经跑了大概35年。在匹兹堡时，我常常从谢迪赛德社区的家中出发，穿过匹兹堡奥克兰校区（学习大教堂所在地），跑进申利公园。这是个美丽的小公园，里面有5英里长的林间小径，可供步行、跑步或骑车，可以暂时远离嘈杂、拥挤的城市学术和医疗中心，安静地休息一会儿。

在林间小道上跑步的时候，我总渴望经过小道上的一个地方。我跑上长长的砾石坡，右边是长满灌木和树木的山坡，左边是浅浅的峡谷，一条狭窄的小溪蜿蜒流向谷底。砾石坡的顶部是一个十字路口。往右可以穿过游乐场离开公园，往左可以沿着小路进入与小溪平行的峡谷。如果选择向左进入峡谷，你必须经过一座由灰色大石头垒成的桥。其中一块石头上刻着这座桥建成的时期：1939年。那是大萧条时期，政府为了给失业者提供就业机会，兴建基础设施项目，富兰克林·德拉诺·罗斯福（Franklin Delano Roosevelt）总统组建了平民保育团，这座桥就是平民保育团建造并捐献出来的。

在这座石桥上刻了"1939年"字样的石头旁边，我得知我当时最好的朋友托马斯（Thomas）和同样是我朋友兼同事的琳达（Linda）有私情。

托马斯和琳达都已结婚（与其他人），两对夫妻是好朋友。30多年前的一天，托马斯在那座桥上向我透露了这个消息。没过几年，托马斯离婚了，我们的友谊渐渐淡了。琳达夫妇和我也渐行渐远。后来，我离开匹兹堡大学，搬到亚利桑那州立大学。我敢打赌，过去20多年里，我见到托马斯的次数不超过6次，每次只是打个照面，我跟他谈话没有超过5分钟。我见到琳达的次数更多一些。我们互相微笑，点头致意，但我们很少寒暄。这种事情司空见惯。

那为什么每次我慢跑穿过申利公园，跑上平行于小溪的坡道时，我就会想起他们呢？为什么我转弯进入峡谷，跨过1939年的那座桥时，我会听见托马斯坦陈他跟琳达的风流韵事？为什么我会看见他那张饱含傻笑和羞愧的脸，想起他透露这个消息时我大吃一惊的情形？从那一刻起，我对托马斯的看法变了，他不再像先前那样值得信赖。那么，为什么我会花时间，有时几秒，有时是5分钟到10分钟，回忆我跟托马斯及其家人的共同经历，更不用说他身为作家和学者的出色表现？

这是源于故事的力量，事件、图片或场景勾起回忆，让人触景生情。故事不会烟消云散，最有力量的故事不会消逝在时间里。其实，随着时间的推移，故事会变得更强烈、更生动。这就是为什么在事情发生后多年，回忆录作者还能再现刻骨铭心的回忆。故事或叙事，是创意非虚构作品的精髓。

## 证实故事的力量

多年来，研究者已经证实了故事在影响人们和传达事实方面的重要作用。弗兰克·罗斯（Frank Rose）为Wired.com撰文，讨论1944年的一项实验。有34名马萨诸塞州的大学生参与了实验，他们观看了一部短片，片中有两个三角形（一大一小）和一个圆在平面上移动。屏幕上还有一个矩形，但它没有移动。项目要求学生们描述影片中发生的事情。

34位学生中有33位精心编造了故事来解释屏幕上的运动。学生们把两个三角形想象为两个男人在打架；把那个圆视为一个女人想要逃离大三角形，后者在霸凌和威胁恐吓。很多学生认为圆和小三角形是"无辜的年轻人"，而大三角形"被愤怒和沮丧蒙蔽了双眼"。几乎所有学生都在电影里找到了人物故事。只有一个受试者如实描述了这部电影：几个几何图形在平面上移动。

由此可见，我们喜欢把生活的方方面面看成故事。我们权衡人物和情境，想象多个相互冲突的结局，在努力理解并与世界相关联的过程中重现不同的情节。故事的力量把大家连接起来，去理解庞大复杂的大千世界。

最近的研究证实了这项实验，并做了详细阐发。西北大学心理学教授、《救赎的自我》(*The Redemptive Self*, 2005)一书的作者丹·P. 麦克亚当斯(Dan P. McAdams)做了多项研究和实验，对故事的力量提出了3个重要观点：

- 事实融入故事中时，人们对事实的记忆会更持久、更完整。这对创意非虚构作家来说尤为重要，因为他们的目标就是尽可能用最生动、最难忘的方式传达信息。

- 信息和想法以故事形式呈现时，能更快更有效地说服人们。记住，创意非虚构不一定是客观公正的，大多数创意非虚构作家有自己的目标。他们要证明点什么。

- 受邀讲述自己的人生故事时，大家通常找出并重现一些选定的事件，比如"我高中化学考砸了的那天""我得癌症的那年""我父母在离婚时争夺财产"，诸如此类。就像回忆录或小说中的章节，这些情况会带来创伤性经历和人生教训。麦克亚当斯指出，他的受访者常常详细描述他们人生故事中的几个关键场景，包含一系列人物及扣人心弦令人惊讶的转折点。他推断人们用这些故事来决定跟谁结婚、是否接受某项工作，以及做出其他重要人生决定，这些决定都是基于记忆和他们对某个场景的鲜活再现。

场景是创意非虚构作品的基础和关键要素。

## 15

# 笨蛋，关键是信息！

正如我所说，允许并鼓励作家使用小说家的技巧去传达事实和想法，是创意非虚构的基本原则。我们也可以称之为"信息传递"或"教学要素"。我们通过讲故事来教导、教育、告知读者。这正是电视制片人尼尔·贝尔（Neal Baer）在其热门电视节目《法律与秩序：特殊受害者（SVU）》[ *Law and Order: Special Victims Unit (SUV)* ]中想要达成的目标。

贝尔是儿科医生出身，他经常在《特殊受害者》节目中植入医疗问题的重要信息。有一集的故事主线有关 HPV（人乳头瘤病毒）感染，也谈到HPV感染是宫颈癌的主要原因。为了判断故事中植入信息的有效性，贝尔与管理式医疗联盟——恺撒医疗机构合作，在节目播出前后对观众抽样调查。受试者在一周后和六周后又接受了两次采访。结果令人印象深刻。

一周后，能够定义HPV并解释其与宫颈癌关系的观众几乎是原来的3倍。六周后，这一数字有所下降，这并不意外。但是，许多人仍然比观看节目之前对HPV有更多了解。

我们就要进入第二部分"如何做：阅读、写作、修改"，继续把手放在纸上，手指放在键盘上，写作、重写、修改，你会看到创意非虚构作品是风格和内容的混合体。不管你在写回忆录、沉浸式作品，还是两者兼而有之，记住黑马比尔·克林顿因为关注金钱而赢得了总统大选；你可以凭借高超的写作技术和撰写故事来获得写作上的成功。这是事实。

---

## 练习8

到此，我希望你已经开始了两个写作项目。第一个是回忆录或个人随笔，它生动记录了你或朋友身上发生的事情。你能够驾驭那件事情，并且通过添加调查研究或引发讨论来扩展它。第二篇应该更公众一些，更关注内容而不是风格，但同时混合你或其他人的故事。

现在回头看看，考虑一下我们在书中讨论过的所有内容，在写下去之前，再次或多次修订这两个项目。你修改的次数越多，作品越精彩，就越有市场。请记住，写作是漫长的过程，它可能是有灵性的，充满激情、令人振奋，有时是痛苦乏味的。写作不只是单纯的写作。

## 16

# 最后，温柔地提醒一下

每天上午9:00到12:00，我去房间写一页纸。很多时候我只是坐在那里，脑中毫无头绪。但我知道，如果9:00到12:00有灵感涌现，我就已经准备好了。

——弗兰纳里·奥康纳（Flannery O'Connor）

# 第二部分

## 如何做：阅读、写作、修改

# THE WRITING AND REVISING AND WRITING AND REVISING PART: HOW TO DO IT

## 17

# 写作、修改、再写作、再修改

这一章节的标题不是打字错误，也不是编辑疏忽。它旨在传递一条信息。起初，我想把这本书分为三部分，后面两部分是"写作"和"修改"。但是，我越琢磨这个结构，越觉得这样不合适。不能把写作和修改分开。甚至我写这段话时，我也在修改。这段话我写了3次，天知道在理顺之前我还要写（重写）多少次。哪怕今天我觉得还行，明天我可能就改了，此后几个星期我还会一再更改。

时不时会有人问我，作家每天都做些什么？我过去常常回答："你觉得呢？我们写作！"但现在我的回答变了："我们重写！"

几乎人人都可以坐下来写点什么，但真正的作家，全情投入并可望成功的作家，会不断地写，不断地修改，不断地写，不断地修改，直到他写出好作品。

　　第二部分的所有章节，阅读、练习和写作技巧介绍，都是关于写作和修改的，在我看来，写作和修改几乎是一回事。

## 18

# 如何阅读

　　本书的练习旨在帮助你动起笔来，写一篇个人随笔或回忆录，也可以写一篇公共事件或重大话题文章，或者两者都写。我希望你拿这些练习做参考，并且规律写作。如果你仍然在一旁观望而不行动，那么也许是时候动笔了。可能你想再阅读一段时间，再思考一下，这也没关系，很多写作和重写都是从思考开始的。我们不需要在同一时间投入进去，在纸上写字或敲击键盘。因此别担心，继续阅读思考，直到你准备好写作或重写。不管怎样，第二部分都是有用的。它会让你更深入地了解写作生活和写作行为，并让你重视修改的极端重要性。

　　顺便说一句，你会大量阅读，比第一部分的阅读量大得多。到目前为止，出现的一直是一些摘录，即作家写的一些片段，但是第二部分收录了6篇完整文章，选择这些文章是为了介绍和展

示写作结构和技巧；如果我们想要写出精彩的作品，这些文章是
成功有效的范例。有些作品众所周知，比如丽贝卡·思科鲁特笔
下关于海瑞塔·拉克斯细胞（Henrietta Lack's cells）的畅销故事，
盖伊·塔利斯笔下的弗兰克·辛纳屈经典小传，以及劳伦·斯莱特
的回忆录。还有新兴作家的作品，比如伊芙·约瑟夫，她以前是
临终关怀工作者，这份经历让她写出了这篇抒情散文。

阅读量看上去有点大，但这是有价值的。我们会逐一解构每
篇文章，理解并领会创意非虚构的核心，从整体结构到关键的基
本技巧都有所涉猎。

阅读可以帮助你成为更好的作者，阅读的重要性怎么强调也
不为过。要知道你的写作项目是否可行，你必须知道如何阅读
它。要评估你的作品，最好的方式就是阅读，让你知道什么时候
过关了，什么时候需要修改。

关于阅读，作家必须学会两件事：像读者一样阅读和像作者
一样阅读。角度不同，过程和结果不一样，后文我会解释。

## 站在读者的身后阅读

我们为什么写作？我们想要传递信息、与读者产生共鸣、提
出观点、改变生活。对于作者来说，最糟糕的事情莫过于写出的
书或文章没有人读，或者没有引起一点反响。实际上，反响是积
极还是消极并不重要（当然我们都希望得到赞扬）；重要的是你用
文章表达了想法，激发了能量。

因此要爱护、尊重并理解你的读者。想想他们是谁。你需要知道你是为《科学美国人》(*Scientific American*)、《时尚先生》还是为美国有线电视新闻网的观众撰稿。读者不同,写作也不一样,你不仅需要靠内容,还要靠风格吸引读者。你应该这么做:

写完一篇文章或论文,一个章节或一本书的草稿后,把自己放在读者的位置。想象你走到读者身后,从其肩膀上看过去。假设你是《星际迷航》(*Star Trek*)的斯波克先生(Mr. Spock),做一次"心灵融合",这样你和读者就会合二为一。

从读者的角度阅读你的作品。看读起来是否吸引**他们**,而不是吸引你。你是否写了一些读者看不懂的东西,或者因为道德原因反感的东西?这个故事是否难以理解?读者能否想象出故事中的角色,并与他们产生共鸣?这篇文章给读者什么启示?

如果站在读者身后阅读的体验不积极不顺畅,如果没有唤起你期待的情感,传达出你觉得重要的思想,那么你应该假定这是一面红旗,一个警告信号,表示你写的东西不过关。在你担心读者会断线的时候停下来,想想怎么解决这个问题,这样你的下一位读者不会有类似的烦恼或沮丧。这些修改可能是至关重要的。

## 练习9

站在假想读者的身后阅读会碰到困难,并且很难做到客观。作者一向爱惜自己写下的文字和提出的观点,很难接受批评。一种方法是,大声读出你的作品,用录音机录下

来，仿佛有人要求你在当地书店办朗读会，这样可以在你和
文章之间形成距离，并透过读者的眼睛评判文章。可以把
你在写的文章读出来并录音。然后坐下来，倒上一杯咖啡，
听听你的录音，哪些内容能引起共鸣，哪些不能？

　　这种练习也能让朗读充满激情。曾经，只有诗人和小
说家在书店和大学讲堂办朗读会。如今，创意非虚构作家
也能定期举办朗读会并做巡回演讲。

## 以"妈妈"为假想目标读者

　　《我记得妈妈》（*I Remember Mama*）是20世纪50年代的一
部黑白电视剧的名字，由当时著名的女演员佩姬·伍兹（Peggy
Woods）主演，但"妈妈"也是作家乔尔·加罗（Joel Garreau）的
所有书籍和文章的假想目标读者。加罗是畅销书《激进的进化，
改善身心的利弊，以及成为人类的意义》（*Radical Evolution, the
Promise and Peril of Enhancing Our Minds and Bodies and What It
Means to be Human,* 2005）的作者，还是《华盛顿邮报》"观点"栏
目的编辑和撰稿人。他最近在亚利桑那州立大学（Arizona State
University）的演讲中解释说，不管他的书的主题多么复杂深奥，他
总是以他妈妈作为目标读者。他是这么说的：

　　　　现在，我解释一下我说的母亲是什么意思。对我来
　　说，母亲代表了某些人，他们生机勃勃，对我写的东西

感兴趣，但不知道我写的主题是什么。对于描写男孩及其玩具的故事，他们没有耐心读下去。他们关心人类，关心他们的家庭、朋友、这些人是什么样的人、怎么走到这一步、要去哪里、为什么这么做。

换句话说，不管他们知道与否，他们在意文化和价值观，他们认可这些并身体力行。这就是为什么我要讲述人物故事。我发现，如果你谈论人，你就可以随意插入一些东西。在《观点》栏目，我们常称这类东西为DBI（dull but important，乏味但重要）。

你必须努力让读者挺过DBI。其间，你得不时说点有趣的事情。一则逸事、一个笑话、一段描述、一个活灵活现的人物。你得保持节奏和势头，不然你会失去读者。

我曾经有个很棒的编辑德博拉·赫德（Deborah Heard）。实际上，她从来没有改动过任何词语。阅读我的文章走神的时候，她就在我的书页边上画一条线。这太棒了。

这就是我需要的一切。我是说，要知道，我显然认为自己所写的一切都是优秀的散文，不然不会上交。而她只是告诉我她在哪里走神，让我知道哪里出错了。她是个多么了不起的编辑啊。顺便说一句，委婉地指出问题是件重要的事。指出问题，不要说教。

所以乔尔·加罗是站在他母亲和编辑的身后阅读。

## 以作者的眼光阅读

以读者（或你母亲）的眼光读完你的作品后，你可以转向阅读你的作品的第二个重要方法——以作者的眼光，那是完全不同的体验。

修改或编辑时，我们总担心用词是否准确。这些年来，我参加了数百次研讨会，听到大家互相赞扬（和批评）：**这个句子写得真好！这个比喻用得很妙！这个画面令人回味无穷！**

我们都喜欢反馈，但这种回应可能为时过早。在打磨短语和句子之前，作者需要考虑文章的表现形式和结构层次。因此，我们再来做一次心灵融合，研究创意非虚构文章、章节或书籍的结构。

建筑师查看桥梁和房屋时，首先尝试以路人的视角来看待它们。用客户或路人的眼光看作品，就像在读者的身后阅读。但建筑家也从另一个层面来看建筑，想象桥梁的蓝图、设计，以及各部分组合在一起的样子。

作者的工作方式如出一辙，作者审视创意非虚构文章、章节或书籍的各部分，寻找赋予作品结构的各种元素。

编辑工作分几个阶段进行，但几乎从来没有从散文的行文、句子或选词开始的。你可能逐行写出令人兴奋的绚丽散文，但如果整体上不吸引人，读者就没有机会欣赏你的语言才能。

那么首先考虑蓝图，即作品的结构和形式。你会发现如果文章的结构变了，词语、意象和想法也会变化，所以在修改过程中没必要一开始就改动这些。

　　你是文字的雕刻家。一旦你确定了写作项目的形式，你就会关注句子结构、遣词用字和散文中的许多具体问题。

## 19

# 场景是基石

在练习1中，我请你描写一个场景——以电影般的叙述手法再现一段经历、一件事情、一个小故事，比如我在圣爱德华大学经历的那件事：那个带着徽章的女人，创意非虚构写作的警察，光脚跳了起来，把我和其他人吓了一大跳。还记得绳索测试吗？我在新兵训练营获得了成功，我从中学到了什么？本书前面的练习主要依赖于场景。

你可以从场景出发，介绍与这些场景或小故事相关的重要想法和信息。场景在创意非虚构写作中的重要性怎么强调都不过分，你可以使用场景给读者介绍相关主题，让他们有所了解。

场景是创意非虚构的基石，是写作的基础和关键要素。对于那些有志于写作但没有写作经验的人，我就是这么说的。对我写作课的硕士和博士生，我也是这么说的。写作场景是你从本书中获得的最重要经验之一，也是你要学习的重要功课。

场景就是基石这个概念很容易理解，要付诸实践却不容易。故事或场景不仅要真实无误（你不能捏造！），还需要阐明观点、传达信息，正如我所说的，场景必须融入文章、章节或书籍的整体结构。这是艰巨的任务，可它至关重要。

场景化写作表明了展示和讲述之间的区别。懒惰平庸的作家会给读者**讲述**主题、地点和人物，但创意非虚构作家用情节和场景生动**展现**主题、地点和人物，让人难以忘怀。

# 20

# 用黄色或下划线标出场景

我举办创意非虚构讲座或研讨会时，总是分发创意非虚构阅读材料，比如在本书中刊载出来的这些文章，并请参与者做些非常重要的事情，我称之为"标黄测试"。

过程是这样的：

你拿起一支黄色荧光笔，翻阅你最喜欢的杂志，比如《名利场》《时尚先生》《纽约客》或者《创意非虚构写作》，或者你最喜欢的作者的书，我在本书中提到的像塔利斯、迪拉德、海明威。别忘了詹姆斯·鲍德温、乔治·奥威尔、杜鲁门·卡波特和苏珊·奥尔琳，任何有声望的大作家都能通过这个测试。

然后我告诉学生们："用黄色荧光笔标出从开始到结尾的所有场景，不论场景大小，再回到开头，查看一下你的杰作。很有可能，你选择的文章、章节或书籍节选的50%到70%都是黄色块。"

我对学生们说："一片亮黄色会发出耀眼的光芒，瞪着你们！"

为什么会这样？因为创意非虚构作品就是由小场景和小故事组成的。最成功的作品就是这样创作出来的。标黄测试练习结束后，我说："看看这一个个黄色块！"这让人难以忘怀、印象深刻。

话虽如此，如果你往后翻几页，会注意到这本书里没有黄色标记，也没有红色、绿色或蓝色，什么颜色也没有。我的出版商告诉我，这本书的预算里没有第二种颜色。可以说，第二种颜色会让这个项目陷入赤字。在争论了几周并尝试了各种替代方案后，我们决定使用下划线。我们不得不接受这个事实，即在本书中，下划线意味着黄色。

我的编辑建议我："用'做标记'这个词，'标记'意味着用黄色，或任何其他颜色或提醒注意场景的方法，包括下划线。"

好的，做标记，请理解我。从现在开始，我会用"做标记"这个词，但我实际上是说标黄，或用任何其他颜色来帮你注意和理解场景的设计、安排和重要性。

写完文章、章节或书籍的草稿后，做一下……标记测试。如果在你的文章中，标出来的颜色不多，可见场景不多，这没有什么对或错，但是提醒你需要更加细究作品，思考为什么没有通过测试。可能事出有因，也可能你得回到故事开头，重新构思。基石在哪里？

别担心。在写作中，所有作家都要经历这些，世间没有十全十美的作品，但你要让每一稿比上一稿更好，因为修改是创作过程的一部分，不管你用什么颜色或什么方法。

# 21

## 一个令人难忘的经典场景：
## 《弗兰克·辛纳屈感冒了》解析

　　目前你写出的场景可能没有下面摘引的这个场景直观、有感染力，这是创意非虚构作品的完美范例。这个场景来自我先前提到的经典人物特稿，盖伊·塔利斯1966年发表于《时尚先生》的文章《弗兰克·辛纳屈感冒了》。不久前，为了庆祝《时尚先生》创办70周年，编辑们决定重新刊发杂志刊登过的最佳文章，获此殊荣的正是《弗兰克·辛纳屈感冒了》。

　　下面这个场景大概发生在这个长篇特写（约2.2万字，是普通书籍字数的1/3）的1/3处。辛纳屈在一家私人俱乐部。他不太舒服。特写就从这里开始，让读者粗略了解辛纳屈：

　　　弗兰克·辛纳屈，一手拿着波旁威士忌酒，一手夹
　　着香烟，站在酒吧的黑暗角落里。旁边坐着两个金发女

郎，她们很妩媚，但已不年轻了，等着他上前搭讪。可他一言不发，晚上大部分时间他都沉默不语。如今在比弗利山的这家私人俱乐部，他显得更为疏离，透过缭绕的烟雾和昏暗的光线，他看向酒吧后面的大厅，那里有几十对年轻情侣，他们有的挤坐在小桌子旁边，有的随着立体音响发出的疯狂民谣摇滚乐在舞池中间扭动身体。和辛纳屈旁边的4个男士一样，这两个女郎明白，不要在辛纳屈闷闷不乐时招惹他。在11月的第一个星期，离他50岁生日还有一个月，他郁郁寡欢不足为怪。

文章接下来解释辛纳屈为什么心绪不佳，迫在眉睫的50岁生日是原因之一，但还有种种困扰：他最近参演了一部影片，可他不喜欢这部电影，恨不得马上杀青。他与20岁的女演员米娅·法罗（Mia Farrow）约会，引来许多风言风语，米娅·法罗那天晚上也没办法来见他；哥伦比亚广播公司（CBS）即将播出讲述他生平的纪录片，他担心这部纪录片会声称他跟黑手党有交往；他马上要录美国全国广播公司电视的特别节目，可能会要求他唱18首歌，他对此忧心忡忡——"这就是问题的症结"——因为他的声音听起来不正常，他嗓子疼，嗓音虚弱沙哑，飘忽不定。塔利斯写道："他得了一种常见的小病，一种大家都觉得微不足道的小病。可对于辛纳屈来说，这个小病会让他痛苦不堪、黯然神伤、惊慌失措，甚至狂躁不安。弗兰克·辛纳屈感冒了。"

接着，塔利斯详细阐明为什么辛纳屈心情低落，向读者生动描绘了这位明星和两位金发女郎同伴。注意塔利斯对辛纳屈的描述紧扣情节，这本身就是一个迷你场景。

> 两位金发女郎看上去约莫35岁，打扮得明艳动人，成熟的身体紧贴着黑色的紧身衣。她们坐在高脚凳上，跷着二郎腿，听着音乐。这时，其中一位拿出一支箭牌香烟，辛纳屈迅速掏出金色打火机为她点烟，她抓住他的手，端详他的手指；他的手指粗糙多节，小指突出，由于患有关节炎，他的手指僵硬，几乎没法弯曲。

最终，两位金发女郎的陪伴也没能缓解辛纳屈的抑郁和无聊，反倒让他难以承受，于是他决定去俱乐部的台球室。接下来发生的这一幕出乎意料，完全是自然发生的，塔利斯把这个场景记在了笔记本里。

> 辛纳屈对两位金发女郎说了几句话，然后离开酒吧，往台球房走去。辛纳屈的一个朋友走过去陪伴两位女郎。布拉德·德克斯特（Brad Dexter）刚才一直在角落里跟别人说话，这时跟在辛纳屈身后。
> 台球室里，台球噼啪作响。有十几位观众，大多是年轻人，他们在看利奥·迪罗谢（Leo Durocher）跟两个年轻人打球。两个年轻人趾高气扬，但是球艺不精。来这家私人酒吧的大多是演员、导演、作家和模特，几乎

都比辛纳屈或迪罗谢年轻很多，他们那天晚上的穿着也更为随意。许多年轻女人的长发自然散落在肩头，穿着包臀紧身裤和高档毛衣；几个年轻男人穿着蓝色或绿色高领丝绒衬衣、紧身窄腿裤和意大利乐福便鞋。

辛纳屈看着台球室的这些人，显然他们跟他不是一路人，他倚在墙边的高脚凳上，右手拿着酒，什么也没说，只看着迪罗谢来回击打台球。辛纳屈经常出现在俱乐部，屋子里的年轻人习以为常，并没有对他显出特别的尊敬，但也没说什么冒犯的话。这群年轻人很酷，那种加利福尼亚式的随意的酷。他们当中最酷的似乎是个干脆利索的年轻人，五官轮廓分明，灰蓝色的眼睛，略带金黄色的头发，戴着方方正正的眼镜。他穿着棕色的灯芯绒宽松长裤，蓬松的绿色设得兰羊毛衣，棕黄色的绒面革夹克和狩猎靴，那双靴子是他最近花60美元买来的。

弗兰克·辛纳屈由于感冒有些鼻塞，靠在高脚凳边，目不转睛地看着那双狩猎靴。他刚才就盯着这双靴子看了一会儿，现在又盯上了。穿这双靴子的是哈兰·埃利森（Harlan Ellison），他是作家，刚刚写完电影剧本《奥斯卡》（*The Oscar*），此时站在人群中看球。

终于，弗兰克·辛纳屈忍不住了。

"嘿，这靴子是意大利产的吗？"他的声音有些嘶哑，但仍然柔和响亮。

"不是。"埃利森说。

"西班牙产的?"

"不是。"

"它是英国产的?"

"我不知道,先生。"埃利森回过头,对辛纳屈皱起眉头,说完又转过头去。

台球室里一下子安静了下来。利奥·迪罗谢本来摆好姿势准备打球,就那样待了好几秒钟。大家一动不动。辛纳屈不再倚靠高脚凳,而是缓慢地,昂首阔步地朝埃利森走去,台球室里只听见辛纳屈的鞋子发出响亮的啪嗒声。然后,辛纳屈微抬起眉毛,看向埃利森,带着一丝狡黠的微笑,问道:"你觉得会有暴风雨?"

哈兰·埃利森往旁边挪了挪。"你为什么非得跟我说话?"

"我不喜欢你穿成这个样子。"辛纳屈说。

"我也不想烦到你,"埃利森说,"可我想怎么穿就怎么穿。"

房间里响起了嘀咕声,有人说:"好啦,哈兰,我们离开这里。"利奥·迪罗谢打了一杆球,说:"对,走吧。"

可埃利森仍站在那里。

辛纳屈问:"你是干什么的?"

埃利森说:"我是个水暖工。"

"不,不,他不是,"桌子另一边的一个年轻人马上叫喊道,"他是电影《奥斯卡》的编剧。"

"哦,对,"辛纳屈说,"我看过那部电影,简直是一坨屎。"

"那就怪了,"埃利森说,"电影还没上映呢。"

"我看过,"辛纳屈重复道,"就是一坨屎。"

布拉德·德克斯特焦急不安,站在矮小的埃利森对面显得人高马大,说:"得了,小子,我想要你离开这间屋子。"

"嘿,"辛纳屈打断了德克斯特,"你没看见我在跟他说话吗?"

德克斯特迷惑不解,他改变了态度,声音变得柔和,几乎是恳求埃利森,"你为什么非要在这里折磨我呢?"

整个情形变得越来越荒谬,看上去辛纳屈并不太当真,也许只是出于百无聊赖和内心的绝望;不管怎么说,又争吵了几句后,哈兰·埃利森离开了。此时辛纳屈和埃利森发生口角的消息已经传到了舞池,有人要去找俱乐部经理,但另一个说经理已经听说了这件事,迅速走出门钻上车逃回家了。于是经理助理来到了台球室。

辛纳屈厉声说:"我不希望这里有不穿礼服不戴领结的人。"

经理助理点了点头,走回办公室。


这场冲突生动刺激,由情节驱动,并且向读者展现了辛纳屈这个人，尤其是他患了普通感冒而心情沮丧时的状况。就像人们常说的"一图胜万言"。鲜活的真实场景向读者展示人物和个性，这是作者单凭讲述难以达成的。这个场景的结构也充满悬念。读者必会猜测辛纳屈、他的对手哈兰·埃利森和旁观者会怎么说、怎么做，才会让氛围更加紧张，或变得更糟。

**22**

# 做标记还是不做标记，
# 这是一个值得考虑的问题

　　如果创意非虚构的基石是场景或小故事，做标黄测试可以判断你是否写了场景，那么我们来探讨一下场景的要素，以便你知道用记号笔标什么。

## 场景中的情节：要有事情发生

　　首先，场景必须包含情节。要有事情发生。在辛纳屈和埃利森的冲突中就是如此。现在思考一下我的回忆录《跟萨姆一起上路》中的两个场景。那是7月初，我跳上摩托车，跟朋友伯特（Burt）一起游览黄石国家公园。起初，天气宜人，阳光明媚，微风习习。我们缓缓穿过公园，看到了地热喷泉、熊和鹿，突然变天了，越来越冷，下起雪来，我们知道有麻烦了。有事情要发生：

我在前面带路，雪越来越深，越来越危险，我们沿着盘旋曲折的路上山下山，我骑得越来越快。我看着前面的路，前胎在白色中划出了一条狭窄的黑线，就像在棉花上用蜡笔画画，让我着迷。雪下得越猛，我在大路上骑得越快。雪片在我面罩上结成了块。我一手扶车，一手去擦面罩，来来回回，就像汽车的雨刷，抹掉雪好看清前方，眼看我越来越快。我在白线上行驶，从前面的车和对面车道向我驶来的汽车中间挤过去。虽然我无法透过冰层看清伯特在我后视镜中的倒影，但我知道他在后面。

　　有一阵，我们停在了一个厕所前面，那是一间被雪压垮了的旧木屋。伯特把车停在我旁边，我们没有说话。我们从路边走下山，朝那间屋子走去，进去后，脱掉衬衣，把水拧干。我们抽着烟，吸着厕所的臭气，在小屋寒冷的角落里瑟瑟发抖，笑得像个疯子。后来，进入特顿山脉，雪化为雨。道路黑得发亮，在山上螺旋式上下。我们忘了小心谨慎，从冷风中向阳光处行驶，摇摇晃晃地驶进半圆形的弯道，这时伯特失去了控制，迎面撞上了岩石山的一侧。

　　我听见伯特的摩托车刮擦柏油路面的声音。透过后视镜，我看到伯特骑着摩托车，沿着柏油路面喷射出一道金色的火花，撞在靠山的岩石墙上。我停下车，在车落稳之前就跑了起来。车撞到我的腿，我摔倒了。我挣扎着爬起来，又摔了一跤。我在地上乱抓，把腿拉了出来。伯特被卡在岩石和他的车之间，他在流血。他的雨衣和里面的李维斯牛仔裤被撕破了，皮肤也擦伤了。他浑身是泥，腿上粘着煤渣。

想想当时的情形。黄石公园下着大雪，我们骑着摩托车，当然也没有事先穿上合适的衣服。我们会怎么样？这个故事中有两个小场景或小事件：我们在厕所里抽着烟浑身发抖，然后伯特遇到麻烦。有情节，也有点悬念。如果读者关心这些人物，他们会往下读，了解他们的遭遇。

在下一个场景里，我跟我母亲在睿侠电器行，出了点儿复杂的事。在这个场景中，你可以数出不止一件小事。

不久前，我带母亲去附近的睿侠电器行，让她买部新手机并选择新的服务商。交易仍在进行，我们在更换她目前的服务商，母亲独自在收银台购买烟雾报警器要用到的9伏电池。我没有太关注她，萨姆也是，他忙着搞清楚在电池方面的疑问。店里熙熙攘攘，顾客们像萨姆一样，查看小玩意，阅读产品说明，问这问那。我的思绪飘忽不定，纳闷萨姆为什么长期以来对电池着迷，不断比较一次性电池与可充电电池，并且咨询相关问题。突然，我听见母亲的声音，我看向她，她边晃动手指边喊："你偷了我的钱！把钱还给我！"

她指着睿侠电器行售货员，冲他发火，那位售货员20岁出头，胖胖的，长着一张娃娃脸，名叫迦勒，他站在收银台后面，手上拿着一张5美元的钞票。他处理手机交易时慢条斯理，看来是个新人，还在培养期。现在他在收银台前，我母亲的发火让他大吃一惊。"这是你刚刚给我的钱，"他说着，像挥舞手帕一样晃动那张美钞，"我找给你98美分。"他指了指柜台上的钱。电池售价4.02美元。

"可我给了你10美元，"我母亲说，"那5美元是你欠我的，不是我给你的。零钱不用找了。"她把硬币推到他面前，"可我要那5美元。"

我母亲89岁了，她身体健康，口齿清晰，虽然有些耳背，有点儿健忘，但基本上能独自快活过日子，有些人说这是个奇迹。她独自住在老家，实际上那是她父亲的房子，我外祖父过世后，她跟我父亲住在那栋房子里。只要天气晴好，她一周步行两次去几个街区外的超市，再把她购买的瓶瓶罐罐等食品杂货带回家。她不开车，从没开过，但她很幸运，有几个同龄朋友还在开车。他们每周载着她去餐馆吃一到两次"早起的鸟儿"午后特价套餐，她通常会把剩菜打包带回家，充作第二天的午餐或晚餐。她还会乘坐公共交通工具每周去美容店或找约好的医生看病。

不过有时她会感到害怕，最近发生了一系列事情，她以为自己不能呼吸了，急救医生想送她去急诊室，她又奇迹般地突然好了。出了这件事后，我说服她去做细致的检查，凡是老年医疗保险可以支付的每项检查都做。检查结果很好，自那以后她没有感觉到恐慌，除非你算上在睿侠电器行的这件事。实际上，面对这位摇着手指要钱的蓝头发老太太，迦勒可能感到恐慌，她在大喊"我被骗了！"，店里的每个人都听得到她的话，用怀疑的眼光看着迦勒，他居然想骗一位手无寸铁的老太太。

"你给了我5美元，"他又说了一遍，说得很慢，凸显他的耐心和专业，"我们的收银机里只有一张10美元的钞票，"他指着打开的现金抽屉，"那张钞票在那里放了一整天了。"

可他客气的态度没能打动我母亲，她仍然摇着手指大喊大叫："我不管你收银机里有什么，我知道我钱包里有多少钱，我心里有数，"她强调，"我知道我给了你多少钱，我不会上当受骗。"

这时，我来到了收银台。我从售货员手中接过收据，他正要按惯例把收据和电池一起放进袋子里。我对母亲说："收据上写着你给了他5美元，标记得很清楚，他找给你98美分。"

"我不管收据上面写了什么，"母亲告诉我，"我知道钱包里有多少钱，那里本来有一张10美元的钞票和8

张一美元的钞票，可是现在，"她打开钱包盖子，让我看里面，"那张10美元的钞票没有了，因为我给他了。8张一美元的钞票还在。"

我点点头，有些迟疑，仔细斟酌起来。就在几分钟前，她还语气神秘地对迦勒耳语，说她有多讨厌手机，一点也不想要手机。她从来不用手机，买手机纯粹是浪费钱，她买手机只是为了应急，说穿了，是她的孩子们坚持认为她得有部手机，尽管花费不菲，特别是考虑到先前在她家里的那部手机不太好用，她不得不去前廊打几分钟的免费电话，非常不方便，在隆冬时节尤甚，等等。

我重复道："收据上说，你只给了他5美元。"我用手指敲了敲光滑的白色纸条上标记的物品，但她连看都不看一眼。

"收据上，谁想写什么就可以写什么，"她看着迦勒，"我又不是3岁小孩。"

这时，有很多顾客排在她身后等着结账，在店里转悠的顾客也都看向我们的方向，等着看好戏。另一个年纪大些的售货员在招呼队伍里一个女人，女人示意我母亲，对那个售货员说："为什么你不在打烊后核对一下收据，到时你不就知道真相了吗？如果多收了5美元，你可以给她打电话，把钱退给她。"

"让他们今天打烊后对一下收据，看是否多收了5美元，"我对母亲说，"才5美元，如果你是对的，明天或今晚就能拿回来，你现在并不需要这5美元。"

"5美元对你来说可能没什么，你是个大人物，可对我来说是一大笔钱。"她把手举到空中，手指还在摇晃。我母亲的脸显年轻，你绝对猜不出来她89岁了。但你可以从她的手上看出她的年龄，她的手上长着黄褐斑，青筋暴突，疤痕累累。"让他们把欠我的5美元给我，如果打烊后他们核对收银机，发现少了5美元，他们可以打电话告诉我。"

"如果当真少了5美元，你会把钱还回来吗？"迦勒问我母亲。

"我得想一想。"她回答道。

## 一个场景的结束

本章的节选和弗兰克·辛纳屈的特写引出（并包含）其他故事和场景。我说"结尾"，指的是一件事情的结束，也就是一个场景的结束，不一定是故事的结尾。关于前一晚弗兰克的冲突，在辛纳屈阵营尚有余波。伯特从摩托车上摔下来，躺倒在人行道上。他受伤了吗？他去医院了吗？这一切都悬而未决。作家可以告诉读者接下来发生的事情，也可以就这样结束场景。

我母亲在考虑如果证明她错了，她会退回钱。我决定在这个关头结束这个场景，在书的后面再提这件事。这增强了悬念，有点像电影中的镜头切换，但不要误会。这些场景有头有尾，有始有终。他们是基石，因此就该标出来。事情发生了，也有情节，虽然暂时告一段落。

想象一个橄榄球场。四分卫从中心接球后，退回来准备传球。一个400磅重的后卫追赶他，把球抢断。这是一件事情的开始和结束，一个情节的结束，但不是比赛的结束，甚至不是球队进攻的结束。接下来还有更多的橄榄球进攻和比赛情节。

不一定要描写疯狂、色情、怪诞或有生命危险的情节。例如在家庭晚餐或课堂上，就有很多微妙的情节。学生问个问题，需要回答，这就需要一段对话，这是引发或记录情节以结束场景的特别有效的方式。但是随后，课堂继续。

---

## 练习10

以下节选自丽贝卡·思科鲁特《永生的海拉》。从逻辑上来说，从一个事件发展到另一个事件，遵循线性叙事。但是这里确实有两个场景，两个标黄的区块，包含在一个场景中。本书后面（第242页）摘引了整章，你可以看到故事的结尾。但现在我希望你专注在这两块基石上。你能看出来吗？有一个场景——一块基石，还有一个倒序场景，第二块基石。请把两个场景标出来。

1951年1月29日，戴维·拉克斯（David Lacks）坐在旧别克轿车的方向盘后面，车窗外，雨渐渐沥沥。他把车停在了约翰斯·霍普金斯医院外一棵高耸的橡树下面，车里坐着他的3个孩子，其中两个还穿着尿片，他们一起等待孩子们的母亲海瑞塔（Henrietta）。几分钟前，她跳下车，把外套罩到头上，急匆匆地走进医院，走过为她这样的人专设的唯一"有色人种专用"洗手间。旁边的大楼里，一座10.5英尺高的耶稣大理石雕像矗立在精美的铜制穹顶下，面向霍普金斯医院的旧大门，张开双臂迎接来访者。海瑞塔一家人来霍普金斯医院看病时，都要先来拜访这座耶稣雕像，把带来的花放在他脚下，祈祷一番，摸摸雕像的大脚趾祈求好运。但那天海瑞塔没有停下来。

她径直走进妇科门诊候诊室，候诊室很大，空荡荡的，只有一排排直背长凳，看起来像教堂的长椅。

"我子宫里长了个肿块，"她告诉接待员，"需要医生看一下。"

过去一年多来，海瑞塔总跟闺密们说她感觉不太对劲。有天晚上，吃过晚餐后，她坐在床上，表亲玛格丽特（Margaret）和萨迪（Sadie）在她旁边，她告诉她们："我体内长了个肿块。"

"长了个什么？"萨迪问道。

"肿块，"她说，"我丈夫想要和我做爱时，就非常疼，上帝啊，简直疼死了。"

做爱时感到疼，一开始她以为跟她几个星期前生了德博拉（Deborah）有关系，也可能是戴维跟其他女人乱搞带回来的性病，医生会用青霉素和重金属来治疗这种病。

在告诉她的表亲她觉得不太对劲的一个星期后，海瑞塔发现自己怀上了第五个孩子约瑟夫（Joseph），这时她29岁。萨迪和玛格丽特告诉海瑞塔，她感到疼可能是因为怀孕。但海瑞塔不这么认为。

"怀孕前就疼，"她说，"是别的原因。"

她们不再谈起那个肿块，没人跟海瑞塔的丈夫提及这件事。约瑟夫出生4个半月后，有次海瑞塔去卫生间，发现内裤上血迹斑斑，那会儿她并不在月经期。

她在浴缸里放满温水，躺了进去，慢慢张开双腿。她关上了浴室门，她的孩子、丈夫和表亲在外面，海瑞塔将一根手指伸进体内，在宫颈壁摸索，她觉得自己会发现点儿什么：深处有个坚硬的肿块，就像有人在子宫左侧开口嵌进了一颗小指大小的弹珠。

海瑞塔从浴缸里爬出来，擦干身体，穿上衣服。她告诉丈夫："你最好带我去看医生。我没来月经，但是在流血。"

夜深时分，你母亲走进你的卧室。你假装睡着了，她盯着黑暗看了很久，然后退回到走廊。肯定发生了些事情，虽然我们不知道发生了什么，也不知道背后的原因。但是，有情节发生了，有始有终，推进了故事的进程，并且往往引发另一段情节。

说回盖伊·塔利斯的文章。

辛纳屈跟哈兰·埃利森闹了场冲突,紧接着又跟布拉德·德克斯特有点小别扭。空气中弥漫着紧张与悬念:这一切如何收场?读者想要知道。跟埃利森的冲突有点含糊地结束了,但辛纳屈命令经理助理给从后门离开的经理带个口信。在这个例子里,以一个悬念开始又以另一个悬念结束,让读者想读下去。

要记住场景如果不能通过标黄测试,那就不算场景,除非有事情发生,不管大事小事。理想的情况是,无论发生什么,都能必然引发其他事情。作者总是想让读者保持兴趣,继续看下去。上文讨论的场景就是典型例子。

## 场景中的关键要素:对话和描写

既然创意非虚构读起来要像小说,它应该充满戏剧性,有电影的感觉,那么小说家在写需要对话和描写的场景和故事时,会使用什么技巧呢?要知道,对话和描写是小说中的两个关键要素。

在创意非虚构作品中,人们互相交谈。对话表明大家在表达自己、交流信息,这种方式容易理解,并且贴近真实生活。我们作家融入警察局、百吉饼店或动物园,跟机器人专家、棒球裁判或精神分裂症患者待在一起,目的之一就是倾听真实的对话:看大家对彼此说了些什么,如何评价彼此,而不是回答事先准备好的问题。描写人们本来的样子,自然而然、下意识的真实状态,作者听他们谈话，观察他们谈话时的神态，研究他们与其他人的互动。

在《弗兰克·辛纳屈感冒了》一文中，塔利斯精湛地描绘了辛纳屈、埃利森甚至德克斯特之间的交锋。读者能听见他们互相争吵的声音，能感觉到鄙视与不安的氛围。

再看看萨迪、玛格丽特和海瑞塔之间真实的快节奏来回对话。读者仿佛就在那里，偷听着一切，还有思科鲁特，虽然我们看不到她，但我们绝对能感觉到她的存在，就像我们能感觉到塔利斯的存在。

对话不仅是沉浸式作家的工具，对于写回忆录来说，对话也同样重要。你不想对读者干巴巴地**讲述**你的妻子、母亲、老板或邻居的情况。起码，你想要尽可能少地讲述，尽可能多地展示。正如在睿侠电器行那场来回的对话中，我母亲让可怜的迦勒不知所措、局促不安、有口难言。

作者想把人物展示给读者，让他们难以忘怀，让读者与他们产生共鸣。对话展示了作者笔下的人物是什么样的人、他们如何表达自己。

正如你在睿侠电器行场景和塔利斯的文章中看到的，描写和对话相辅相成。阅读优秀的创意非虚构作品就像观看生动逼真的非虚构电影。描写时，作者不会依靠形容词。要想描写有力、引起共鸣，关键是选择熟悉的具体的细节。

## 23

# 私密细节

2001年10月，我取道纽约拉瓜迪亚机场返回匹兹堡，这是自"9·11"恐怖袭击事件后我第一次去纽约。我第一次接触到强化安保条例，而不像十多年后，我们对这些条例了然于胸，不胜其烦。

这次行程的安检人员是个快30岁的身材矮小瘦削的拉美裔人，他快速翻查了我的衣服和文件，而我的洗漱包吸引了他的注意力。我是在飞机起飞前一个半小时到达机场的，希望能在25分钟后起飞的早一点的航班上候补待位。我意识到时间在一分一秒地流逝。

这个男人非常认真细致。他打开我的防水蓝色迷你金属手电筒的盖子，检查里面的电池。这是我随身携带的应急用品，因为有年夏天的晚上，我被困在华盛顿特区乔治城酒店，断电长达

26小时，我在漆黑一片中寻找紧急出口，差点儿自杀。但是，他发现了我不知道的第二个手电筒，一个矩形的白色塑料微型手电筒，来自西宾夕法尼亚州心血管研究所，这个地方我压根没听说过。电池受到腐蚀，渗到了外壳上，于是我把它扔到了附近的垃圾箱。我不知道它怎么会出现在我的包里。

他还发现了两把指甲钳，上面有长约一英寸的微型指甲锉刀，尖端不算锋利。他说，如果我想要留着指甲锉刀，他得托运我的洗漱包，给它贴上标签，作为行李单独寄出。我建议他把锉刀从指甲钳上掰下来扔掉。我们还扔掉了我用来修剪胡子的美容剪刀。

接着他拧开我止痒消肿膏的盖子，止痒消肿膏放在圆珠笔大小的塑料管中。它上面有一个金属夹可以别在口袋上。他用手指尖碰了碰滚珠涂抹器，抬头狐疑地瞥了我一眼。我转过脸去。我过去还没碰到过需要用消肿膏的情况，但我喜欢未雨绸缪。

这位安检人员打开了我的肉桂味唇膏、多用途万能胶、牙胶带和止血棒。他闻了闻我用于治疗股癣的处方强力抗真菌药膏。我包里还有一小瓶李斯德林漱口水和一瓶止汗除臭剂。

他没有打开我放应急药物（阿司匹林、布洛芬、鼻窦丸和通便剂）的盒子，也没有问我为什么有3支用了一半的牙膏管、两把旅行牙刷、两把吉列剃须刀、一把舒适一次性剃须刀。我只是把可能会用到的东西都放在了这个包里。

他并不关心我为什么带这些东西。但是，站在安检区附近的桌子边，身后很多人在等待安检，查看我的行李时，我不禁感到我的人生是一本打开的书，我失去了相当程度的隐私和尊严。无处可躲，我们都暴露在彼此面前。

当然，"9·11"恐怖袭击事件之后，我们都有不祥的预感，失落感也与日俱增。我在那个10月的一天在拉瓜迪亚机场遭受的轻微屈辱，与那些失去生命、亲人或生计的人经受的巨创没法相提并论。但是，自2001年9月11日以来的每一天，乃至十多年后，我们还是会不断地意识到，曾经认为理所当然的日常生活和自由因这些可怕的事件而发生了重大改变。

我有两个朋友受到"9·11"悲剧的直接影响。弗雷德（Fred）是一家大型国际金融机构的高管，他们在华尔街有栋大办公楼。他妻子林恩（Lynn）是艺术家，其富有想象力的油画为他们在翠贝卡宽敞而豪华的公寓注入了活力。9月11日当天，第一架飞机在撞向世贸中心之前，几乎从他们的公寓上方掠过。林恩正在洗澡，听见令人毛骨悚然的碰撞声。她对丈夫说："街上肯定发生了可怕的事情。"他来到窗边，接着喊她去看那可怕的景象。

他们坐在客厅的沙发上，边哭边叫，看着那些小小的身影——活生生的人，从60层楼高的窗户往下跳，波音767的残骸摇摇欲坠地悬挂在世贸中心上，刺穿了金融区的心脏。邻近公寓的朋友也来跟他们做伴。后来，满身灰烬的幸存者逃离废墟时，弗雷德和林恩冲到街上，护送那些不知所措的受害者进入他们的公寓，让他们把自己收拾干净，并给家人打电话。世贸中心倒塌后不久，他们的自来水就变成了褐色。

差不多3周后的《纽约时报》上，N. R. 克莱因菲尔德（N. R.

Kleinfield）描述了被撞击的大楼的气味。"那是电脑、轮胎或纸张燃烧时的味道。"有人说那是不安灵魂的气味。克莱因菲尔德继续写道："有几个人用夹克领捂住鼻子。还有几个人把手帕系在脸上，像土匪一样。有个年轻人走路时干脆用手指捏住鼻子。一位中年妇女把一面美国国旗叠起来，捂在嘴上。"那周，我去世贸中心遗址时，空气中仍然弥漫着这种气味，它像生物体一样黏附在我的肺部。那些无辜受害者的生命从他们的孩子、家庭和国家身边被夺走，我仍能感觉到他们的挣扎和眷念。

那天早些时候，在市中心卡内基音乐厅对面的欧罗巴咖啡馆，那是早上我最喜欢去的地方之一，服务员特别殷勤，像老朋友一样和我打招呼，虽然我敢肯定他们不记得我。他们给我端来波多贝洛三明治，并赠送了一块巧克力饼干。一个身穿紫色毛衣、黄色夹克，戴丝质围巾的男人，随着音箱里播放的音乐，唱起了卡拉OK风格的歌曲，面对金枪鱼沙拉三明治愉快地笑着。也许因为早餐和午餐时这个地方通常人满为患，此前我从未在欧罗巴咖啡馆听到过音乐，现在上午11点45分，这里只有6个老主顾。我不会马上忘记在欧罗巴的场景，克莱因菲尔德描述的那种味道，弗雷德和林恩家变成褐色的水，以及满身灰烬跟跄走出失事地点的人，不仅因为现实是如此残酷，还因为这些细节如此具体和私密。

这是所有作家都需要知道的经验，让散文和诗歌令人难忘因而至关重要的秘诀，是详细记录下最私密的细节。我指的是读者轻易想象不出来的理念与意象，这些理念与意象代表了你笔下令人难忘的真实人物或情节。

在1973年出版的作品集《新新闻主义》(*The New Journalism*)的前言中，汤姆·沃尔夫写到了《纽约先驱论坛报》(*New York Herald Tribune*)专栏作家吉米·布雷斯林(Jimmy Breslin)如何借描写细节，以小喻大，包罗万象，抓住事情的本质。沃尔夫提到了布雷斯林对审判安东尼·普罗文扎诺(Anthony Provenzano)的报道，这位工会主席被控敲诈勒索。一开始，布雷斯林就描写了这样一个画面：早晨明亮的阳光透过法庭窗户照射进来，反射出普罗文扎诺胖乎乎小指上的大钻戒；之后，休庭期间，普罗文扎诺轻拂着银色的烟嘴，在大厅踱来踱去，与前来支持他的朋友争辩了一会儿，阳光仍然在小指钻戒上闪烁。

沃尔夫写道："故事就这样继续下去，普罗文扎诺的新泽西朝臣们围在他身边献殷勤，阳光聚焦在他的小指戒指上。但是，在法庭内，普罗文扎诺受到惩罚。法官开始谴责他，普罗文扎诺的上唇冒汗。然后法官判处他7年徒刑，普罗文扎诺扭动着右手的小指头。"

这枚戒指象征着普罗文扎诺的不义之财、他的傲慢、他最终的不堪一击和惨败。

虽然我们不可能在每次写事件时都描写象征物，但如果想要打动读者，作者就要努力详细观察并记录下来，来表明故事的核心。那位安检人员当着好几个陌生人的面打开我的洗漱包，不仅透露出极端私密的细节，而且很具体、很生动。你可以从我的手电筒、止痒膏、抗真菌药膏、3把牙刷和剃须刀一窥我的为人和思维方式。

　　没错，我心不在焉又谨小慎微。我带上手电筒和药膏以备不时之需，避免出现会惹恼我或使我行动受限的情况。如果我在一篇散文中坦承这些性格特点，你或许记不住，但是放在机场安检的背景下，洗漱包的细节却可以让你洞悉我的性格。

　　我为什么要去纽约？因为我觉得有必要搭乘一下飞机，"9·11"事件后，我总是迟疑不决，对社会有一种疏离感，我需要破除这个魔咒。一般来说，我几乎每周安排一天出门旅行，但9月11号之后，我在社区待了一个多月。那个月之后，我觉得必须去一趟纽约，了解到几乎从各个方面来说，纽约都和以前一样，也许更黯淡，受到了创伤，甚至留下了疮痍，但这个城市内核坚不可摧。我也想证明自己是坚不可摧的。我希望直面逆境的这种精神能成为生活中的一种隐喻。我说的"面对"，不是指"抗争"。面对逆境可以并且应当意味着了解你的优势和劣势，与它们共处，达到并逐渐超越它们。

## 一处为人称道的私密细节

　　我们描写私密细节，让读者如闻其声，如见其人，了解到我们笔下人物的想法。我们记录他们声调的变化、特有的手部动作，以及其他怪癖。场景是否精彩的一个关键就在于细节是否"私密"。"私密"意味着如果没有作者的引导，读者可能看不到或想象不到这些细节。有时私密细节特别具体，表露心迹，让读者难以忘怀。盖伊·塔利斯的《弗兰克·辛纳屈感冒了》一文里就有一处为人称道的"私密"细节。

塔利斯引导读者进行了一次旋风式的全国巡游，展现了辛纳屈和随行人员彼此如何交流，与世界上的其他人又如何打交道，辛纳屈又如何经常与其他人发生碰撞。这些场景是情节驱动的，包含对话和令人回味的详细而私密的描述。有这样一个细节：在辛纳屈的随从人员中，有位头发灰白的女士不离左右，她保管辛纳屈的假发。这个细节让我记忆犹新，直到35年后的今天，每次我在电视上看到辛纳屈的重播节目，在杂志上看到他的照片时，我都会在背景中寻找这位拿着帽盒的女士。

还请注意塔利斯如何描述台球室里的那两位金发女郎和辛纳屈：

> 两位金发女郎……打扮得明艳动人，成熟的身体紧贴着黑色的紧身衣。她们坐在高脚凳上，跷着二郎腿……他的手指粗糙多节，小指突出，由于患有关节炎，他的手指僵硬，几乎没法弯曲。

## 其他具体的私密细节的例子

《纽约时报》刊登过一篇文章《共同的祷告，复杂的心情》（*Shared Prayers, Mixed Blessings*），着墨于种族融合如何拯救了一座教堂，文笔精彩，叙述准确。（2001年，《纽约时报》记者凭借

"少数族裔在美国如何生存"的系列报道获得了乔治·波尔克奖和普利策国内报道奖。)这篇文章里描绘的美妙场景,其中一些具体私密的细节十分出彩。文章开头有这样一个场景:领座员霍华德·皮尤(Howard Pugh)"在巡逻",看是否有教区居民违反规定,携带食品和饮料。皮尤抓到违规者时,不仅怒视违规者,还摇晃手指,萨克(Sack)形容说:"左手食指微微颤动。"具体而私密的细节,让人记忆深刻。之后,文章中形容皮尤是"长着球状粉红鼻子的白人",又是一个生动的形象,独特而令人难忘。你知道萨克就在现场,边看边听边做笔记。这不是普通的新闻报道,这种新闻报道入木三分,引人入胜。

看看凯文·萨克是如何准确、生动、传神地描绘那个周日早上参加礼拜的其他教区居民的:

罗伯特·劳森(Robert Lawson),"深情的男高音,喜欢穿淡黄色的西服"。

吕本·伯奇(Rueben Burch),"6英尺7英寸高的黑人,他的蓝色领座员上衣袖子稍微有点短"。

玛奇·梅奥(Madge Mayo),"这位85岁的寡妇,精神抖擞,身高4英尺9英寸,总是把发亮的白发绾成紧紧的圆髻"。

他精选用词,三言两语就描绘出了这些人物,不仅让读者如见其人,还表现出了他们的个性。劳森不仅是"歌手",更确切地说是"男高音",他的西服不是"黄色的"而是"淡黄色的"。详尽的描写给人留下深刻印象。

## 关于访谈的重要说明：寻找场景、小故事、细节和对话

记住你要寻找的是场景、小故事、细节和对话。作家在采访别人时，有时会忘记这个目标，因为他们一心想要获得一手信息，也就是事实。请记住，有些事实跟主题相关，有些事实跟讨论主题的人相关——这就是故事。

你终会再现这个故事，那么请你的采访对象帮助你。采访他们时，问一些你描写场景时所需要的细节。想象你是个小说家，正要编写这个场景。你想给读者展现什么？你怎样才能再现生动的画面？

你可以问这些关键问题：

发生了什么事情？接下来发生了什么？之后又发生了什么？（这是情节。）

他/她/他们对彼此说了什么？你记得当时的对话吗？（对白。）

你当时在想些什么？（内部视角。参见第169页。）

大家穿什么衣服？房间、房子或社区是什么样子？那天天气如何？（具体私密的细节。）

## 作家缺席是否意味着细节缺失，或者故事缺乏力量

萨克、塔利斯和思科鲁特都在现场倾听、观察、做笔记。这是写作创意非虚构作品的最佳方式。有时我们不能亲临现场，但这不意味着我们就写不出生动有趣的真实场景。

以下是一篇文章的几段简短摘录，这篇文章发表在《科学与技术问题》(*Issues in Science & Technology*)2011年冬季刊，这本期刊此前没有发表过创意非虚构作品。文章由学者亚当·布里格尔(Adam Briggle)和作家米拉·李·塞西(Meera Lee Sethi)共同撰写，他们两人结对参与了由亚利桑那州立大学资助的美国国家科学基金会的一项实验，一方面，考察了在作家的帮助下，研究人员表达观点的方式能否更浅显易懂；另一方面，考察了研究人员能否使用创意非虚构手法来帮助作家更深入地思考严肃话题。

文章题为《让故事可见：生物伦理委员会的任务》(*Making Stories Visible: The Task for Bioethics Commissions*)，标题相当怪异，有点儿艰深，重点讲述了科学家戴维·雷耶斯基(David Rejeski)的一次讲话，他是华盛顿特区伍德罗·威尔逊国际学者中心新兴纳米技术项目及展望与治理项目的负责人。尽管这篇文章没有太多情节，作家大力描绘了雷耶斯基的外表和举止。考虑到雷耶斯基讲话时，布里格尔和塞西两人都不在场，甚至不在那个城镇，这是了不起的成就，是作家的宝贵经验：

7月9日上午9点左右，在华盛顿特区市中心丽思卡

尔顿酒店铺了地毯的凉爽会议室里，雷耶斯基在指定位置就座，他身着整洁的深灰色西装，肩部稍微有点儿松垮，系条纹领带，他说话时，好几次伸手去捋平领带。美国生物伦理问题研究总统委员会（PCSBI）将在这个会议室召开第一轮会议。他前面和两边是委员会的13位成员和两位专门小组成员。这些主要与会人员一起坐在桌子旁，形成一个闭合的正方形。他们身后，雷耶斯基的视线外，大约6排椅子上慢慢地坐满了公众。他不用细看就知道这些人并不是刚好对遗传学感兴趣的老师、电工或消防员，他们是由一小群合成生物学方面的既得利益者（主要是金钱方面）组成的……

……他是当天第一位演讲者，他的开头很简单。他说："首先，我想说我们已经花费了大约6年的时间……努力将公众的声音带入新兴技术科学政策的讨论。"他在桌上寻找遥控器，以便控制他的幻灯片演示文件。如果不留心，你会错过他脱口而出的下一句话。这句话没有让人们发笑，但显然充满深刻的冷幽默，因为雷耶斯基明白人们对这种工作的关注度很低。"至于我们如何做到这一点？"他说，"相当简单：我们跟他们交谈。"

之后文章详细描述了雷耶斯基的体貌特征。

戴维·雷耶斯基长得跟篮球运动员一样高，一头凌乱的灰白头发拂过耳际，再配上乱糟糟的小胡子，看上去像个长腿的爱因斯坦。他有一双又大又优雅的手，不过他不怕弄脏自己。雷耶斯基获得的第一个学位是艺术学学士学位。生活中，他设计并雕刻精美的手工家具，比如光滑的硬木桌子，其锥形桌脚的灵感来自筷子的形状，桌面布满了数千个单独雕刻的复杂纹理。但是在工作中，雷耶斯基穿着西装系着领带，在政府官员面前讲话时，用那双长满老茧的手不停比画，变成研究科学、政策和技术的学者。

两位作者如何让雷耶斯基这个人鲜活起来？文章中的情节和细节都经过了重构。用塞西自己的话说，演讲结束后几个月他们对雷耶斯基做了电话采访。注意塞西持续关注的问题：

　　我问起演讲那天的情况时，真的一无所获。他说他那天感觉很放松——没错，那是非常重要的讲话，可他已经习以为常，并没有感觉特别紧张。他想不起房间里的气氛有什么特别；没错，他自在地坐在座位上；不，事先没人跟他说话；不，他讲话时，没有环顾观众，也不记得跟委员会成员有过刻意的眼神交流。说真的，他专注于讲完幻灯片。幸运的是，我有幸看到了演讲的视频，因此我才能描述他穿什么衣服，是否将平了领带，什么时候停下来，他演讲的节奏，什么时候有变化，等等。

视频没有详细展现观众，我就没有描述他们。相反，观众的隐身对我有利。

……由于细节紧缺，我毫不犹豫地添加了我观察到的其他事情，即便有可能显得不得体（比如说他的西服看上去有点大了）。词穷时，我决定拿他跟某个人（爱因斯坦）相比，除了他们真正有相似之处以外，我觉得这种简单粗暴的方式，可以让读者在脑海中闪现出他清晰的形象。最后，我从他的个人网站上了解到了他另一面的生活，他制作酷炫的家具。他好心地把这个网站挂在网上，供爱窥探的作者取用。互联网上查不到太多他的信息，但是找得到的，我都用上了。

塞西和布里格尔表明，创意非虚构作品的"创意"往往意味着作者在寻找、收集和使用信息的过程中具有主动性和想象力。作者没必要胡编乱造。

# 技巧与实践

## 内部视角技巧

　　毫无疑问，这是一种跨越，一个新方向。但仅仅因为你写的是非虚构作品，并不意味着你就不能进入人物的大脑，将人物看到的世界告诉读者。杜鲁门·卡波特在《冷血》(*In Cold Blood*, 1965)中就出色地做到了这一点。

　　还记得这本书，或者改编后的电影吗？讲的是堪萨斯州霍尔科姆村克拉特(Clutter)一家四口惨遭枪杀的故事。没有犯罪动机，也没有什么线索，但最后两个年轻的流浪汉迪克[理查德·尤金·希科克(Richard Eugene Hickock)]和佩里[佩里·爱德华·史密斯(Perry Edward Smith)]被抓获并供认了罪行。当时的卡波特以短篇小说家为人所知，他来到了堪萨斯，在那里待了好几个月，重现了暗杀现场、对案件的调查、抓获两个凶手以及对他们进行审判和处决的过程。他做了400多次访谈，跟认识这家人的以及以任何方式牵涉到这宗案件的所有人交谈。卡波特特别着墨于两个凶手迪克和佩里，他几乎可以不受限制地进入他们的牢房。他对自己的对象了如指掌，因此可以实现跨越，以他书中主人公的视角来看待特定的情境。

重现的下面这一场景发生在莫哈韦沙漠。迪克和佩里杀害了克拉特一家后四处游荡，寻找非法途径来为他们的旅行筹集资金。他们很绝望，也很狂妄，坐在路边等待合适的机会——寻找独自开着好车、兜里揣着钱的单身旅客，"一个可以抢劫、掐死、弃之于沙漠的陌生人。"卡波特写道。他们耐心地等待着，佩里吹着口琴：

　　　　还没看到车的身影，迪克就先听到了汽车的振动声。佩里也听到了，他把口琴放回兜里……跟迪克一起站在路边。他们注视着。车出现了，越来越清晰，是一辆蓝色的道奇小轿车，里面只有一个驾驶员，是个瘦得皮包骨的秃顶男人。完美！迪克举起手挥了挥。道奇车慢了下来，迪克对男人露出灿烂的笑容。车将要停稳的时候，司机把头探出窗外，上下打量他们。他们的样子显然令人恐惧，那辆车骤然向前加速而去。迪克两手窝成杯状放在嘴边大声喊道："你是个幸运的浑蛋！"

这里我们看到了迪克和佩里眼中的世界，甚至有一瞬间看到了那个"幸运的浑蛋"，即司机眼中的世界。卡波特并不在场，很久之后他才知道有这件事情。但他的调查无懈可击，非常深入。花了大量时间采访迪克和佩里后，他得以进入他们的内心世界。

　　请记住卡波特有绝好机会接近迪克和佩里，不受约束。他可以日夜跟他们交谈，只要他们想跟他见面。因此卡波特可以挖得很深，反复要求他们回顾自己的经历，从而让他可以看到他们眼中的世界。使用内部视角这个技巧很有趣也有效，但你必须确保像卡波特一样，没有超越现实的界限。设想别人的想法是很容易过火的。

　　凯文·萨克在《共同的祷告，复杂的心情》中也给出了一个内部视角的例子。霍华德·皮尤巡视教堂时，看见一个81岁的白人坐在圣坛里，那是罗伊·登森（Roy Denson），随着时间的过去，他越来越焦躁不安，在他看来，劳森先生的"即兴重复乐段听起来就像尖叫和呐喊"。登森努力控制自己不失去耐心，也不发脾气，但他已经在这个教堂待了半个多世纪，想当初他用自己的汗水和力气帮忙建造教堂，但是如今黑人要接管教堂，白人不仅任其发生，还推波助澜，这让他抓狂。

　　　　听着这些喧闹的黑人亵渎他的音乐，他越来越生气，简直无法忍受。"我可不想坐在那里听这个，"他边咕哝边往外走，"他们不能接管我的教堂。"

登森先生最终离开了，遭到了霍华德·皮尤的指责：

> "好了，罗伊，"皮尤抚摸着他的海员胡子说道，"要
> 是你到了天堂，你打算怎么办？也走出去吗？"

---

### 练习11

现在是时候将我们讨论过的技巧付诸实践了。看看你
在写的文章。有没有对话和私密具体的细节？有内部视角
吗？你描绘的事件有明确的开始和结束吗？如果答案是肯
定的，那好极了。场景是真正的基石。如果答案是否定的，
那么用我们一直在探讨的技巧，从对话开始，寻找机会把讲
述转变为展示。你对人物的描述可以让读者如见其人吗？
描述不必过于冗长、过于细枝末节。回顾一下，看看萨克如
何用三言两语生动地描绘人物？也许你甚至想要尝试插入
内部视角，让读者看到你笔下人物眼中的世界。你学习到
的知识足以做到这一点。

如果你已经在场景和故事中使用了这些技巧，或者起
码尝试过，那么向前迈步，开始起舞吧！

## 创意非虚构作品的经典结构

我在前文说过，创意非虚构作品是风格与内容、信息与故事

的混合体，不论是充满个人色彩的回忆录，还是表现公共主题的沉浸式作品，作者都在尽量生动地用基石——场景和/或小故事传达思想和信息。

我不是艺术家，但此刻我想要直观地展现创意非虚构文章、章节和书籍的经典结构。下图含有9个方块。（9是随意选定的，也可以是5、15或者任何数字。）

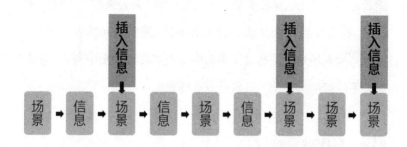

第一个方块代表故事或情节，最好从吸引读者的场景开始，让他们身临其境。俘获了读者后，你可以提供你想要或需要告诉他们的任何信息。但不要一次提供太多信息，以免读者厌烦，找不着问题的核心。第三个方块继续讲述这个场景或故事，或者开始另一个故事。这就是节奏，我称之为创意非虚构的舞蹈。信息和故事来来回回，一再重复。

这支舞蹈旨在将信息插入场景或故事内，无缝衔接方块之间的情节。每个场景或小故事应该同时激发情节，精准阐发。在理想的情况下，每个场景都会包含信息。如图所示。

关于创意非虚构文章和书籍的结构，我再多说两句。正如我指出的,创意非虚构作品是风格和内容的混合体。场景和故事、人物和内在悬念调起读者的兴趣,让读者身临其境,让作家传达信息或者描述真实事件,保持读者的兴趣。对于对这个主题本来没有特别兴趣的读者来说,情况就更是如此。

这就是用图形来诠释的创意非虚构之舞。场景勾起读者的兴趣,让他们身临其境,以便作者向读者提供非虚构信息。但是,读者迟早会分心,或者承受不了太多信息、失去兴趣。在这发生之前,作者要返回场景或者引入新场景,重新引起读者的兴趣。将信息插入场景中是非常了不起的。正如在舞蹈图中所示,这让你马不停蹄地从一个场景到另一个场景。

## 提示:写作就是修改

**问:**我不明白为什么你现在跟我说这些。我正遵照你在练习中给出的建议,一直在写作,没有注意结构。现在我知道了创意非虚构之舞,还有标黄测试。为什么你不一开始就告诉我呢?

**答:**我很高兴现在你对结构和技巧有了更多了解,但是写作应该是自发的经历。一开始就解释结构和技巧或许会让你想要模仿那种结构,仿佛那是制胜秘诀。这可不好。我希望你能记住这些信息,但别让它们阻碍你迸发创意灵感。随心所欲去写,跟随你的直觉,离题没关系,别担心你会有悖创意非虚构之舞,没有遵循规则或指导原则。写出草稿后,你可以审视草稿,看它是否符合经典结构、遵循舞蹈节奏。然后你再决定下一步怎么走。你可以修改作品使其契合结构或舞蹈,你也可以忽略一些内容或全部内容。如果你要打破规则(实际上,相比"规则",我更喜欢"指导原则"这个词),那么你得知道规则是什么。

## 对《艰难的抉择》《三个维度》的注解和评论

我们来对我的《艰难的抉择》和劳伦·斯莱特的《三个维度》这两篇文章做标注测试,看看它们在多大程度上反映或遵循了指导原则。我们先看《艰难的抉择》。我数了数,在这篇文章中,共有9个场景,或者说9个标黄的方块。

首先我将在空白处标注注释,我还会在文章末尾附上评论,这样你可以清楚地看清结构。

### 艰难的抉择
#### 李·古特金德

场景1并不出彩,但它让读者参与进来,是文章框架的一部分,我们会在后面讨论。

私密细节:听诊器。

兽医猛踩移动诊所的油门,那是一辆大型皮卡车,配有双驾驶室和玻璃纤维外壳,还带专为执业兽医而设计的抽屉和隔间。她隆隆地驶出停车场,沿着公路往前开,后轮胎不断喷出碎石子。她一边开车,一边抚摸着挂在方向盘上的听诊器,还不

175

时转过头来看我。起初，她这种漫不经心的开车方式让我很紧张，但我很快注意到她有一种不可思议的力量，可以感知路上的坑洞和转弯。幸运的是，迎面驶来的车辆很少，这些司机似乎都是靠直觉在开车。

这片肥沃的山谷里遍布农场，虽然这位兽医可以医治各种动物，她的专长是反刍动物，特别是她最喜欢的绵羊和山羊。反刍动物是偶蹄类动物，它们的胃里有四个胃室。它们反刍，意思是说它们吃了食物后，把咽下的食物返回到口中，再次咀嚼。"给山羊治病比较容易。你可以把它们放倒在地，再翻转过来。山羊不会跟你拼命，也不需要太多设备。通常，山羊得的病都不复杂，容易治疗。山羊值不了什么钱，如果到头来患上重病，你可以对它们实施安乐死。说到底，这是经济问题。曾有农民看着生病的动物说：'花50美元我就可以买只新的，为什么要花500美元给它治病呢？'"

她耸耸肩，转向我，仿佛她说了冒犯的话。这位兽医名叫温迪·弗里曼，看上

> 信息：说话的是兽医，不是作者。

**继续描绘场景，并插入了信息。**

去干净整洁：个子高挑，身材苗条，衣着朴素。她穿着几乎褪得发白的卡其裤，身体瘦弱，满脸雀斑，像个假小子。我摘下棒球帽，把玩着帽檐，赞许地点了点头，希望她不会觉得不自在。与上帝的产物——动物打交道，让我觉得很有意思。实际上，我在写一本书，主题就是兽医以及他们如何与动物和人交流。没办法用言语，兽医大多用特别的抚摸与生病的动物无声地沟通。像所有医生一样，他们靠着技术和毅力来挽救生命。但兽医也拥有宝贵的免责条款。可以合法地结束生命，也许是这份工作的最高特权和莫大的心理负担。

**空格：有时用作过渡。**

　　兽医说，客户往往难以接受安乐死。比如，她那天在第一站要检查的那匹马，主人对它有深厚的感情，不在乎经济压力。里奇住在一幢大而无当的砖砌牧场

**更多信息，场景2开始。**

平房里，房子位于淡绿色的田野边缘，田野上开满了五颜六色的夏日野花。她显然不知道该怎么处置那匹名叫霍尼的母马，那匹马28岁，体格结实，长着胡子，由

于年老力衰并患有缓慢而痛苦的关节炎，
快撑不下去了。

里奇说她女儿甚至不愿意讨论安乐
死，兽医边听边频频点头，用牙齿扯掉注
射器的针帽，为那匹马接种肉毒杆菌和
狂犬病疫苗。由于一只手总是按着或抚
摸动物，兽医自然地拿牙齿当第三只手。
"有时像霍尼这样生病的老马会摔倒在
地，也就是倒下后睡过去，再也没法爬起
来。"兽医告诉我。

私密细节：用牙齿把针帽扯下来。

"我们有时会发现它卡在牧场大门
或马厩门下，"里奇答道，"可我女儿25
岁了，从小到大，霍尼一直陪伴着她。兽
医来的时候，她都不出来，她拒绝参与讨
论。"里奇无可奈何地摊开双手，翻了翻
白眼。她身材矮小、体格健壮，皮肤晒得
黝黑，穿着李维斯牛仔裤和白色凉鞋，涂
了脚趾甲油。"你骑马来的吗？"她指着
我的靴子问道。

留意对话。注意他们说话时插入场景信息。

我告诉她："骑摩托车来的，不是
骑马。"

兽医给里奇另外3匹马全打了疫苗，
用牙齿扯掉针帽，温柔地拍打和抚摸每一

匹马，让它们镇定下来，然后把针头扎进马颈背肉厚的地方。

"你觉得我们应该拿霍尼怎么办呢？"里奇问道。她凝视着女儿藏身的那栋寂静的房子，仿佛这个问题可以把她带到窗前。

"这是生活品质问题，"兽医说，"霍尼吃得好吗？能维持应有的体重吗？行动方便吗？我见过一些瘸腿的马仍然享有生活品质，它们走路一瘸一拐，但是精神状态很好。小动物病得太厉害，没办法到外面上厕所时，就会感到不安，有焦虑情绪。这对它们来说是痛苦而尴尬的事情。"

"你觉得是时候让这匹马安乐死了吗？"她问道，再次瞥向那栋房子。

"你觉得时机成熟了，我就会协助你。我会在霍尼感觉舒适的地方，也就是它的马厩里做这件事，我也可以把它带走，在医院里给它实施安乐死，看怎么做对你和你女儿更方便一些。"

"我不希望我的马成为农场废物。"里奇说。

179

"我明白,"兽医说,"这是艰难的抉择。"

"那么,我们应该怎么做?"

"真希望我有10个一美元硬币,给那些想让我替他们做决定的人。"

场景2结束。

又一个空格:想让读者喘息一下时可以使用空格。

温迪·弗里曼平均每天看8个病例,医治马匹、山羊、绵羊、奶牛,偶尔还有羊驼。紧急情况下,她会治疗难产,还有母羊常得的妊娠毒血症,以及被狗咬伤的动物。至于马,除了常见的跛足和脚部脓肿,还有腹痛的毛病。奶牛容易得"产乳热",吃谷物时常会吃得过饱,就像孩子吃完一大包饼干后肚子疼。"暴饮暴食"对任何农场动物来说都是致命的。

信息。

怀孕出状况和难产是常事,也很棘手。"有一次,我追赶一头肉牛,肉牛的分娩已经进行到一半了,新生小牛的脚露出体外。肉牛在一块2英亩[1]的田野里狂奔。农场主和我试图用卡车驱拢它,把它赶进牛棚里。它用角把两辆卡车的门都撞碎

过渡和场景3。

---

1　1英亩 ≈ 4046.8 平方米。——编者注

了，我们只好放弃了这个想法，决定拿绳子捆住它，我们花了一小时才用绳子套住它。我们把牛的腿系在我的卡车的保险杠上，把它弄趴在地，再把小牛拉出来。这真是困难的工作。"

就这个特别的例子，以及一般接生牛犊的工作来说，"困难的工作"这个说法有点轻描淡写，接生小牛是她最累的工作之一，尤其是这位女兽医比较瘦小，体重只有120磅。在这出怪诞的戏剧中，有时抓住一头受惊发狂的奶牛只是开始。有时奶牛因怀孕而肿胀，小牛被卡在子宫深处，兽医一连几小时努力摸索却徒劳无功，她疲惫不堪，极其沮丧，会失去时间感和现实感，最终产生失去自我、被母牛完全吞没的幻想。或者不经意间的推而不是拉，让快出生的小牛窒息。有时这位兽医在寒夜里抖个不停，耗尽心力，会想要认输放弃，这个想法难以启齿却吸引人，这个决定也能带来诱人回报：重拾温暖，享用食物，喝杯咖啡，睡个好觉。

但是，即便获得成功，小牛犊最终被拉了出来，她也常常会有短暂的恐慌和

信息。

内在视野：透过兽医的眼睛看分娩事件。

失败感。难产的小牛刚出生时通常看起来像死了一样。它们的目光呆滞，舌头肿胀。兽医明白她必须刺激小牛，让它们苏醒过来，清除喉咙里可能的阻塞物，启动人工呼吸，痛苦地祈祷好几秒钟，那几秒钟显得特别漫长，直到小牛猛地睁开紧闭的双眼，试探着扭动并控制身体。兽医说，最后她总是同时体验到恐惧、疲惫、沮丧和成功的喜悦，这种感觉一直伴随着她，直到下一个漫长无尽的夜晚。

最近，一个风雨交加的晚上，有头母牛要在沼泽地里生产，那里离最近的牛棚两英里远。农场主是个满脑子都是钱的固执商人，拖到晚上10点半才给她打电话。兽医在半小时内赶到，帮助把母牛拴在拖拉机上，给它服用麻药让其躺倒在坚实的地面上。"我得说是坚实的泥土。我们满身都是泥污。我们的雨具毫无用处。"她尝试接生小牛，但那是臀位，必须动手术。

场景4。

农场主想让她在沼泽地里做手术。这是最经济的方法，但对母牛和小牛来说都不算安全。兽医指出雨太大时，农场主建议搭个帐篷。但她强调说需要用电，反对搭帐篷，农场主说他第二天用拖拉机做个滑车，带母牛去牛棚。兽医拒绝再等一天，坚持让农场主从附近的动物诊所叫救护车来，让母牛更加安全地分娩。最后，这位农场主配合了，但有些农场主比他们的动物更难打交道。有时他们只认钱，耳朵里响着处境艰难的兽医的咕噜和呻吟，却只听到收银机在响个不停。农场主通常认为自己比兽医更了解他们的动物。

有天晚上一位农场主打来电话，请她给一匹中毒快要死亡的怀孕母马施行剖腹产，救出小马驹。手术就在田野里进行，两辆皮卡货车的前灯充当照明设备。他们在母马的脖子上插了根导管，以便分娩后立即对它施行安乐死。她在母马的肚子上划出一片区域，把它切开。小马驹顺利出生，但是母马死了。"那天大雨倾盆，"兽医说，"到处电闪雷鸣。那匹母马正好躺在交通要道旁边，我说：'你得把这匹马弄走。没人想在太阳出来后闻到死马的臭味，看到它被掏出的内脏。'"兽医一直打探这匹母马究竟为什么病得这

不需要空格，两个场景自然衔接。

场景5。

兽医在讲述故事的同时，也在重现她的对话。

么重。那位农场主不是她的熟客,她此前没见过这个男人。农场主说,这匹马病了3天了,走路有点儿怪,吃得不好,行为怪异。接着兽医问了那个重要问题。"没有,"农场主回答,"它没有接种狂犬病疫苗。"

这时,她知道要说服这个顽固的农场主会更加困难。"我们需要把它的头取下来,检查它是否得了狂犬病,"她说,"我们争执了一会儿,但我再三要求。"农场主不情愿地同意了,退到一边观看。"我在雨中把马头锯了下来,放进桶里。"兽医的卡车停在围栏的另一边,那道围栏将田野与公路分隔开。她本来打算把桶从围栏上递给那位农场主,让他把桶放到她的卡车上,但突然间,农场主不知去向。于是她把桶放在围栏顶上,准备翻过围栏,把桶拿到卡车上。可她刚爬上围栏,桶就倒了,马头滚到了公路中间。"我拼命奔跑,捡起马头,扔进我的卡车里,然后跳上车。如果有人在惨剧发生时开车经过,肯定会以为《教父》(*The Godfather*)重演了。"那匹马没有得狂犬病,但兽医

内部视角。

必须做必要的检查。

　　兽医在畜棚的电源插座旁边找到位置，插入去角器的插头。她走到外面，打开关着两只小牛的围栏，选择了一只棕色斑点小牛（她开玩笑说，"这是可以产巧克力牛奶的那种"），把它牵进了棚里。她迅速把牛角周围的毛发剃掉，再从包里拿出局部麻醉药利多卡因，她已经事先把药吸入了皮下注射器。她把利多卡因直接注射到牛角周围。接着要用上电动去角器，它类似于烙铁，圆圆的，像一个大大的"O"字，也像包装好的甜甜圈，中间有个洞。她抓住小牛的耳朵，把小牛的头抵在她的身体上，把去角器的环套到牛角上，慢慢下压，伸进牛角底部。

**私密细节。**

　　起先冒出一缕青白色的烟，接着毛发燃烧起来发出潮湿、刺鼻的恶臭，然后是浓烈的皮肉焦味，随着她施加的压力越来越大，能听见骨头被烧焦的声音。她来回扭动去角器，直到牛耳上方露出紫铜色的烟圈。看上去烟就像是从小牛的头上冒出来的，似乎这个无助小动物的灵魂被魔鬼夺走了。"角是从毛发下的细胞长出来的，如果毁掉了角周围的皮肤组织，角就不会再长出来了。小牛能感觉到热量，但不会感到疼痛。"她补充说。动物在广阔的田野生活时，需要角来自卫。如今，角没有什么实际用途，如果动物用角来攻击，会伤害到农民的宝贵牲畜。

人们常常请求兽医做这类手术，包括去除挂在山羊颈部的肉垂。在这个过程中，她会用大剪刀剪掉每一块下垂的皮，就像在剪指甲一样。"动物可能不会感到疼，虽然失去身体的一部分不是件愉快的事。"为了美观，兽医还要去除侏儒山羊发育中乳腺上的第三个乳头，这是基因缺陷，会抑制侏儒山羊参与竞争与繁殖的能力。这个过程会使用局部麻醉来减轻痛苦，同时用类似普通钳子的剪刀剪掉乳头，整个手术3分钟内就能完成。

给第二只小牛去角没有第一只顺利，也许因为在手术过程中，第一头牛排了一地的粪便，第二只小牛大约4个月大，瘦弱又苍白，在粪便里打滑。小牛挣扎着，挥动着沾满粪便的蹄脚不断踢打兽医卡其色的裤子，在她的皮网球鞋上留下痕迹。

信息。

场景继续。

"它们喜欢踩在我的脚上。"她说。

兽医灼烧要去除的角，一次次扭动去角器，每扭一下，发出吱吱嘎嘎的声音，那头小牛就跳动一次。她挥散眼前的烟雾，说："如果肩膀上可以装台小风扇就好了。"除去牛角之后，她用去角器发热

**注意具体的细节。**

的圆环摩擦剩下的残角，一次一只角，烧灼伤口消毒。她喷上一些黄色抗菌剂，再把两只小牛送回围栏里。一两周内牛角就会脱落。她说，小牛什么都不会记得。

兽医回到卡车里，继续我们之间的谈话，仿佛从来没有除角这回事，或者说这

**场景7。**

件事司空见惯，不值一提。"在我出诊的马场有个叫帕特的女马场主，她是个老师。她的马又老又瘦，跛得厉害，没法再骑。但她每天都会去马厩里，喂它吃胡萝卜，牵它出来散步，让它去外边吃草。我会走到马身边，抚摸着它说：'噢，萨兜看上去真不错。'离开马厩时，我也总会跟萨兜打招呼，告个别。

"那年，我外出过圣诞节，那段时间，萨兜做了急救手术，它快死了。但是，帕特不让别人给它安乐死，要等到我回去。

她希望我开车去利默里克宠物公墓，在那里给它施行安乐死后就地埋葬，但我回来的时候，为时已晚，需要马上对它实施安乐死。我说：'帕特，你得跟它说再见了，它受的苦够多了。'帕特走进马厩，轻声呼唤萨兜的名字时，它抬起头，转过来看她，嘶鸣起来。我们都哭了。后来，我们把马抬上拖车，让帕特把它埋掉。

"不久之后，这位女士寄了封信给我，信里说我跟萨兜打招呼对她来说意义非凡。我记得读信的时候我在想：'这件事有什么了不起吗？我只不过停下去跟她的马打招呼，就让她觉得那匹马非常重要。'一些客户希望我做这些事情，他们希望兽医真的关心他们的动物。

"去年圣诞节的前4天，我不得不为一位有哮喘的小女孩了结一匹老马的性命。她每天戴上口罩去马厩照顾那匹马。在圣诞节前的那个周末，它病得太重了，刚好我当班，我陪了那匹马两个晚上，但它没有好转。女孩没有钱了，我们决定给它安乐死。即便现在我还能想起小女孩戴着口罩走进马厩时的表情……是我杀死

> 场景8：不需要过渡或空格，从一个场景自然衔接到另一个场景。

了她的马。那是我一生中度过的最糟糕的圣诞节。"

**场景9：面临艰难抉择。**

工作结束后返回办公室的途中，兽医在停车场附近的一片草地上俯下身，检查一只棕色的努比亚羊，它患上了罕见的肾病，这种病的治疗费用高昂，羊的主人负担不起。兽医已经为山羊的女主人服务五六年了，这位女士患有多发性硬化症，日渐衰弱。她们的交谈简短扼要。女人的选择十分有限。"好的，"她对兽医说，伸出手，手掌向前，像交警做出"停止"的手势一样，"不用再说了。"回头看，我意识到我们很快给那只羊执行了安乐死，但那个过程似乎特别漫长，让人极度痛苦。那个场景就像以慢动作在我眼前回放。

兽医拿出一根装有粉红色液体（苯巴比妥钠）的长导管，注射进山羊颈部。羊血从导管溅到兽医的手上。有一会儿，这只小山羊似乎膨胀了起来，并在半空中暂时停止。接着一阵无声的颤动，如涟漪一般在它急剧变大的身体上蔓延开来，仿佛安静的雷鸣穿透每一处凹陷和曲线。

最后,山羊倒在草地上,发出一声沉闷的响声。

女人泣不成声。她坐在地上,抚摸山羊的头,用前额各贴了一下山羊的两只耳朵,泪水从她满是皱纹的脸上淌下来。兽医伸出手,想用手掌合上山羊的双眼。但那双眼睛再次睁开,继续凝视这个世界。那双眼睛是冰蓝色的,在阳光下闪闪发光,像钻石或彩色玻璃。

我不知道兽医为什么选择在公共场所来做这种私密的事情。人们似乎若无其事,继续过他们的日子,仿佛没有动物失去生命,而这个命不久矣的女人没有失去一个朋友。在草坪的另一端,一个马夫正把一匹马牵到拖车上,他大声地跟同伴说话。维修工人开车经过,笑着挥手。那只山羊继续颤抖呻吟,女人抚摸着它的耳朵。

> 注意作家参与了进来,发表了评论,但他只见证了故事的一部分。

"它已经死了,"女人大声哭道,"虽然它发出了这些声音,我知道这是无意识的反应。它不会活过来了。"不久,女人挣扎着站起身,蹒跚地回到路上,颤巍巍地爬上她的小卡车,发动引擎开走了。我能看见她透过后视镜看着我们。现在只有兽医和我站在草地上，凝视着躺在地上的山羊。"这只羊很可爱，"兽医说，"我本想告诉这个女人，'我们送它去医院，我出钱给它治病'。那需要花费300美元。不过这种事情我做过太多了，这次我不想自掏腰包了。"很快，兽医走进她的办公室。我在这只棕羊旁边坐了下来，抚摸它的耳朵，看着它冰蓝色的眼睛。

## 后续评论

用下划线标出来的第一段文字算不上一个场景。没有发生什么事情，但足够了。一开始你就要采取行动，营造氛围，不然很快会让读者失去注意力。稍后，你会看到这个不完全的场景实际上是"框架"的一部分。

标出来的第二个部分是一个有头有尾的精彩场景。有对话、描写和细节。信息蕴含在场景中，随着情节的展开，读者也了解了信息。这是场景的再现，这个场景发生时，作家和兽医两人都在场。相比之下，《艰难的抉择》里其他场景大多是兽医对过去故事的回顾。

标出来的第三个部分是一个短场景，也是个完整的故事。这是一段引文，而标出来的第四个和第五个部分主要是兽医讲述的故事，我对其进行了转述和戏剧化处理，但它们都是完整的故事，有头有尾，有情节。

标出来的第六个部分又是再现的场景，故事里包含了大量信息。这里有两个场景，连续两次去除牛角。但两件事情是在同一个地方同时段发生的，所以算一个故事。（一个还是两个部分并不重要，它们都通过了标黄测试。）

标出来的第七个和第八个部分是兽医讲述的故事，我生动地转述了这些故事。标出来的第九个部分点了题——"艰难的抉择"。

总的来说，在这篇文章中，一共有9个场景。有些是我亲身经历的再现，有些是我基于兽医和其他人讲述的故事再现出来的。标出来的每段文字都有情节，是独立的故事。有时在场景之间蕴含信息，有时从一个场景流畅地过渡到另一个场景，信息插入其中。信息让读者了解人物、地点和主题，帮助把故事讲清楚。

这篇文章3/4的篇幅都标了下划线。你的文章中，场景不需要占这么大比例，但总的来说，只要与信息保持均衡，你描绘的场景越多，文章就越精彩。不论是文风还是内容，都不能让读者难以承受。两者融为一体时，读者可能会不知所措，但能增长见闻。这正是下面转载的劳伦·斯莱特的《三个维度》给我的感觉。这篇文章主要是故事和场景，从头到尾都富有感染力且引人入胜，读者还能从中受益良多。

练习12

阅读《三个维度》和我在文后的评论。然后回到文中做标记，像我在《艰难的抉择》中那样标出场景。

# 三个维度

### 劳伦·斯莱特

琳达·惠特科姆（Linda Whitcomb）：初谈记录

惠特科姆女士是位37岁的单身白人女子，因为自杀未遂和自残，她曾住院30多次。心烦意乱时，她轻轻抓挠自己的手臂。她儿时遭到过多次性虐待，现在寻求门诊治疗暴食症。惠特科姆女士说她一天呕吐好多次。可能由于催吐过程中产生的胃酸，她牙齿发黄，有蛀牙。

来访者在门诊治疗时，有70（！）位社工、心理学家和精神科医生接待过她。她没法忍受他们设定的限制，把他们全"解雇"了，她威胁要起诉"至少8个人，也许更多人"，因为"他们从没给我需要的治疗。他们是这个行业的蛀虫"。请注意：她从来没有起诉。然而，她确实要求这些人随叫随到。她曾半夜打电话给治疗专家，尖叫着说她要马上见到他们，请求遭到拒绝后她便自残。

在她就诊和评估的过程中，来访者眼泪汪汪，轻声细语。她戴大圈耳环，浓妆艳抹。她说觉得自己有痛风，请求医生开药。被拒后变得歇斯底里。也许这位来访者有妄想症，虽然她在人物、地点和时间三个维度的测试上都完全没有问题，她知道自己是谁、身处何处，也能指出历史人物的对应时期。成语解释测试完成得非常具体。系列减七法测试也表明她未受损伤。建议：做心理测试。每周一次行为疗法解决饮食失调问题。如果她无法控制暴食症，可能要入院治疗。

"谁愿意接诊这个病人？"我就职的门诊部主任西斯莱医生问。他看完初谈评估表，把表折起来，放回绿色文件夹里。

没有临床医师响应。像她这样要求苛刻并且始终有自杀倾向的女人无疑会增加工作压力。埃伦扭头看向别处。韦罗妮卡忙着摆弄裙子上的褶子。科室里寂静无声。

"你呢？"西斯莱医生问道，看向我的方向。他知道我的病人数量有所减少。我的工作职责写明了，除了住院医生项目中的慢性精神病人外，我还要至少接诊20名门诊患者。

"呃，"我说，"她好像事儿挺多的。"

"谁不是呢？"韦罗妮卡说。

"那你怎么不接诊她呢?"我说。

"我病人已经满了。"韦罗妮卡说。

"你的病人没有满。"西斯莱医生补充道,把文件夹从桌子对面推给我。

电话响了六七下,我才听见另一端传来微弱的一声"你好",耳语一般,我自报家门,说是新换的治疗专家,请预约时间,我很期待与你见面,这是诊所地址,以免你忘了——

"不行,"那个声音哭着说,"不行,不行。"我听见哽咽的声音,塑料沙沙作响。"一天10次,"那个声音说,"吐进30个3加仑[1]的袋子里。"电话那端泣不成声,"我把所有钱都花在、都花在了冷冻比萨上。现在吐血了。"

"那你得去医院了。"我说。

"哦,求你了,"那个声音哭道,"在我自杀之前把我送到医院去吧。我怕我会自杀。"

我告诉她坐着别动,等待片刻,接着我放好听筒。这套流程我烂熟于心。我拨打911,告诉救护车公司她的名字和住址,告诉他们没必对她采取强制措施,她自愿去医院。下一步,他们会送她去急诊室,之后,她会被安置在这个州某处的住院部。因为她不符合我们项

---

1　1加仑 ≈ 3.78 升。——编者注。

目的两个入院标准，她既不是精神分裂患者，也不是男性，所以她不能来我们住院部。她会在安置点待3天到4周不等，足够让她忘记我打过电话，忘记她来过我工作的诊所。在医院里，他们可能会给她安排自己机构的病后护理心理学家，其将不得不处理她那些天大的需求。而我将幸运地撇开这个病人，至少我是这么想的。

两天后，有个电话打到了我的办公室。"琳达·惠特科姆女士说你是她的门诊医生，下周一下午你能过来开小组会议吗？"

"哦，其实，我压根不认识她。医院把她分给我，但我还没能跟她见面，她就住院了。她在哪里？"

"弗农山。我是她在这里的主治心理医生。你愿意过来跟我们一起讨论一下她的病后护理方案吗？"

弗农山，弗农山。虽然一别经年，那地方的一切猛然间清晰地浮现在我眼前，砖砌房屋，爬满了绿色常春藤的窗户，护士像成群的海鸥在走廊里飘荡，嘴里叼着针头。我的心跳加快，喉咙发紧。

"弗农山？"我重复道。马萨诸塞州有数百家医院，为什么偏偏是这家？我心里另一个声音说我早该做好准备了，因为过去终将与现实相遇；幽灵出没于所有封闭的空间。

"听我说，我根本不认识这个女人。"我重复道，声音里带着一丝绝望。我努力压低声音，摆出专业姿态。我说："我的意思是，虽然从严格意义上来说，这个病人是分给了我，但我还没有正式给她做心理治疗。"

电话那头停顿了一下，"可是严格来说，"那个声音反问道，"她归你治疗，是吧？你们那里有她的病历吧？你的诊所同意接诊这个病人？"

"没错，"我说，"嗯……是的。"

"那么下周一，下午一点，怀曼——"

"二号，"我苦涩地打断道，"怀曼街二号。"

"好的，"她说，"到时见。"

我还能怎么办？严格来说，我负责治疗这个病人。可现在问题的关键不在这个病人，我迟疑不决，跟琳达·惠特科姆和她发黄的牙齿没有关系，而在砖墙上的常春藤、护士的影子、针头、栏杆外的夜幕、被规整分成一片片的星星。我记得从怀曼街二号的窗户往外看；我记得罗斯玛丽吞掉了私藏的药丸，把哌替啶含在舌头上，然后陷入沉睡，只有心脏仪的砰砰声才能唤醒她。深红色的药水装在塑料杯里。房间里没有镜子。

那时的影像历历在目，过去与现在水乳交融，裂缝消失，时间流动起来，在安静时分浮现在我面前。有时我希望能将时间分割成一块块的固体，像壁炉架上嘀嗒作响的钟声一样分明。可其实，我们打破所有的界限，急速前进奔向希望中的远方，却又在记忆的牵引下回溯过往。

可是除了追寻未来，回忆过去外，我们还能做什么？这个病人分给了我，我还能怎么办？我会故地重游，直面过往。

我知道美国文化充斥着形形色色的忏悔。我也知道有人对此颇有微词，说这种公开忏悔淡化了痛苦，助长了自恋，而这种自恋有损国家形象。一些人对忏悔持批评态度，我同意他们的说法。姬蒂·杜卡基斯（Kitty Dukakis）公开展示自己的酗酒行为，奥普拉要求人们做灵魂剖白，就像牙医拔牙一样，欣喜地挥舞着血淋淋的牙根，探查脓肿牙龈上的洞，将痛苦荒诞地展现在观众面前，所有人毫无羞耻地看着那张嘴。温迪·卡米纳（Wendy Kaminer）对这种公开的忏悔嗤之以鼻，我觉得她的蔑视深刻而且有一定道理。像所有好医生一样少说几句，或者什么也不说，克制自己，最多承认出于同情有些难过，不是更谨慎的做法吗？我为什么要显露自己？这是否满足了我内在的自恋需求，表明我终于也有了一些关注度？也许有点儿，是吧？可是我认为我写下我生活的方方面面，并不是沉迷于它的神秘恐怖，而是想告诉你：跟我的病人在一起，我感到亲切，感受到爱。我相信时间最终是流动的，人与人之间的界限也不是一成不变的，助人者与受害者之间的边界总是模糊不清。伤口决不仅仅限于某块皮肤，而是会遍及我们所有人。一个人离开世界时，世界上少了不少气息，而在各大洲，被分隔开的人极度渴求空气。玛丽、拉里、乔治、佩普希、博比和哈罗德，我为你们哭泣时，别忘了我也为自己哭泣。

我把车开出城，开了40英里路才到那里，过去8年来我一直避免走这条路。那里曾是农田，马儿飞奔时扬起沙子，护士放我们出去时我会在大柳树下坐会儿，现在山上到处都是四四方方的低矮房子。但是，我一绕过拐角，那栋楼的泡泡圆顶显露无遗，像一艘闪闪发光的宇宙飞船飘浮在远处，看起来跟10年前一模一样。那时放风回来，我会看到这个圆顶的泡泡，银色的水泡在春日天空中涨开来，我会数一、二、三，越来越近，我的心怦怦直跳，一半出于恐惧，一半出于宽慰。又安全了。又困住了。又安全了。又困住了——

我的胸腔里的同一颗心，仍像以前一样怦怦直跳，我发现自己想着同样的词，又安全了，又困住了。我放在方向盘上的手出汗了，我提醒自己：我不是那个女孩。我不是那个女孩。我变了。我长大了。我现在是心理医师，多年来，我不再穿印度印花背心裙、肥大罩衣，而是身穿定制的裙子，提着黑色的蔻驰皮革公文包。我常常惊叹，现在的我跟过去那个纠结的我多么不同。我的同事都认为我是干劲十足、值得信赖的医生。有时我想象开会时，当着他们的面大喊大叫，告诉他们我多想说曾经我也……

　　我想告诉他们这样一个故事。从14岁到24岁的很长时间里，我在一家医院住过5次院，我现在正把车开入这家医院的碎石车道。在我25岁左右"康复"之前，平均每隔一年我就来这家医院待上几个月。甚至今天，我31岁了，这些事情早就过去了，我还花了大量时间研究分析过害我入院的那些问题，但我发现自己仍然不知该说什么。影像在眼前浮现，也许这些影像可以阐明我的故事。我5岁时，坐在钢琴下面，我母亲痛苦得表情狰狞，连续捶打钢琴琴键。在琴凳下的我同时按下所有的金色踏板，家里充满了吵闹的噪音，越来越响亮，伴着惊人的哀号声，让我内心战栗，至此烙印下对世界的恐惧，这个世界让我难以面对，在痛苦而颤抖的轴线上摇摇欲坠。之后，她躺在我的床上，一边喃喃说着希伯来语，一边用手指触摸我，一股黑暗的力量在我体内萌芽，痛苦像植物一样生长，我十二三岁时，决定找到这株植物，用刀片切掉它的根。少女时期我满脑子都是浪漫故事，整天想着受到伤害的哈姆雷特（Hamlet）和溺水的弗吉尼亚·伍尔夫（Virginia Woolf）所说的话，我崇拜他们，我在学校草坪上蹦蹦跳跳，炫耀着新伤口——假装自己是考狄利娅（Cordelia）[1]、侏儒、小丑、郝薇香小姐

----

1　莎士比亚悲剧《李尔王》中李尔王诚实、善良的幼女。

（Miss Haversham）[1]。我爱这一切。我为插入体内的东西哭泣，也为它们从我身上拔出而哭泣。我知道，年轻人总是坚信疼痛能带来冠冕。我被送到医院，后被送到寄养家庭，再是医院，一而再再而三。后来，在我十八九岁，以及20岁出头的时候，我用绝食、吃药来让自己平静下来，想找条出路。最后，我找到了一条出路，或者说，也许是命运把我指上了那条路。

我不再是那个女孩了。坐上医院的电梯时，我告诉自己。我找到了恢复的方法。但我知道，自始至终我都知道，我会回来。神秘的神经元碰撞破碎，大脑受伤，已经埋葬的记忆又浮现出来。

我站起身，电梯门轻轻打开。从电梯出来，我发现自己面对着另一扇门，这扇门闩上了，上面有个牌子，写着："慎入！风险自担！"

我来到了门的另一边，我是指大门的右边，按响门铃。透过厚厚的玻璃窗，我看见有个护士拿着写字夹板匆匆穿过走廊。我认识她。哦，天哪，我认识她！我弓起身，急步后退。我告诉自己，怎么可能，都8年了。这些地方的员工流动率高得令人难以置信。但也可能是她，不是吗？要是她认出我怎么办？我的嘴唇发干，喉咙发紧。

---

1　狄更斯小说《远大前程》里性格怪异的贵族小姐。

"S医生吗？"她问道，打开了门。我点点头，凝视着她的眼睛。她长着一双忧郁的蓝眼睛，睫毛浓密。她的嘴唇上涂着最淡的粉色口红。"欢迎。"她说着，退后一步让我过去。我搞错了，我此生从未见过这个女人。我没见过这双水汪汪的眼睛，也没听过这个声音，她的语气里带着敬意，让我惊讶。医生，她居然叫我医生。她弯了一下腰表示问候，确认了这里的等级制度：护士的地位低于心理医生，心理医生的地位低于精神科医生。病人处在这个阶梯的最底层。

我心里突然涌起一股自信，大踏步走了过去。反转太强烈了，一时间我有点儿头晕。我意识到人生充满不可思议的弹性，弯曲的东西可以变直，破碎的东西可以修复。注意脚下，注意你走过的地方，因为它可能隐藏着神奇的力量，让所有翠绿鲜红的东西疯狂飞升起来，刺痛你的脸。

我在这里，一时间，眼前一片翠绿鲜红。"给我一杯水，"我想象着厉声对她说，"把药吃了，不然我把你关到禁闭室去。"

接着我感受到了笼罩在病房上空的那种死寂。翠绿色不见了。鲜红色也消退了。我还是我，还在这里。我紧紧抓住公文包，低头看着昏暗的走廊，还是那个昏暗的走廊，气味也一如多年以前。油漆是标准的金绿色。那种气味仍然难以名状，又甜又苦。另一个女人走上前来，和我握手。"我是南希，"她说，"这个病区的护士长。"

"见到你真高兴，"我说。我觉得她斜着眼睛看我。我真想把头发甩到脸前，随口提起我的童年是在加利福尼亚或欧洲度过的，我来马萨诸塞州才一年。

"我们在会议室开会，"南希说。我攥着公文包，跟随她穿过走廊。我们经过好几扇开着的门，来到6号房前时，我屏住呼吸，因为这里曾是我的病房，我在这里待了数月。我放慢脚步，努力往里面瞧。一如以往，厚网状大窗户上挂着沉重的窗帘。我想说天空上有星星，因为在我的脑海里，又是夜晚，有人在角落里跳舞。当下，一个金发女人躺在我曾经睡过的床上。在那张床垫上游动着我的细胞，那是我们脱落的细胞，我们留下的碎片，把我们的印记永远打在世界表面。她睡着后，我的名字印在她光滑的肌肤上，我以往的痛苦涌入她的大脑。

我们刚刚走过去，那个女人就跳下床，冲到门口。"哦，南希，"她哀号道，"我不舒服，不舒服。叫我的医生来。我想见医生。"

"内丝医生4点会来看你。"南希说。

女人突然吼叫起来。"4点，"她说，"内丝医生总是迟到，总是让我等。我想换个新医生，一个真正关心我的医生。换个新医生，新的……"

她提高嗓音，吮吸着拳头。"别这样，凯拉，"南希说，"把拳头从你嘴里拿出来。你29岁了。如果你想换个新医生，你得在小组会上提出来。"

凯拉跺了跺脚，像高贵的小马一样甩了甩头。"去你的，"她抱怨道，"去他妈的这个鬼地方。"然后她跺着脚，回到了床上。

我们又走了几英尺，南希转向我，诡秘地冲我笑。我也挤出类似的假笑。面对病人的这副表情让我松了一口气，也让我感到烦恼。"边缘型人格障碍。"南希面无表情地说，利落地点了点头。

我叹了口气，点头回应。"边缘型人格障碍患者很累人。"我停顿了下，"不过比起反社会人格患者，我更喜欢他们。"我补充道，说完我觉得又安全了，隐藏在我的职业面具后面。我又恢复平静，像自信的婆罗门在贱民村里说行话。我的所作所为违背了我的本心，但让我彻底伪装起来。

所有精神疾病中，专业人士最不想碰到的可能就是边缘型人格障碍了。这么说吧，边缘型人格障碍没有精神分裂症严重，因为边缘型人格障碍患者通常没有精神病，但他们往往行为浮夸，喜欢吸引眼球，对他人十分苛刻。根据初谈记录，琳达就是边缘型人格障碍患者。人们常常用"控制狂"和"需求高"这类词来描述这类病人，他们的行为极具破坏性，比如厌食、药物滥用、自残和自杀。人们认为边缘型人格障碍患者没有希望，永远没法治愈。我自己就曾被诊断为患有边缘型人格障碍。其实，我24岁离开医院时，冥冥中觉得那是最后一次去医院，于是我要了一份我的病历副本，这是每个病人都享有的权利。初谈评估看上去跟琳达的很像，报告里充满各种令人绝望的推断。"这位年轻女士具有长期病史，人际关系和情绪不稳定，"我的病历上写着，"显然她长期受到精神疾病的困扰，未来她很可能再次住院。"

我现在想起这些话了，我们走进会议室时，有几个护士和医生围坐在一张桌子旁边，远处的墙上有一面单向镜。我快速扫视他们的脸，这些脸对我来说很陌生，我祈祷他们看我也一样陌生。这里的人我都不认识，我也希望他们不认识我。不过，即使我们从未谋面，我仍然觉得我了解他们，从内心深处了解他们。"哇呀！"我有一种冲动，想要愤怒地呼喊出来，对坐在椭圆桌上首的那个大胡子精神科医生鞠个躬，双手叉腰站立，旋转身体让我的裙子鼓起来。"我来了，"我想大喊，"没错，先生，我们又碰面了。猜猜站在你面前的这人是谁，猜猜我是谁。边缘型人格障碍患者！没错，伙计们，我好了，起码算缓解……"

但我当然不会这么说，我不敢，怕失去信誉。有趣的是，我们这个行业看重诚实和自我揭示。弗洛伊德声称，能在别人面前"坦承"自己，能在光天化日之下说出压抑心底的秘密和记忆，才能做好心理分析工作。弗洛伊德让我们不要害臊，释放感情，坦然面对我们的父母，我们的脆弱敏感。针对像我这样的心理医生的培训项目，以及我们后来工作的诊所，都把认可和探讨反移情[1]作为信条，这必然导致私人冲突。

与此同时，这个行业的从业者接收到了另一条含蓄而深刻的信息。这条信息说：承认你的痛苦，但痛苦是有限度的。承认痛苦，但适可而止。去就医，但如果你只是神经质，你就还是我们中的一员。这个行业一贯把"我们"与"他们"分得很清楚，在从业者与病人之间不断制造裂痕，一道很深的裂痕。在只有执业医生才懂得的语言里反映了这种裂痕，比如说"舌语"和"模仿言语"等词语，而不是说精神错乱；说"杀人意念"和"通过了三个维度的定向测试"等短语，而不是说他很疯狂、想要杀了她，或者他今天思路清晰，知道自己是谁、做什么、在哪里。同理，允许执业医生承认反移情，但不能承认病人把我带回5岁时的痛苦回忆，"你的手臂和我的手臂有着同样的伤口"。不，这样说话会让那种裂缝消失，让执业医生不能自制。我们——我——马上借助那些行话，既能描述痛苦，又能让我们凌驾于痛苦之上。然而，突然间，我下坠，回到了老地方。

---

1 咨询师对来访者的移情。

我认出了这间会议室，14岁时我就是在这里最后一次见到我母亲和社工。我父亲搬去埃及生活了。我母亲头上包了块头巾，山峰般的双乳之间挂着一枚沉重的青铜大卫之星。多年之后，看到耶路撒冷的群山，捧起沙漠中灼热的沙子，听见哈西德派教徒哀悼圣殿被毁的质朴哀号，我会想起母亲炙热的身体，那是我永远无法理解的痛苦。

　　就是在这间会议室里，她情绪不稳定，一时无比狂躁，一时又极度抑郁，总是焦虑不安，手抖个不停。就是在这间会议室里，她告诉我要把我交给国家来照顾，她要放弃我，让我成为寄养儿童。"我没法再养你了，"她对我说，朝我吐口水，"我不想让你跟我在一起。"

　　出于某种难以名状的原因，我低下头，走进房间。我内心在呐喊，眼睛灼热。南希把我介绍给周围的人，我坐了下来，掏出笔记本，尽量表现得镇定自若。那个大胡子精神科医生开口："惠特科姆女士不适合待在医院里。她是个极端边缘型人格障碍患者，对医院造成了极大破坏。我们怀疑她还有做作性精神障碍。"他停顿了下来，看着我，清了清嗓子。我也冲他笑了笑，但我的嘴角紧绷，不知说什么好。我不会哭，不会哭，即使是在这面单向镜里，在病房窗外纵横交错的米色树枝间，我又看见了母亲，她的脸清晰地浮现在我面前，她的眼神里满是寂寞和愤怒。我感觉她的手指抚摸着我的乳房，我缩了一下。

一位名叫诺顿的年轻女性社工继续说："一旦我们用药物稳定住她的病情，就会让她出院。然后你接手她，继续门诊治疗，你有什么照顾她的办法吗？"

我点点头，假装在本子上记笔记。当我终于能说出话时，我很惊讶自己说得如此顺畅，像光滑的丝绸。我说："有很多限制。我们知道边缘型人格障碍患者在很多限制下表现良好时，才可以转院。"

大胡子医生点了点头。在那棵树上，我母亲用舌尖舔着牙齿，风掀起她的漂亮裙子，裙子上面绣着娇弱的花朵。然后树上不再是我母亲，而是一个小女孩，她的腿很白，干净的膝盖上有一道深红色伤疤。一个我坐在会议室里，另一个我则飞出去见这个女孩，触摸痛处，用手指轻抚伤口。

我已经学会了怎么缓和痛处，减轻皮肤的灼痛。我可以在悄无人知的情况下做到这一点。需要的话，我可以边教课，边主持心理诊断研讨会时边做这件事。我可以边格外平和地跟你说话，边做这件事。"嘘。"我轻声对隐秘的伤痛说。你可以说她患有边缘型人格障碍，说我患有边缘型人格障碍，或者多重人格障碍，或者创伤后应激障碍，但剥离掉医学术语，你会发现一些简单的东西。你会发现我有一面像马一样强健，有一面仍在受苦，所有人都一样。我跟凯拉、琳达和我的其他病人，比如乔治、玛丽、佩普希，有什么不一样呢？我跟这些"病"人有什么不一样呢？仅仅是我学到了一点点本领，可以巧妙地处理深度痛苦。心理健康并不意味着没有痛苦。我不相信痛苦会消失，我相信，坐在这个椭圆形桌子旁边的每个人几乎都有同样乖戾的冲动，同样罪恶的本性，就像最不稳定的边缘型人格障碍患者，显示出全部典型临床综合症状的精神病患者一样。只是这些人自控力更强，更会疏导。与其说我痊愈了，不如说我学会了静待痛苦发作，尽量不惊慌，也不扭动身体，以免刀片将身体撕裂得更深，最终感染伤口。

但是，我仍然想知道，为什么我学到了这些东西，其他人却没有？为什么我可以摆脱那些不堪（至少现在如此），从生活中找到一些坚实的可以依靠的东西？毕竟，我的预后[1]非常差。闲暇的时候，我仍然会把手指伸进衬衫袖子里，摸索手臂上长年累月的切割留下的突起的白色疤痕。我是怎么学会停止伤害自己，不再崩溃的？我能否想办法将这种能力教给别人呢？我不知道，这是我工作中的核心问题。我相信我的力量跟记忆有关，跟时间是流动的这个观念有关。虽然我清晰地记得遭到虐待时的恐惧，我也记得童年绿色而可爱的梦，叶子湿润的薄膜贴在我鼻子上，蟾蜍在我的手掌上洒下一

---

1　对于某种疾病最后结果的预测。——编者注。

摊金色的水。这些快乐的回忆让我拥有了坚定不移的信念。我相信陀思妥耶夫斯基的话，他写道："如果一个人拥有一段美好的回忆，就足以得到救赎。"我靠回忆撑了过来。

还有其他事情。安东尼·胡利奥（Anthony Julio）在他具有里程碑意义的研究著作《适应良好的儿童》（*The Invulnerable Child*）中写道，对于有些孩子来说，如果他们的生活中至少有个沉稳的成年人，比如阿姨、邻居和老师，他们就能够避免或摆脱痛苦的过去。我非常幸运地在一个寄养家庭待了4年，直到满18岁，在那里我备受关爱和信任。即便我的行为非常糟糕，在厨房用牛排刀割伤自己，或者出于愤怒，吞下药柜里所有的艾司地灵[1]，不得不回到病房，我的养父母仍然相信我能够成长，每次我出院后，他们仍然继续收养我。他们总是接纳我，这肯定有影响，他们多年来慢慢地教我领略到自己并非无可救药。感谢这些人，他们让我形成了坚定的信仰。感谢养母给我读故事，感谢她后来听我讲故事，她稀疏的金发垂在书页上。我们住在陈旧的木瓦房里，我喜欢爬进壁龛和排水管，雨打在漏水的屋顶上叮咚作响。外面院子里有水坑，一只漂亮的德国牧羊犬舔我的脸，把爪子伸到我面前，在水中吠叫玩耍。感谢在那里

---

1　一种非处方头痛止痛药。

度过的夜晚，他们为我留的走廊楔形灯发出柔和的黄色
光芒，我想象它变成一对翅膀、一个女人、一整队天使，
唱歌助我入眠。

会议休息期间，一位护士要给我一杯咖啡。我说：
"谢谢，不过我得先去下洗手间。"我走出房间，大步穿
过熟悉的走廊，它的一拐一弯都刻在了我心底的记忆
里。我先左转，再向右走，打开女厕那扇陈旧的木门，
进入隔间。

我回来的时候，那位护士已经准备好了一杯热气腾
腾的咖啡。她不解地看着我，递给我热咖啡。"你以前
来过这里吗？"她问。

见我一脸惊讶，她补充道："我是说，你知道洗手间
的位置。"

"哦，"我赶紧说，"没错。我以前来这里的病房看
过病人。"

"你不必使用病人洗手间，"她说，笑容有些奇怪，
狐疑地看着我，补充道，"我们不建议这么做。请使用护
士站的医护人员洗手间。"

"好的。"我说，把脸埋进咖啡的蒸汽里，希望她认
为我脸发红是因为水汽温度高。我真笨。她会怎么
想？她能猜出来吗？不过从某种意义上讲，我是病人，
她也可能是。我还不准备说出来，懦弱的家伙，精明的

家伙。这一次，记忆让我误入歧途。

会议继续进行。我没怎么听。我想着去病人洗手间有点儿不得体，然后我看着窗外晃动的树。我在想我们的痛苦虽然不一样，但是类似，病态和常态也许只是一念之差。这时我听见薄薄的天花板上传来号啕声，一声尖叫，还有咔嗒咔嗒的脚步声。我坐直了。

"产房，"社工指着上面说，"我们楼上就是产科病房。"

我笑了，回过神来。没错。怀曼街二号只占据一家老牌大型公立医院的一层楼。我们所在的精神病房一直挤在楼上的产房和楼下的托儿所之间。我在这里住院时，在集体治疗期间或者吃了药迷迷糊糊睡着时，经常听到产妇的哭喊，她们的肌肉收缩，在剧痛中阴道撕裂，孩子呱呱坠地。

"你现在不见见琳达吗？"那位精神科医生说，看了看表，收起文件。大家都站起身，会议结束了。"你可以使用访谈室，"护士长南希补充道，"那里很舒服，非常适合做治疗。"

我点点头。我差点儿忘记了琳达，忘记了她才是我回到这里的原因。我跟其他人一起走出会议室，南希指向长长的走廊。她说着，手指指向左边的一扇门。"那里，第三个房间。我们会把琳达带过去。"这时，让我吃惊的是，南希从口袋深处掏出一大串钥匙，放在我手里。我知道还是多年前的那些钥匙，那时别人不许我碰度过的夜晚，他们为我留的走廊楔形灯发出柔和的黄色光芒，我想象它变成一对翅膀、一个女人、一整队天使，唱歌助我入眠。

会议休息期间，一位护士要给我一杯咖啡。我说："谢谢，不过我得先去下洗手间。"我走出房间，大步穿过熟悉的走廊，它的一拐一弯都刻在了我心底的记忆里。我先左转，再向右走，打开女厕那扇陈旧的木门，进入隔间。

我回来的时候，那位护士已经准备好了一杯热气腾腾的咖啡。她不解地看着我，递给我热咖啡。"你以前来过这里吗？"她问。

见我一脸惊讶，她补充道："我是说，你知道洗手间的位置。"

"哦，"我赶紧说，"没错。我以前来这里的病房看过病人。"

"你不必使用病人洗手间，"她说，笑容有些奇怪，狐疑地看着我，补充道，"我们不建议这么做。请使用护士站的医护人员洗手间。"

"好的。"我说，把脸埋进咖啡的蒸汽里，希望她认为我脸发红是因为水汽温度高。我真笨。她会怎么想？她能猜出来吗？不过从某种意义上讲，我是病人，她也可能是。我还不准备说出来，懦弱的家伙，精明的家伙。这一次，记忆让我误入歧途。

会议继续进行。我没怎么听。我想着去病人洗手间有点儿不得体，然后我看着窗外晃动的树。我在想我们的痛苦虽然不一样，但是类似，病态和常态也许只是一念之差。这时我听见薄薄的天花板上传来号啕声，一声尖叫，还有咔嗒咔嗒的脚步声。我坐直了。

"产房，"社工指着上面说，"我们楼上就是产科病房。"

我笑了，回过神来。没错。怀曼街二号只占据一家老牌大型公立医院的一层楼。我们所在的精神病房一直挤在楼上的产房和楼下的托儿所之间。我在这里住院时，在集体治疗期间或者吃了药迷迷糊糊睡着时，经常听到产妇的哭喊，她们的肌肉收缩，在剧痛中阴道撕裂，孩子呱呱坠地。

"你现在不见见琳达吗？"那位精神科医生说，看了看表，收起文件。大家都站起身，会议结束了。"你可以使用访谈室，"护士长南希补充道，"那里很舒服，非常适合做治疗。"

我点点头。我差点儿忘记了琳达，忘记了她才是我回到这里的原因。我跟其他人一起走出会议室，南希指向长长的走廊。她说着，手指指向左边的一扇门。"那里，第三个房间。我们会把琳达带过去。"这时，让我吃惊的是，南希从口袋深处掏出一大串钥匙，放在我手里。我知道还是多年前的那些钥匙，那时别人不许我碰钥匙，但只要有机会我就会热切地注视着钥匙，那冷绿色的反光和不可思议的方形尖齿打开我不可企及的世界大门。钥匙、钥匙，它们是每个精神病人的梦想之物，心形的钥匙孔，转动隐秘的锁，打开镶嵌着海宝石的天鹅绒盒子时发出好听的咔嗒声。钥匙象征着自由、权力和最终的分离。在精神病院里，只有一方有钥匙，其他人只有吃饭用的塑料叉子。

我慢慢地沿着大厅来到访谈室，拿着钥匙串站在锁着的门外。钥匙串很冷，我把它贴到脸颊上。有一次有人摸我的脸看我是否发烧，赶走了我的恐惧。感谢那些帮助过我的人。

一个女人沿着走廊走过来，她37岁，但看上去老得多。她弓着背，一头红色鬈发。她走近时，我看到她眼睛下面的黑眼圈，那是多年的疲惫和恐惧形成的。我想要抚摸那里，清除痛苦的微小痕迹。

她走到我身边时，我伸出手。"琳达，你好。"我说，我的声音很柔和，仿佛吹过一阵温暖的风，我不仅是在跟她打招呼，也在跟自己打招呼。

我们站在锁着的会谈室前，我摸索着正确的钥匙。我把钥匙插进锁里，插进一半时，我停住了。"你来，"我对我的新病人琳达说，"你拿着钥匙，打开门。"

她皱起眉头，抬头盯着我，似乎在说，你究竟是谁？我想哭。这里的时间过起来特别漫长艰难。"你来。"我再次说，泪水就要夺眶而出。她向前一步，仔细地凝视我，一脸困惑。她肯定没见过她的医生哭。"没事的，"我说，"我知道我在做什么。"我没法说清楚为什么，但我一点儿也不想隐藏泪水。我直视着她。与此同时，今天第一次，我的声音真正变得自信起来。"拿好钥匙，琳达，"我说，"打开门。"

她伸出一只瘦骨嶙峋的手，从我手里接过钥匙，打开了门。访谈室里阳光明媚，一面墙全是窗户。我以前也来过这个房间，多年来也许来过上百次，跟我的精神科医生见面。想起这些，我一阵战栗。最终，让我好起来的并不是他们的治疗，也不是他们的理论，而是留存在艰难世界里的善意。从楼上传来一个婴儿抗议的哭声，又一个女人痛苦地分娩了。她就是我们。我们就是她。安息日的烛光摇摆不定，我母亲深夜吟诵犹太祈祷文，常说："以色列啊，你要听，主是神，主是唯一的真神，我们人也是一样。"

这时她会停下来，双手捧起烛台。"我们是一体的，"过一会儿后她会对我重复，她透过阴影凝视着我，一脸憔悴，"我们人也永远是一体的。"

有时我想念她。

我和我的病人坐了下来，看着彼此。我在她身上看见了自己。我相信她也在我身上看见了她自己。

我们就从这里开始。

## 标注《三个维度》和《黄色出租车》

正如我一开始就说过的,这篇文章蕴含大量场景,富有感染力,引发读者的兴趣和情感。斯莱特的文章流畅自然,让人惊喜。我们一起读读这篇文章,看她是怎么做到的。

文章开始是3个容易识别的连续场景,斯莱特用空格作了分隔。

场景1以对话开始:"谁愿意接诊这个病人?"(第194页)

场景2的开头:"电话响了六七下。"(第195页)

场景3的开头:"两天后,有个电话打到了我的办公室。"(第196页)

文章中还有一些不太明显的场景,我称作"隐秘场景"或者"场景中的场景"。看场景2中,有个段落的开头,"我告诉她坐着别动"。斯莱特在告诉读者她的病人会出什么事。她在为读者再现一个故事。这是场景中的场景。

还有场景3的最后,接听完弗农山来的电话后,斯莱特坐在办公室里,回想一段萦绕于心的往事。小说家称这种倒叙手法为**闪回**,创意非虚构作家当然也可以使用闪回,尤其是在劳伦·斯莱特写作的这种回忆录中,我们在脑海中重温往日的生活。

不论你看出了3个场景还是5个场景,重要的是我们要明白我们读的主要是故事。

场景4的开头:"我把车开出城。"(第199页)

请注意在这个大场景中,有许多小回忆,全是故事,是场景中的场景。开车去弗农山就是在设置地点,一个孤立的例子,让作家回到过去。

注意斯莱特的故事不仅扣人心弦,而且蕴含信息。不需要明言她母亲有多么残忍疯狂。我们看见她坐在琴凳下,听见琴键发出"越来越响亮"的噪音,感觉到了斯莱特内心的恐惧和"战栗"。信息融入了戏剧性的情节中。这是精湛的展示,而非讲述,读者既看到了场景,同时也了解到了信息。

场景5把斯莱特带到医院里(第202页)。护士南希陪她穿过医院走廊来到会议室。在路上,斯莱特目睹病人凯拉发火,凯拉所在的病房正是斯莱特以前住过的。

一段空格后,我们能确认场景6。"我认出了这间会议室"(第207页)。会议开始了,斯莱特想要集中注意力参与其中,但她的思绪不断闪回到过去。

又一段空格后开始了场景7,斯莱特出于习惯,误入了病人洗手间,而不是访客和员工专用的洗手间(第211页)。

场景8中,会议继续进行。场景9中,斯莱特医生见到了她的病人(第213页)。

虽然我只将其分为9个标黄的部分,即标出了9个大场景,但整篇文章实际上是由场景、故事和意象组成的复杂网络,因此它才如此有力量和冲击力。

为了更清楚地查看这个网络,请完成练习12。如果你想要更快地进入解构阶段,去做练习13。如果你认为你已经读够了,或者"解构过量"(这种情况在我的学生中很常见),那么跳过练习

13,继续往前。你可以随时回过头看这些阅读材料,看作家是怎么写作的。每次阅读,你都会看到不一样的东西。

---

## 练习13

解构《黄色出租车》(见下文),这是一项合适标黄的作业。查找场景、隐秘场景(场景中的场景)、对话和具体细节。想看看我是怎么解构这些作品的吗?去我的网站(www.leegutkind.com)上找教师手册,可以一探究竟。

但首先,我给你一些提示。这篇文章中至少有15个小场景或趣闻,靠整体主题而不是叙事来连接。我已经帮你标出了前3个场景。在前面的章节中,我提到了约瑟夫利用个人和公共历史,以及有趣的辅助信息来帮助读者融入故事。查找她把想法和信息结合在一起的段落。她在帮助我们理解她经历的事情,她接受的考验和教导。最后一段的一句话点出了这篇文章的主旨:"我们带着对逝者的思念继续生活。"

## 黄色出租车
### 伊芙·约瑟夫

与临终者打交道就是涉足神秘之地。在某些情况下,专业训练是无价的。在另外一些情况下,专业训练则毫无用处。身为临终关怀顾问，我第一次探访社区时，一个裸体女人站在她床边的梳妆台前，将一个香水瓶扔到我头上；她觉得她身处战争中，她的武器就是那几小瓶彩色的淡香水。她占领了山脊，准备长期坚守。护士注射了两针氟哌啶醇[1]，最终消除了她的幻觉，但借助我母亲在战场的经历，我才理解了这个女人在山脊上看到的东西，并劝说她回到我们称之为掩体的安全的床上。

陪伴临终者走过死亡这份工作说起来错综复杂。一方面，每种情形都不一样，每个人都独一无二，每次死亡都是深刻的体验。另一方面，这份工作跟其他工作没什么分别。你定好闹钟叫自己起床，去上班的路上顺便买杯咖啡。交通拥堵，你知道最后一个停车位马上就没有了。你总是发誓要早点下班，但从未如愿。跟任何工作一样，你需要掌握一些技能。但是，你永远不知道什么技能真的会派上用场。

一个死于白血病的男人曾问我有没有什么手艺。在生命的最后几个月里，他在自己的土地上建了农贸市场，以便他的妻子和4个儿子在他死后能够养活自己。我不假思索地回答说我会烤面包。这是谎言，但这意外成为一个幸运的谎言。他让我把面包带到集市上卖，获

---

1　氟哌啶醇是一种典型抗精神疾病药物。

得的收益他的家人和我对半分。他死后第一个月，我决定卖面包，我卖香蕉面包、巧克力面包、蓝莓面包、南瓜面包、苹果面包和绿皮西葫芦面包，挣了500美元。我跟着配方做面包。几年后，我的婚姻结束时，我靠在那个男人的市场上卖面包赚钱养活自己和孩子。

临终关怀顾问的工作就是这样：善意的初衷有时会带来意想不到的收获。

我在1985年就职的那家临终关怀医院已经被夷为平地，变成了停车场。病房外街道两旁的栗子树没有了，野樱花树也不见踪迹，野樱花树每年2月开花，像是对冬天的一种嘲弄。那家旧临终关怀医院名叫海湾阁，是一栋坐落在花园里的单层马蹄形建筑。如今人们称临终关怀花园为"疗愈花园"。1985年，那个花园还没有这样的美誉。那是园丁的花园，它存在的理由就是展现其自身的美。对一些病人来说，那是他们童年的花园；对另一些病人来说，那是他们想要一直拥有的花园。这不是说海湾阁是天堂，但仔细想想，它离天堂只有一步之遥。

在面向庭院的一个房间里，樱花从开着的窗户飘了进来，落在一个熟睡的女人身上。我跟她丈夫在房间里，我刚刚才认识他，他瘫倒在我怀里说："如果世上有上帝，这是他的旨意，我怎么能够再相信上帝；如果世上没有上帝，我怎么能活下去？"我刚做这份工作，不知道该如何回答他。我甚至还没有开始考虑这些问题。我记得看着她苍白的皮肤和黑色的头发，觉得她就像红十字会床上的白雪公主。她的窗户和其他房间的窗户一样，微微开着，以便让灵魂离开。

"临终关怀"（hospice）这个词来源于拉丁语 *hospitium*，涉及"主人"和"客人"双方，可以指"好客"这种态度，也可以指提供给客人的住所。在荷马时代，所有陌生人都被视为客人；对外来客人友好热情（hospitable）是一种责任，这是宙斯强加于文明人的责任。宙斯的众多头衔之一 xeinios，意思就是"陌生人的保护者"。在《奥德赛》（*Odyssey*）中，费阿刻斯人的国王阿尔喀诺俄斯（Alcinous），尽管不认识奥德修斯（Odysseus），仍殷勤招待他："请你扶起这位外乡人，让他在镶银的座椅上就座，请你再吩咐侍从给他端上晚餐，有什么食物都尽管呈上来。"

4世纪时，僧侣迎接朝圣者并为他们安排住所时，使用"hospice"这个词，直到19世纪中期，这个词才用来专指临终护理。众所周知，1967年，年轻的医生（之前做过护士和社工）西塞莉·桑德斯（Cicely Saunders）在伦敦成立了第一家现代临终护理医院，圣克里斯多福宁养院。"有尊严地离开人世"成为临终关怀顾问的信念。

查找"好客"（hospitality）这个词的词根时，我最初把"对客人（guests）友好"错看成了"对鬼魂（ghosts）友好", 后来觉得这也并非完全不对。有些人说可以看到死者在走廊行走: 母亲和女儿手牵手, 祖父祖母手牵手, 丈夫在等待妻子, 还有一些谁也不认识的人, 他们就在那里等待。

我照顾的一个女人好几天盯着房间左上角, 等待她已故的丈夫来接她。她告诉我们有其他人来, 但她不认识他们, 拒绝跟随前去。她去世的那天早上, 她说她丈夫来过了。他跟生前一样略带嘲弄地把帽子歪向一边。她笑了, 一脸灿烂的笑容。

我去一个身患艾滋病快撑不下去的年轻人的房间里, 坐在沙发上时他提醒我要小心。他不希望我坐在3天前带着一袋毛线和针头出现的老妇人身上。他问我她的到来是否意味着他的死期将至, 我向后瞅了瞅那张空空如也的沙发, 说我猜他还有时间, 因为她带来了针线活。

我没有看到鬼魂。但是多年前, 我怀孕8个月时, 听见有个地方传来唱歌敲鼓的声音, 那个地方多年前是震颤派的教堂, 后来被大火夷为平地。我婆婆说是魂灵在唱歌欢迎婴儿, 可我从来没法肯定我是真的听到了唱歌敲鼓的声音, 还是其实什么都没有听到。

我们初次面对死亡的经历会深刻影响我们, 尽管我们后知后觉。我6岁时, 穿着旱冰鞋横冲直撞地从朋友家滑回家, 手里拿着一只黄色虎皮鹦鹉的尸体, 尸体还有余温，软绵绵的。我不知道死亡意味着什么，但我知道那是件大事。我最初为动物举办葬礼，不是出于会有来世的信念，而是出于对仪式的热情：建小坟墓、送葬，之后在草坪上开茶会。

我12岁时，我哥哥在车祸中丧生。那是1965年，那一年，艾伦·金斯伯格提出了"权利归花儿"这一口号，马尔科姆·X在哈莱姆区的奥杜邦舞厅内遭到枪杀；那一年，T. S. 艾略特去世了，鲍勃·迪伦的《像一块滚石》就要成为新的经典。在当时的北美，死亡是禁忌话题。大多数人在远离人们视线的医院过世。人们不会公开讨论伤心事，哥哥突然客死他乡，人们不知道要怎么跟我这个孩子解释这件事。

在中世纪晚期，送葬队伍中必须要有来自孤儿院或弃儿之家的儿童。19世纪70年代，孩子们玩带有棺材和丧服的死亡玩具包。19世纪末以前，装殓尸体主要是在死者家里完成。到20世纪20年代，尸体才转移到医院和殡仪馆，人们才开始相信需要保护儿童，不让他们直接面对死亡。

从收到电话到举办葬礼之间的日子里，我在地下室玩塑料玩具马。百合花的香味从楼梯上飘下来，我从地下室出来后，葬礼已经结束，大家都回家了。我看着母亲抱起一堆堆的百合花，把它们扔进垃圾箱。那些百合花应该是复活节百合，花朵是喇叭形的，原产于琉球群岛,是《圣经》中耶稣受难后长在客西马尼园的白袍希望使徒,据说是从血滴落下来的地方长出来的。

30年后,我发现了我哥哥的朋友写的一首诗,从诗中我得知哥哥的尸体是装在蓝色棺材里随着火车跨越加拿大的。我没法解释为什么我对这件事念念不忘。据说有个游牧部落穿越撒哈拉沙漠时,每隔几小时就会停下来,好让他们的灵魂追上他们。这似乎是对的,我哥哥躺在天空颜色的棺材里穿越整个国家,花了4天时间才到达他的长眠之地。

我们看待死亡,如C. S. 刘易斯(C. S. Lewis)所描绘的,就像看见没有亮灯的房子,不知道可曾住过人。我学习社会工作,并在一家久负盛名的临终护理医院工作了20多,我不知道我是否在努力透过过去的经验来探查悲伤,我需要找到离开地下室的路。

取代海湾阁的临终关怀医院位于一家老牌妇产医院的三楼和四楼,离维多利亚市中心不远。1979年,我在其中一个房间生下了长女,6年后我受聘为该医院的临终关怀顾问,在那个病房里照顾过临终病人。

医院里一共有17张床位,有7张床预留给濒临死亡的病人,9张床分配给寿命不到半年的病人,一张用于临时护理,可供社区内的病人使用,最长可用一星期,我曾听一位病人家属说这间房间是她的"休息"室。走出电梯来到三楼时,你会看到左边有一个插满鲜花的花瓶，右手边有一条手工缝制的大被子。被子上写满了已逝病人的名字，新的名字写在被子下面桌子上的羊皮纸卷上。

有400多位身怀各种技能的志愿者在临终关怀医院工作。有些人唱歌，有些人在家庭休息室弹钢琴，有些人懂得灵气疗法和触摸治疗；很多人泡茶，在房间里陪伴临终病人。他们身份不一：医生、教师、电影制作人、服务员、美容师、驯狗师、画家和陶艺家、公司总裁、警察和寡妇。很多人是退休人士。年轻的志愿者不多，这里还不是他们关注的领域。

每逢周日，精通书法的志愿者赤子（Akako）坐在桌前，小心翼翼地把上周去世的病人的名字添加到羊皮纸卷上。有些星期有3个到4个名字，有些星期更多一些。她记得有个星期她花了4个多小时才把23个名字添加到名单上。

从事这项工作的护士和医生懂得疼痛的用语。正如贝都因人了解风，临终病人和照顾他们的人有很多词来形容痛苦：剧痛、隐隐作痛、疼痛、压迫痛、灼痛、刺痛、发红、发白、发热、发冷、恶性疼痛、熟悉的痛、猫样疼痛、幽灵似的疼痛、戳刺、切割、燃烧、忽隐忽现、一闪而过、疼极了、持续的痛、痛到蜷缩起来。据说，伊努伊特人有12个词来形容雪。有些人痛不欲生，另一些人无法形容他们的痛苦。

民族植物学家韦德·戴维斯（Wade Davis）说，一种语言，不只是一套语法规则或词汇，它是人类精神的闪光，是了解我们个人生活宇宙论的窗口。很多人在最后的日子里，说的是一个东西，指的是另一个东西。隐喻是诗歌的原动力，也是临终者的语言。跟临终病人打交道的人必须像诗人一样思考，他们对语言的追求就像孩子伸手去抓月亮，相信月亮可以像橘子一样握在手里，而此时月亮正在夜空中闪耀。

如果没有隐喻，我们怎么能够领会星星是在帐篷顶上燃烧的小火苗？如果没有隐喻，我们怎么能够理解那个男人临终时说一辆黄色出租车停在了他家门口，即便出租车的目的地不对，他还是说他要去？理解那个女人问他们用电钻钻她的街道，她要去哪里住？我们怎么能够理解病人一再问起她的行李是否收拾好了可以出发？那个佛教徒执意要把她花园里所有的花都剪掉，以免美丽的花朵让她裹足不前；当那个跪在医院病床上的女人笑着告诉医生她在窥视天堂，我们怎么能够想象她看到的东西？

新生儿出生时大约有300块骨头，而成年人平均拥有206块。随着我们慢慢长大，骨骼会融合。我们在不知不觉中搭建起自己的骨架。我们胸腔的24块肋骨围成一个庇护心、肺、肝和脾的胸廓。像珍禽一样，我们生活在自己的骨笼里。

一个夏天的晚上，一个28岁的病人请求把她的病床推到外面，让她在星空下睡觉。她患有罕见骨癌，在她过世的前几天，她胸腔里的骨头十分脆弱，她一翻身就有一两根骨头断裂。我们的骨头居然可以像干树枝一样折断，让我倒抽了一口冷气。

疼痛有多种语言。在一个层面上，它不需要翻译；在另一个层面上，它要求我们成为他人痛苦的译者和解释者，如果我们想要帮忙的话。对于这个年轻女人当前的身体疼痛，她正在透过上臂的蝴蝶文身往皮下注射突破性剂量的吗啡。她也在见一位叫乔·迪克逊（Jo Dixon）的顾问，乔从不同的角度理解疼痛。乔每天坐在女人的床边，听她谈论被困在自己身体里的感受。他们谈到每一次骨头断裂都是一个开口，笼子破裂是她可以自由飞翔的唯一途径。这个年轻女人用吗啡来克服痛苦，用隐喻来理解痛苦。

临终人士的隐喻语言是船夫的语言。隐喻，源于希腊语中的同一个词，意思是"转换"或者"跨越"，是语言的转换；有点像整个死亡过程中的脚手架，它支撑着我们，直到足够强大的渡船让我们到达彼岸。在雅典，运货卡车在街上飞驰，车身两侧写着"隐喻"（METAPHOR）。我听说行人跳到一边时，会使用自己的隐喻。亚里士多德（Aristotle）认为使用隐喻是天才的标志——临终人士就是天才人物。在某种程度上，我们都知道终有一天我们也会到那一步，爬进停在门口的黄色出租车。

以我的经验来看，大部分人在需要临终关怀服务之时，才知道临终关怀医院。实际的工作是湮没无闻的。人们尽可能地远离死亡，意识不到有这项服务。临终关怀医院是医疗体系的一部分，临终关怀工作者是政府机构重要的一部分。一般来说，行医者通常住在乡野村郊。萨满教巫医、先知、魔术师、术士、圣人、怪人、疯狂的男女在生者与死者之间扮演了特殊的角色，充当中间人。多年来，有好几次我觉得那正是我们这些临终关怀工作者所需要的：在城市边缘的小屋，像乔这样的人会受到尊崇和敬畏，人们带着故事、记忆碎片、一只山羊、一袋土豆、一篮鸡蛋和一只鸡前来，而不是双周的工资支票。

关于海湾阁的树我搞错了。今天，开车经过停车场，也就是海湾阁旧址时，我看见有棵橡树仍然屹立在那里，从约瑟夫·加尔辛（Joseph Garcin）的病房可以看到那棵树。约瑟夫对隐喻不感兴趣，他说："一片叶子往下落能让我一整天牵肠挂肚。"但是，隐喻仍然是我的兴趣所在，在生命的最后一个星期，约瑟夫理解不了为何死神迟迟不来，每天晚上他敲响死神之门，请求让他进去。

人人都把自己的信仰带到工作中，这份信仰基于我们与死亡打的交道，我们的文化、宗教或宗教的缺失，神话和心理学，我们的动机和期望。我们在一次次死亡经历中获得我们的信念。日本人相信，元旦那天死者会骑马赶来，假期结束后，他们乘坐小木船和纸船回到自己的世界，船上放着点燃的蜡烛。在非洲，丈夫下葬后，寡妇会在树林里跑之字形路线，以免丈夫的鬼魂跟随纠缠她。加西亚·洛尔卡（García Lorca）说，西班牙将死亡视为全国性奇观。在其他地方，死亡是一种结束。"死亡来了，他们拉上了窗帘。在西班牙，他们打开窗帘。"他写道，许多西班牙人待在室内，直到死亡的那一天，他们就被带到阳光下。

什么样的信仰迫使生者把死者抬到太阳底下呢？一位早产儿在医院度过了短暂的一生，她的母亲只要求让女儿在户外度过最后的时光。医生同意撤下她的生命支持设备，给她戴上氧气面罩，手动输氧，直到她离开医院。由护士、家人和朋友组成的奇怪队伍排成一列，跟在医生后面穿过走廊，走出后门，穿过停车场，来到附近的一个草坡。婴儿的爷爷拿起鼓，给她唱了一首告别歌。她自己呼吸了整整5分钟，咽下最后一口气时，一声惊雷响彻天空。爷爷相信这声雷鸣表明上帝打开了天堂之门，俯冲下来，把婴儿抱在怀里，带回了天堂。

几年前，我读到了P. K. 佩奇（P. K. Page）写的一个故事，讲的是一位鸟类学家为了弄明白鸣禽如何学习唱歌,把它们隔离饲养。这些鸟儿可以自己拼凑出一种歌曲,虽然并不完美,但的确算一首歌。他发现它们听到其他种类的鸟儿的歌声时,会学习其中的音调和节奏,让自己种类的歌曲更完美。

服务临终病人的过程中,某些仪式和习俗深深吸引了我。我的血统沿袭父系,而犹太身份是经由母系血统传承的,因此我对自己的犹太祖先所知甚少。从巴格达、俄罗斯到加尔各答、上海,再到以色列,我的祖先学习喀巴拉[1],潜心研究犹太和阿拉伯哲学。家族的姓氏中,莱维(Levys)和科恩(Cohens)是犹太姓,并且塞玛(Seemah)、莫泽尔(Mozelle)、所罗门(Solomon)、达夫纳(Dafna)都是犹太名字。尽管如此,我仍然不够格成为犹太人。另外,我跟一个萨利希海岸的男人结了婚,根据《印第安法令》(Indian Act)第12(1)(b)条款,我在法律上成为印第安人。我在长屋[2]舒适自在,却不熟悉犹太教堂。

我在工作中了解了土著的死亡和临终信仰及仪式。在生命最后的时光,点燃一根蜡烛来守住灵魂,这是合情合理的;从死亡到下葬或火化,有人陪在死者旁边,以免灵魂感到害怕或觉得遭到遗弃,这是合情合理的;

---

1 犹太教神秘主义。
2 美国某些印第安人的传统住宅。

在填平墓穴之前，捧起一把泥土扔到棺材上似乎是有道理的，萨利希海岸的人说，这是最后一次握手。

有天下午，我在后院的阳光下阅读利昂·维瑟提尔（Leon Wieseltier）的犹太教祈祷文，居然发现引起我共鸣的那些土著仪式也是犹太文化的仪式和信仰，之前我都不知道，令我大吃一惊。点燃蜡烛、陪伴死者、遮盖镜子和往坟墓里扔土等都是，我在不知不觉中学习我自己种族的歌曲，越来越全身心深入地涉足神秘之中。

除了把我们的信仰带入工作中，我们还在工作中发现未知的自己。我们不知道我们的容忍度和饱和点在哪里。我们不知道怎样才是受够了。我认识一个护士，做这份工作18年后倦怠了，说她送走了1500个临终病人。她离开了临终关怀医院，去产科工作，她发誓在退休前要接生1500个婴儿。

在我分娩的那个房间，我对于生的记忆比对死的记忆更强烈。我记得躺在一扇长长的窗户旁边，阳光倾泻而下，看着躺在摇篮里刚出生的女儿，就像坠入爱河的感觉：猝然一动，就像有人进入梦乡后，挣扎着以免自己消失在虚无中。

乘坐放着点燃蜡烛的小木船和纸船离开这个世界，我觉得很好。

在我母亲生命的最后一年，她身体虚弱，没法离开家门。最后几个月里，她只能待在卧室里。后来我在医院太平间看见她时,她躺在钢轮床上,装在半拉链的尸袋里。她的脸露在外面,她染着红色指甲的双手放在胸前。殡仪员过来时,我请他不要遮住她的脸,这不符合礼节,虽然他有些不情愿,但他照做了。我们把她抬到在外面等候的货车上,把她的尸体运到殡仪馆的过程中,雨水落在她冰冷的脸庞上。雨水落在她身上,却不知道她已经死了;雨水落在她身上,就像落在地上一样,就像落在《蒂凡尼的早餐》(*Breakfast at Tiffany's*)中的霍莉·戈莱特利(Holly Golightly)和猫身上一样;就像我还年幼时,雨水落在阁楼房顶上一样,到处都是水,我母亲和我分别躺在相邻的床铺上,我们没有淋雨,睡意昏沉。

我们痛苦地出生,又痛苦地死去。那句老话作了类比:我们来自虚无,归于虚无。但是,在其他方面,两者有惊人的相似性。呼吸对两者都至关重要。产前课程专注于呼吸和分娩阵痛,心理助产课程由深呼吸过渡到浅呼吸。垂死之人也是如此,从有规律的深呼吸转变为快速张口呼吸。最后,临终者看上去往往就像离水的鱼,他们的嘴巴本能地张开合上。人们几乎会误以为最后的几次呼吸是无声的吻。

婴儿有自己的出生时间,尽管有大概的预产期,但正是婴儿释放信号,而引发的分娩。很像《爱丽丝梦游仙境》(*Alice in Wonderland*)中的那只白兔,临终之人通常也有自己的时间。我迟到了，赶不及一个重要的约会；没有时间打招呼、说再见。我迟到了，我迟到了。有时他们等待有人从外地赶来，有时他们会在人们走出房间去抽烟的当口死去。

对此，你无能为力，只有惊奇的份。我在社区的危机处理小组工作时，跟一位护士去了一个女人家里，那个女人似乎没法咽气，一只蜜蜂没完没了地撞击玻璃推拉门的内侧，发出嗡嗡的响声，直到最后有人拉开门，把蜜蜂放了出去。门打开时，那个女人咽下最后一口气，门再次关上前，她去世了。安妮·迪拉德（Annie Dillard）转述梭罗（Thoreau）的话说，要找到一棵蜂蜜树，你必须先抓住一只腿上沾满花粉、准备回家的蜜蜂。放开它，观察它的去向，只要能看到它的踪迹，就一直跟随它；等到另一只蜜蜂过来，抓住它、释放它、观察。持续这么做，它一定会带你回家。像蜜蜂引领蜜蜂那样带领我们回家。灵魂是怎么离开的？我们不知道，但临终关怀病房的每扇窗户都开着，只留一条小缝，以备不时之需。

1969年，伊丽莎白·屈布勒-罗斯借由《论死亡和濒临死亡》一书，将死亡这个话题从医学院的隐私中解放出来，传播到街头巷尾。她为普通人理解悲伤的过程提供了语言和框架。她的悲伤五阶段论从新的角度思考和谈论死亡，让死亡成为动态过程。她的模式很好地解释了十分普遍的"善终"理念，这种理念认为我们可以平静地走向生命终点，平和地咽下最后一口气。"善终"的核心观念是允许人以自己的方式，相对来说没有痛苦地、有尊严地离开这个世界，仿佛我们有控制权。家人常常要我描述死亡的过程。我会告诉他们，在去世前的几天，人们经常陷入昏迷，呼吸由深变浅，有规律的呼吸变为断断续续。我会解释什么是呼吸暂停，很多人窒息很长时间，有时长达3分钟，房间里的其他人也屏住呼吸，直到喘息声打破寂静。我会解释说，很少有人会在正常呼吸时死去，他们会返回到自己的身体，好像在演习如何死亡。我会检查堵痰的可能性，堵痰会导致"临终喉鸣"，这个说法令人恐惧，让人想起陀思妥耶夫斯基在《罪与罚》中描述的场景："她渐渐陷入惊厥昏迷状态。有时，她打着哆嗦，眼睛扫视着周围，一时什么人都认得出来，但很快就变得神志不清。她嘶哑地、艰难地喘着气，喉咙里好像有什么东西在呼哧呼哧作响。"我会讲到，为了最后一次保护重要器官，血液从手脚流出，聚集在心脏和肺部周围，于是手和脚慢慢变得冰凉，在死前不久变成紫色。我会讲到，人们如何呼出最后一口气，气息从胸部转到喉咙，最后是气若游丝的虚弱呼吸，像搁浅的鱼。

很长一段时间以来，这份工作是我的职业——不是宗教的献身，不是无私的奉献。工作了快20年后，3年前,我离开了临终关怀医院。至于那位丈夫(他的妻子奄奄一息地躺在床上,樱花从敞开的窗户飘进来)有关上帝和公平的问题,我没法说我找到了满意的答案。最接近的答案是我意识到临终关怀工作对我们的要求:我们踏入黑暗中,没有一张地图指引我们回家的路,我们尽可能地陪伴人们。我的一个朋友说,"结束就是一通胡扯"。我们带着对逝者的思念继续生活。我哥哥、那个骨头像树枝一样断裂的女人、那个死于艾滋病的男孩、我的母亲,还有无数的人。

## 25

# 在作品中留下思考

　　伊芙·约瑟夫的文章从头到尾生动感人，文字优美，而且特别深刻。在文章中，她时不时站出来直接跟读者说话，阐明自己的观点，也许想要读者更清楚明了。我们跟朋友交谈时也会这么做，我们会说："你知道这对我有多重要吗？你明白我的意思吗？这意味着什么？"她认真思考传达给读者的信息、想法和事件，用语生动催人泪下。思考在创意非虚构作品中虽然具有挑战性，但必不可少，对于个人随笔和回忆录尤为重要。

　　在《三个维度》里，劳伦·斯莱特一再尝试弄清她经历的事情的意义，思考她为什么要诉诸笔端。在场景3的最后（第198页），在场景转换的间隙，她讨论"形形色色的忏悔"和"内在的自恋需求"，以此在故事中添加背景，分享自己的故事从而开释自己。之后，她说"人生充满不可思议的弹性，弯曲的东西可以变直，破碎的东西可以修复"。这些全是她对所写东西的判断、评价和思考，以及对她和读者来说的意义。

由于话题的特殊性，约瑟夫在文章中尤其善于反思。她笔下几乎每一个场景都得益于她身为临终关怀顾问、母亲、女儿和诗人所获得的智慧。文章的前3段是简短而生动的场景，每一个场景都有微妙的反思性评论。

请注意，斯莱特和约瑟夫经常把思考融入历史中，比如约瑟夫的这段文章：

> 4世纪时，僧侣迎接朝圣者并为他们安排住所时，使用"hospice"这个词，直到19世纪中期，这个词才用来专指临终护理。众所周知，1967年，年轻的医生（之前做过护士和社工）西塞莉·桑德斯在伦敦成立了第一家现代临终护理医院，圣克里斯多福宁养院。"有尊严地离开人世"成为临终关怀顾问的信念。
>
> 查找"好客"（hospitality）这个词的词根时，我最初把"对客人（guests）友好"错看成了"对鬼魂（ghosts）友好"，后来觉得这也并非完全不对。有些人说可以看到死者在走廊行走：母亲和女儿手牵手，祖父祖母手牵手，丈夫在等待妻子，还有一些谁也不认识的人，他们就在那里等待。

---

**练习14**

> 　　回过头再读一读约瑟夫的文章。关注反思性的文字，注意她的反思直接来自文本，你能看到其中的联系。她没有自以为是地大发议论。这是有区别的。再看看你在写的文章。有反思性内容吗？也许没有，或者暂时没有。有时你需要一段时间才能理解为什么要讲述一个故事，以及这个故事对你和世界的意义。

## 以逝者为写作对象

问：我想写我的祖母，也想写写家族里的其他人。我想遵照你的建议，用场景串联故事。但是，我想写的大部分人已经不在人世了。我该怎么做？这是在编故事吗？

答：我希望你没有编故事，你不需要编故事。你是在**再现**故事，而不是编造故事，这样读者会理解你，允许你更自由地写作。

**26**

# 再现还是"重构"故事

创意非虚构作家在再现环境、事件和记忆时可以有一些改动的自由,这是不争的事实,正如一个朋友讲故事给另一个朋友听时,也没办法完全还原故事的本来面目。这对于创作引人入胜的故事来说至关重要。唯一需要注意的是,作家必须尽可能还原人物的灵魂,以及实际的情况。

《安吉拉的灰烬》这个故事感染力极强,很有电影的感觉。弗兰克·麦考特描述了他在爱尔兰备尝艰辛的成长经历,他从记忆中再现家人的生活。他没有几十年前的谈话录音,也没有他们开展活动的录像。因为他的笔触真实,他笔下可以查证的细节准确无误,所以读者允许他依照自己的记忆来描绘文字。况且麦考特写的是回忆录。比起再现他人的生活,再现并设想自己的生活要容易得多。作者可以显得更可信,特别是在见证人都已离世的情况下。然而，像戴维·麦卡洛（David McCullough）这样再现他人生活的叙事历史学家，要把历史变为纪实性的非虚构戏剧，必须小心谨慎、坚持不懈，通过调查研究证明自己。

下文摘自麦卡洛的《修建布鲁克林大桥的史诗故事》（*The Epic Story of the Building of the Brooklyn Bridge*, 2001）一书，叙述了60岁的布鲁克林大桥首席机械师E. F. 法林顿（E. F. Farrington）在150多年前测试钢索桥第一段电缆的故事。

> 下面传来大吼声，前面的塔楼顶上，人们挥舞着帽子和手帕。突然间，法林顿飞荡过锚地和塔楼之间的屋顶，挣脱胸前的绳索，站在了座位上。他先是用一只手抓着绳索，然后用另一只手举起帽子回应持续不断的喝彩。接着他又坐了下来。人们在他脚下的街道上奔跑，边跑边欢呼。他挥挥手，向他们飞吻。他一直行进得很平稳，由于在钢索的下垂段，他的路线起初几乎是水平的，就像一只大鸟在飞行。他的薄外套被吹开，在风中飘动。接着他经过了下垂部分，几乎笔直地陡然向上攀升，外套不停地摆动，慢慢地卷曲起来。他的身躯看上去很小、弱不禁风，像鸟一样，紧贴着花岗岩塔楼。

> 街上和屋顶上响起了热烈的欢呼声，紧接着河对岸也鸣响了礼炮。他从锚地到塔楼一共花了3分45秒。

麦卡洛必须借助现有的文件来创作故事，但是丽贝卡·思科鲁特在《永生的海拉》(2010)一书中,能够把现有的文件资料与对亲友的个人访谈结合起来,重构海瑞塔·拉克斯的生活。拉克斯1951年死于癌症,但她的细胞在约翰斯·霍普金斯医院的实验室里迅速繁殖并存活了下来,这是首例可以永生的人体细胞,在实验室培育的其他细胞很快死掉了。

以拉克斯的名Henrietta和姓Lacks的前两个字母命名的海拉(HeLa)细胞,随后在世界各地的研究实验室得到应用。拉克斯是非裔美国人,去世时31岁,生了5个孩子,在医院的"有色人种"病房接受了可怕的放射治疗,完全不知道有人培育自己的细胞用于研究项目。

思科鲁特创造性地将现有的研究与最新的访谈结合起来,完美地展现了当在世的见证人很少,文献资料又稀缺时,作家在再现故事和人物时的聪明才智。1950年,没人知道海瑞塔会永生,没人留心她。下面这段摘自《永生的海拉》,最初发表在《奥普拉》(O)杂志上,该杂志还对读者做了这样的说明介绍。

1951年,海瑞塔·拉克斯被诊断为癌症时,医生提取了她的细胞并放入试管培养。得益于这些细胞,人们在攻克帕金森症、小儿麻痹症等疑难杂症上实现了突破。但是如今,海瑞塔的名字已经无人知晓。在《永生的海拉》一书的一段摘录里,丽贝卡·思科鲁特讲述了她的故事。

1951年,作为获得自由的黑奴的后裔,30岁的海瑞塔·拉克斯被诊断患了奇怪的恶性宫颈癌，她的医生从没见过这种癌症。未告知她本人，也未得到她的许可，医生从她身上采集了一小块组织样本。科学家将样本放进了试管里，尽管海瑞塔在8个月后去世，她的细胞，也就是广为人知的海拉细胞，到今天仍然存活着。海拉细胞成为有史以来人工培养的第一个永生的人类细胞系，也是医学研究中最重要的工具之一：海拉细胞的研究对于研发小儿麻痹症疫苗，治疗疱疹、白血病、流感、血友病和帕金森的药物至关重要。海拉细胞帮助揭开了癌症和核辐射如何影响人类的奥秘，推动了克隆技术、体外受精和基因图谱等领域取得重大进展。仅2001年以来，就有5项基于海拉细胞的研究成果获得了诺贝尔奖。

今天，我们无从得知究竟有多少个海瑞塔的细胞存活于世。有位科学家推算，如果把迄今为止培养出的海拉细胞堆在一起，它们将重达5000万吨，比100幢帝国大厦还重。

如今，海瑞塔去世近60年了，长眠于弗吉尼亚州克洛弗的无名冢下，但她的细胞仍在全世界的实验室广泛使用，交易额达到数十亿美元。这些细胞创造了科学奇迹，也促进了生物伦理学的诞生，揭开了用非裔美国人做实验的苦难历史，但海瑞塔却几乎被遗忘了。

下文摘自《永生的海拉》：

1951年1月29日，戴维·拉克斯坐在旧别克轿车的方向盘后面，车窗外，雨渐渐沥沥。他把车停在了约翰斯·霍普金斯医院外一棵高耸的橡树下面，车里坐着他的3个孩子，其中两个还穿着尿片，他们一起等待孩子们的母亲海瑞塔。几分钟前，她跳下车，把外套罩到头上，急匆匆地走进医院，走过为她这样的人专设的唯一"有色人种专用"洗手间。旁边的大楼里，一座10.5英尺高的耶稣大理石雕像矗立在精美的铜制穹顶下，面向霍普金斯医院的旧大门，张开双臂迎接来访者。海瑞塔一家人来霍普金斯医院看病时，都要先来拜访这座耶稣雕像，把带来的花放在他脚下，祈祷一番，摸摸雕像的大脚趾祈求好运。但那天海瑞塔没有停下来。

她径直走进妇科门诊候诊室，候诊室很大，空荡荡的，只有一排排直背长凳，看起来像教堂的长椅。

"我子宫里长了个肿块，"她告诉接待员，"需要医生看一下。"

过去一年多来，海瑞塔总跟闺密们说她感觉不太对劲。有天晚上，吃过晚餐后，她坐在床上，表亲玛格丽特和萨迪在她旁边，她告诉她们："我体内长了个肿块。"

"长了个什么？"萨迪问道。

"肿块，"她说，"我丈夫想要和我做爱时，就非常疼,上帝啊,简直疼死了。"

做爱时感到疼,一开始她以为跟她几个星期前生了德博拉有关系,也可能是戴维跟其他女人乱搞带回来的性病,医生会用青霉素和重金属来治疗这种病。

在告诉她的表亲她觉得不太对劲的一个星期后,海瑞塔发现自己怀上了第五个孩子约瑟夫,这时她29岁。萨迪和玛格丽特告诉海瑞塔,她感到疼可能是因为怀孕。但海瑞塔不这么认为。

"怀孕前就疼,"她说,"是别的原因。"

她们不再谈起那个肿块,没人跟海瑞塔的丈夫提及这件事。约瑟夫出生4个半月后,有次海瑞塔去卫生间,发现内裤上血迹斑斑,那会儿她并不在月经期。

她在浴缸里放满温水,躺了进去,慢慢张开双腿。她关上了浴室门,她的孩子、丈夫和表亲在外面,海瑞塔将一根手指伸进体内,在宫颈壁摸索,她觉得自己会发现点儿什么:深处有个坚硬的肿块,就像有人在子宫左侧开口嵌进了一颗小指大小的弹珠。

海瑞塔从浴缸里爬出来,擦干身体,穿上衣服。她告诉丈夫:"你最好带我去看医生。我没来月经,但是在流血。"

当地医生在她身体里看到了那个肿块,诊断为梅毒引发的疼痛。可是对肿块进行检测后,梅毒的指标呈阴性,于是他让海瑞塔去约翰斯·霍普金斯医院的妇科门诊看一下。

霍普金斯医院的公共病房里挤满了病人，大部分是付不起医药费的黑人。戴维载着海瑞塔开了20多英里才到达霍普金斯医院，他们大费周章来这里，并不是由于特别信赖这家医院，而是因为这是附近唯一收治黑人的大医院。那是处在种族隔离的时代，如果黑人出现在只收治白人的医院，工作人员会把他们赶走，即便他们出门就会死在停车场里。

轮到海瑞塔了，护士领她穿过一道门到达一间有色人种专用的检查室，那里有一长排检查室，彼此用透明玻璃隔开，方便护士看清楚每个房间的状况。海瑞塔脱掉衣服，套上浆硬的白色病号服，在木质检查桌上躺了下来，等待当值妇科医生霍华德·琼斯（Howard Jones）。琼斯走进检查室时，海瑞塔描述了肿块的情况。给她做检查之前，他翻阅了她的病历：

由于咽喉炎反复发作和鼻中隔偏曲，患者自幼有呼吸问题。医生建议手术治疗，患者拒绝了。患者有颗牙齿痛了近5年。唯一导致焦虑的因素是患有癫痫并丧失话语能力的大女儿。家庭美满。营养均衡，乐于合作。近两次怀孕中，出现原因不明的阴道出血及尿血；医生建议做镰状细胞检测，患者拒绝了。14岁跟丈夫在一起，不喜欢性行为。患者患有无症状神经梅毒，但自称感觉良好，取消了梅毒治疗。不久前生下第五个孩子，本次来访前两个月,患者出现严重血尿。测试表明宫颈区域细胞活性增加。医生建议进一步诊断,转诊看专家以确定是否为感染或癌症。患者取消了预约。

她屡次爽约不做后续治疗并不让人吃惊。在海瑞塔看来,走进霍普金斯医院就像来到言语不通的陌生国家。她懂得收割烟草和杀猪,但从没听过"宫颈""活组织检查"这些词语。她不怎么看书写字,在学校没上过科学课。像大多数黑人患者一样,除非万不得已,不然她不会来霍普金斯医院。

海瑞塔重新在桌子上躺好,盯着天花板,双脚用力踩住脚镫。琼斯果然在她说的地方发现了一个肿块。如果她的宫颈是个钟面,肿块就在4点钟方向。他见过1000多例宫颈癌病灶,但从没见过这种情况:紫色的,有光泽(他后来写道,像"葡萄果冻"),十分脆弱,一碰就出血。琼斯取下了一小块样本,送到大厅尽头的病理实验室进行诊断。然后他让海瑞塔回家了。

霍华德·琼斯很快记录下海瑞塔的诊断结果:"耐人寻味的是,她1950年9月19日在这家医院足月分娩,"他说,"那时没发现宫颈有问题,6个星期后的复查也没有记录任何异常。"

然而,3个月后,她又来到了这里,体内有一块发育完全的肿瘤。要么是上次检查时她的医生没有注意到,这似乎不可能,要么是肿瘤以惊人的速度生长了起来。

1920年8月1日，海瑞塔·拉克斯生于弗吉尼亚州的罗阿诺克，出生时名为洛蕾塔·普莱曾特（Loretta Pleasant），没人知道她为何改名叫海瑞塔。一位名叫范妮的产婆在一条道路尽头的小棚屋里把她接生了出来，从那间棚屋可以看到火车站，每天有数百辆货运火车来来往往。海瑞塔和父母及8个哥哥姐姐住在一起，直到1924年，她母亲伊丽莎·拉克斯·普莱曾特（Eliza Lacks Pleasant）在生第十个孩子的时候去世了。

海瑞塔的父亲约翰尼·普莱曾特（Johnny Pleasant）身材矮胖，每天挂着拐杖一瘸一拐地到处晃悠，还常常拿拐杖打人。约翰尼没有耐心养孩子，伊丽莎死后，他把孩子们都带回了弗吉尼亚州的克洛弗，他们的祖先以前在这片土地上给白人当奴隶，如今他的家人在这里种植烟草。在克洛弗老家，也没人养得了10个孩子，于是孩子们分散到不同的亲戚家，一个孩子跟这个叔叔，一个跟那个姑妈，收留海瑞塔的是她的外祖父汤米·拉克斯（Tommy Lacks）。

汤米住在一栋称为"家屋"的小木屋里，以前是奴隶宿舍，有4个房间，铺着木地板，挂着煤气灯。海瑞塔要走长长的山路，去小溪里打水。家屋坐落在山腰上，风透过墙上的洞口灌进来。屋子里非常冷，家族里有人去世时，他们把尸体放在前面的门厅好几天，供人们吊唁，再把逝者埋在后面的坟地。

海瑞塔的外祖父已经收留一个外孙了，那是他的另一个女儿所生，她在家屋的地板上生下来就将孩子扔给了他。那个男孩名叫戴维·拉克斯，但大家都叫他戴，因为在当地慢吞吞的乡下口音中，"房子"听起来像"烦子"，"戴维"听起来像"戴"。没人猜得到海瑞塔此后会跟戴过一辈子，两人先是作为表兄妹在外祖父的家里一起长大，后来成了夫妻。

跟家族里大部分年轻人一样，戴没能完成学业。烟草种植园需要帮手，他只上到了四年级，海瑞塔则读到了六年级。上学的日子，海瑞塔每天早上料理完菜园照顾好牲畜后，再走两英里的路去专为有色人种开办的学校。路上会经过白人学校，那里的孩子朝她扔石头，嘲笑她。她的学校是有3个房间的木头农舍，掩映在高大的树荫下。

日暮时分，拉克斯家的孩子们用旧鞋子生起篝火驱蚊，在大橡树下面仰望星空，他们还在树上系了根绳子荡秋千。他们玩捉迷藏，玩跳房子游戏，在田野上跳舞唱歌，直到外祖父汤米喊他们去睡觉。

从海瑞塔4岁，戴9岁时，他们就共用一个卧室，后来发生的事情也就不足为奇了。他们有了孩子。海瑞塔刚满14岁就生下了他们的第一个儿子劳伦斯（Lawrence）；4年后，家里又增添了他的妹妹露西尔·埃尔茜·普莱曾特（Lucile Elsie Pleasant）。兄妹俩像他们的父亲、祖父母一样，都是在家屋地板上出生的。刚开始的几年，人们不会把露西尔跟"癫痫""智力发育迟缓"或"神经梅毒"联系起来。对于克洛弗的人们来说，她只是头脑简单，有些疯癫。

1941年4月10日，海瑞塔和戴在他们牧师的家里举行了婚礼，没有亲朋好友观礼。那时海瑞塔20岁，戴25岁。由于有太多活要干，也没有钱出去旅行，他们没有度蜜月。如果他们每季度能够幸运售出足够的烟草，就可以养活一家人，并开始新一轮的种植。因此，完婚之后，两人直接回到地里，戴继续握起旧木犁四分五裂的把手，海瑞塔紧跟其后，推着自制的手推车，将烟草幼苗放入刚翻好的红土地里。

几个月后，戴北上去了巴尔的摩外的黑人小社区特纳车站，在那里的造船厂找了份工作。在戴挣到钱够买房子和3张去北方的车票之前，海瑞塔留在家里照顾孩子，种植烟草。很快，海瑞塔一手牵着一个孩子，从克洛弗大街尽头的木制小火车站登上了蒸汽火车。她离开了写满青春记忆的烟草地，离开了替她遮挡午后似火骄阳的百年橡树。在21岁的年纪，她第一次透过火车车窗凝视着连绵起伏的山脉和烟波浩渺的水面，奔向新的生活。

从霍普金斯医院回来后，海瑞塔的生活一如往常，每天料理丈夫和孩子们的生活，打扫卫生，煮食烹饪。

还要照料很多堂表兄弟姐妹。几天后，琼斯医生从病理实验室拿到了海瑞塔的活组织检查结果："子宫颈鳞状细胞癌，1期。"也就是宫颈癌。

宫颈癌分为两类：一种是癌细胞已经穿透宫颈表面的浸润癌，另一种是癌细胞没有穿透宫颈表面的非浸润癌。非浸润型宫颈癌有时叫作"糖衣癌"，因为癌细胞会在宫颈表面均匀地长成光滑的一层，但专业说法是子宫颈原位癌，源自拉丁语，意思是"发生在原位的癌症"。

1951年，该领域的大部分医生认为浸入型宫颈癌是致命的，而原位宫颈癌则不是，他们几乎不治疗原位宫颈癌。但是霍普金斯医院妇科主任、美国顶级的宫颈癌专家理查德·韦斯利·特林德（Richard Wesley TeLinde）持不同看法，他认为原位宫颈癌只是浸入性宫颈癌的早期阶段，如果放任不管，也会发展为致命癌症。因此他治疗原位宫颈癌也比较激进，常常切除宫颈和大段阴道，甚至摘除子宫。他认为这样做可以大幅度降低宫颈癌的致死率，但是批评者指责这种做法太过极端，没有必要。

特林德认为如果他可以分别培养正常宫颈组织和两种癌变组织的活体样本，他就能比较这3种细胞。以前从未有人做过这样的事情。如果他能够证明原位宫颈癌与浸入性宫颈癌的细胞在实验室中的观察和表现相似,他就可以结束这场争论,证明他一直是对的,忽视他意见的医生是罔顾病人死活。于是他打电话给了约翰斯·霍普金斯医院组织培养研究的负责人乔治·盖伊(George Gey)。

过去30年来,盖伊和他的夫人玛格丽特(Margaret)一直致力于在体外培养癌细胞,希望借此找到癌症的原因和治疗方法。但是大多数细胞很快死去,少数活下来的细胞根本不分裂。盖伊夫妇打定主意要培养出第一株永生的人类细胞,也就是从一个原始样本不断分裂的细胞系,能够不断更新从而永生的细胞。他们不在意用哪种组织,只要取自人体就可以。

特林德提出给盖伊提供宫颈癌组织,让他培养一些细胞时,盖伊毫不迟疑地答应了。从此,特林德从霍普金斯医院的宫颈癌患者身上采集样本,患者中包括海瑞塔。

1951年2月5号,琼斯医生从实验室拿到海瑞塔的活检报告后,给她打了电话,告诉她那个肿块是恶性的。海瑞塔没有将这件事告诉任何人,也没人问起。她继续过她的生活,好像什么也没有发生。这就是她的行事风格,对于自己可以处理的事情,没必要让别人忧心。

第二天早上,他们又去霍普金斯医院,海瑞塔从别克车下来,告诉戴和孩子们不用担心。

"不是严重的问题,"她说,"医生会治好我的。"

海瑞塔直接去了接待处,告诉接待员她来治疗,然后她签了"手术同意书",上面是这么写的:

本人同意约翰斯·霍普金斯医院的医护人员对我实施任何手术,并允许他们在正当的手术和治疗过程中对我实施必要的局部或全身麻醉。

海瑞塔在空白的地方签了名。一个见证人在文件底部签了名,不过字迹不清,海瑞塔也在旁边签了个名。

接着她跟随护士穿过长长的走廊来到有色女性病房,在那里霍华德·琼斯和另外几位白人医生给她做了很多检查,比她这辈子做的所有检查还多。他们检查了她的尿液、血液和肺。他们还在她的膀胱和鼻子里插了管子。

海瑞塔患的是浸入型癌症,跟全美的医院一样,霍普金斯医院用镭来治疗浸入型宫颈癌,镭是闪烁着幽幽蓝光的银白色放射性金属。海瑞塔进行首次治疗的那天早上,一个出租车司机从镇子另一边的诊所取来药袋,里面装满了装有镭的薄玻璃管。这些玻璃管被塞进小帆布袋内的一个个单独的槽里,就是巴尔的摩本地妇女手工缝制的那种小帆布袋。一个护士把这些小袋子放在不锈钢盘子上。另一个护士把海瑞塔推进了有色人种专用小手术室,房间里摆着几张不锈钢桌子,开着耀眼的大灯，医护人员全是白人，穿着白大褂，戴着白帽子、口罩和手套。

海瑞塔毫无意识地躺在房间中央的手术台上，双脚踩在脚镫里，主刀医生小劳伦斯·沃尔顿（Lawrence Wharton Jr.）坐在海瑞塔张开的双腿之间的凳子上，撑开她的子宫颈，仔细查看里面，准备处理肿块。但在做手术之前，沃尔顿先拿起锋利的手术刀，从海瑞塔的子宫颈切下了两块硬币大小的组织，一块来自她的病变肿块，一块来自旁边的健康宫颈组织，他把两块样本放在玻璃器皿里。没人告诉过海瑞塔，特林德在收集样本，也没人问过她是否想要捐赠细胞。

沃尔顿将一管镭塞入海瑞塔的子宫颈，缝好后又将一个装满镭的小袋子缝在她子宫颈外表面，对面又塞进一个。他把几卷纱布放入她的阴道来固定镭管，然后接了个导尿管到她的膀胱上，这样她小便的时候就不会影响治疗了。

沃尔顿做完手术后，护士把海瑞塔推回病房。一位住院医师一如往常，把样本送到盖伊的实验室。盖伊每次拿到样本都很兴奋，不过实验室其他人已经见怪不怪，觉得海瑞塔的样本没什么特别的。多年来，科学家和实验室技术人员尝试过培养无数样本，均以失败告终。他们觉得海瑞塔的样本也会是一样的命运。

盖伊21岁的助手玛丽·库比切克（Mary Kubicek）正

坐在长长的石头培养台边吃金枪鱼沙拉三明治,这张桌子也当作休息台用。她、玛格丽特和盖伊实验室的其他女实验员在这里度过了很多时光,她们都戴着几乎同样的粗黑镜框的猫眼眼镜,镜片很厚,头发绾成紧紧的圆髻。

盖伊告诉玛丽:"我把新样本放进你的隔间了。"

她假装没有听见。"又来了。"她边吃三明治边想。玛丽知道不能等,这些细胞在器皿里待的时间越长,就越容易死掉。但它们总会死的。"干吗要费那个劲呢?"她想。

那时,要成功培育细胞困难重重。首先,没人知道需要什么样的养料才能让细胞活下来,也没人知道如何供应养料效果最好。但是,细胞培养的最大问题是污染。细菌和其他微生物会经由没洗干净的手、人的呼吸和空中飘浮的灰尘进入培养物,毁掉细胞。玛格丽特·盖伊曾是外科护士,无菌操作是她的专长,这是防止手术室病人产生致命感染的关键。

玛格丽特交叉双臂在实验室巡视,凑到技术员的肩后看他们工作,检查玻璃器皿有无污迹。玛丽一丝不苟地遵循玛格丽特的无菌规章,免得受到批评。完成这些步骤后,她才拿起海瑞塔的子宫颈组织样本,一手拿镊子,一手拿解剖刀,仔细地把它们切成一毫米的方块。她用吸量管吸起每个小方块,逐个放到几十个底部铺了鸡血凝块的试管里。她给每个试管滴入几滴营养液,用橡胶塞塞住管口,并在每个试管的侧面用黑色大字写上代表"海瑞塔"和"拉克斯"的"海拉",再把它们放进恒温器里。

随后几天,玛丽每天早上开始一天的工作之前,照例先执行无菌操作。她凝视所有的培养试管,自我嘲笑道:"什么也没有发生。"这时她看见每个试管底部的血块周围出现了一圈圈像煎蛋蛋白的东西。"真让人惊讶呀。"细胞在生长,但玛丽没想太多,之前也有其他细胞在实验室活了一阵子。

但海瑞塔的细胞不仅仅存活了下来,它们的长势惊人。到第二天早上,它们翻了一倍。玛丽把每个试管里的细胞分成两半,给它们生长空间,很快她把细胞分成4个试管,然后6个试管。玛丽给海瑞塔的细胞多少空间,它们就把多少空间填满。

不过,盖伊觉得还不到庆祝的时候,他对玛丽说:"这些细胞随时可能死去。"可是它们没有。这些细胞不停地生长,没人见过这种架势,每24小时增长一倍,很快达到数百万。"像杂草一样蔓延!"玛格丽特说。只要有营养,环境足够暖和,海瑞塔的癌细胞似乎可以无穷无尽地生长下去。

不久后,乔治告诉几个亲近的同事,说他的实验室可能培养出了第一种永生的人类细胞。

同事们听了问道，能给我一些吗？乔治同意了。

乔治·盖伊将海瑞塔的细胞寄给所有想要拿它们做癌症研究的科学家。海拉细胞被装在鞍袋里，由骡子驮进智利的山区，或被装在研究员的上衣兜里，送到得克萨斯州、阿姆斯特丹（Amsterdam）、印度和其他许多地方，在那里的实验室里生长。塔斯基吉研究所建立了工厂，大规模生产海瑞塔的细胞，每周运送两万管海拉细胞，也就是大约6万亿个细胞。很快，一个价值数十亿美元的销售人体生物材料的产业诞生了

有了海拉细胞，研究者可以做那些没法在活人身上进行的实验。科学家将海拉细胞暴露于毒素、放射物和传染物之下。他们用各种药物不断轰击海拉细胞，希望找到可以不用毁掉正常细胞又可以杀死恶性细胞的灵药。他们把海拉细胞注射到具有免疫缺陷的大鼠身上，让它们长出与海瑞塔类似的恶性肿瘤，研究免疫抑制和癌细胞生长。如果细胞在这个过程中死亡也没有关系，科学家可以再取回一些海拉细胞，重新开始，因为海拉细胞在不停繁殖。

这些细胞在海瑞塔体内跟在实验室一样迅猛生长：诊断为癌症之后几个月，肿瘤已经侵入了海瑞塔身体内几乎所有器官。1951年10月4日，海瑞塔去世，留下了5个孩子。她的细胞在全球的实验室里生长，但她对此一无所知。

25年后，约翰斯·霍普金斯医院的研究人员想要研究海瑞塔的家人，以便更多地了解海拉细胞。研究人员找到海瑞塔的丈夫和孩子，这时他们才知道这些细胞的事情。

海瑞塔的孩子知道了海拉细胞后，心里有很多疑问：科学家是否杀害了他们的母亲来获取她的细胞？是不是有跟母亲长得很像的人在世界各地的街道上走来走去？如果海瑞塔对医学贡献巨大，为什么他们看不起病？今天，在巴尔的摩，她的家人仍然在背叛和恐惧的情绪中挣扎，但也感到骄傲。她的女儿德博拉曾对着一小瓶她母亲的细胞低声说："你很有名，只是没人知道。"

## 《永生的海拉》的创作历程

丽贝卡·思科鲁特采访了了解海瑞塔和戴维·拉克斯的健在家庭成员，整合了海瑞塔分享给玛格丽特和萨迪的故事。但是，正是第一段话中的细节，第一个场景，让这个故事栩栩如生。思科鲁特依据海瑞塔的病历，确定了海瑞塔·拉克斯在第五个孩子出生后，去约翰斯·霍普金斯医院就诊的日期，证实了萨迪和玛格丽特讲述的海瑞塔在浴缸里发现肿块的故事。她采访了海瑞塔的丈夫，他记得当时在下雨，他把车停在一棵古树下面。她还采访了海瑞塔的医生和护士，他们记得候诊室的样子以及海瑞塔的入院过程，这些奠定了重要的场景细节的基础。接着思科鲁特研究相关文档,证实了这些故事,充实了故事内容。她查看气象局资料,证实当天确实下雨了。她利用档案照片,核实了房间状况,获得了更多具象资料。她找到了一张照片,确认了戴维当时停车的地方外面有一棵树。她把照片发给植物学家,确定那是一棵橡树。

思科鲁特痴迷于研究。像杜鲁门·卡波特一样,她追踪并采访能对当时和现在的拉克斯家族发表意见的任何人。她翻遍了医院的各个角落,寻找旧病历,尽可能准确生动地勾勒出拉克斯一家与霍普金斯医院医护人员之间的对话。她还再现了海瑞塔所处的种族隔离时代氛围。

慢工出细活,思科鲁特并不急于出版这本书,而是从头到尾精心建构雕琢每个场景,让场景真实生动,跃然纸上。《永生的海拉》已经占据美国和很多其他国家的畅销书排行榜两年多时间。思科鲁特远非一夜成名,写作这本书她前后花了13年时间。

## 《纽约时报》令人震惊的真相

自从2000年《纽约时报》头版刊登《共同的祈祷,复杂的心情》以来,我就一直在研讨会和课堂上讨论这篇文章开篇的场景。这个场景完美展示了非虚构作家可以怎样运用小说家使用的所有文学技巧。在这个场景中,萨克把对话、概要和活灵活现的描写结合起来,让读者融入有情节、悬疑和强大角色的故事中。这个场景还推出了萨克要描绘的主要人物,同时凸显了故事的精髓或焦点。

最近，我联系了萨克，告诉他我非常喜欢这个故事，对那个场景尤为印象深刻，想采访他，了解他是怎么写出来的。多年来，我一直信誓旦旦地对学生说，萨克在那个教堂待了很长时间，非常熟悉故事里的人物，霍华德·皮尤和罗伊·登森起冲突的那天，他就在现场，准备好如实写下发生的一切，就像辛纳屈与哈兰·埃利森发生**口角**时，盖伊·塔利斯就在旁边观察一样。

"这就是为什么你们要进行沉浸式写作，"我告诉学生，"你们经常出没那些地方，等待着，迟早会有事情发生，到时你们已经准备好写下一切。"

我跟凯文·萨克的谈话并没有改变我对沉浸的看法，我仍然认为亲临现场并花时间跟写作对象相处是非常重要的，但是令我吃惊的是，萨克透露了一个连他的编辑都不知道的细节，直到我告诉他。

不过首先，跟我想的一样，萨克全身心地沉浸了进去：他告诉我，这个故事从构思到发表花了一年时间。同时期他也在写其他故事，但他的重心放在了这个故事上。"我住在那里，每周三晚的礼拜和每周日的早晚礼拜，以及礼拜前的主日学校，我都在场。一周的其他时间，我做大量采访，有时在教堂，有时在人们家里；我参加唱诗班的排练，我参加社交活动，周日礼拜后我去人们家里吃午餐、静修、烧烤。"

那么萨克什么时候在教堂看到罗伊·登森和霍华德·皮尤起冲突的呢？

他并没有看到。

萨克一开始做调查时在教堂里碰到了霍华德·皮尤。"他是领座员,他对领人入座的兴趣比对做礼拜要大得多,于是我们坐在大厅里聊天,最后他带我在教堂里逛了一圈,他可能是在那时候跟我讲了罗伊·登森的故事,这令人振奋。如果我在第一天就听到这样的故事,那我将对第六个月得到的故事满怀希望。"

"所以你并没有亲眼见证这件事?"我问道。老实说,我很惊讶。我在自己的书和文章里再现了数百个场景,我敢肯定很多作家也在自己的书和发表在《时尚先生》或《纽约客》等杂志上的文章里再现了不少故事。但是《纽约时报》这样操作,不知何故,让人难以置信。

"我没有亲眼看到,"萨克说,"我重构了这件事。"萨克重新采访了故事中的人,他们确认了内部视角,即读者接收到的信息和情感,就像登森和其他人那样感知到了情况。登森"没有对我的人物塑造提出异议",萨克说。

我的惊讶让萨克感到惊奇。

"我只是没想到《纽约时报》也允许再现事件。"我说,我应该注意到萨克说的是"重构"。

"我很好奇你的编辑怎么看?"我问道。

"我们一直都这么做,"萨克打断了我,"我们当然不能局限于只是写我们亲眼所见的事情。75%的报道是对我们没有亲眼看到的事情的重构。"

"编辑不觉得有问题吗?"

"没有。"

我明白很多新闻报道和非虚构写作都是重构或再现的，但这个场景描写得活灵活现，我一直以为萨克在场。

萨克说有多位编辑参与了"美国的少数族裔"的系列报道，该系列共有5篇文章，他的文章只是其中一篇。但他主要跟文字编辑保罗·菲什莱德（Paul Fishleder）合作。

我联系上了菲什莱德，我们坦诚友好地谈了谈。菲什莱德承认，《纽约时报》刊登的长篇故事较少，在这方面做得不如对非虚构故事更有经验的杂志。我注意到《纽约时报》报纸和杂志上的长篇故事，无论是少数族裔系列还是一般文章，都倾向于以激烈的场景和故事开头，就像萨克的这篇文章，但很快就没什么故事了，就像在《共同的祈祷，复杂的心情》里一样。有皮尤和登森的第一个场景可能是文章中唯一的完整场景。之后有一些不完全场景，但再没有完整的场景。

我问菲什莱德是否记得这个故事，他说就在我打电话约他前，他读了这个故事。我告诉他第一个场景中，罗伊·登森和霍华德·皮尤起冲突这件事是作者重构的，他怎么看？

起初他惊讶得无言以对，起码有5分钟简直说不出话，语无伦次。

过了一会儿，他说他记不太清楚这个故事的所有细节了，那是很久前刊登的。这是事实。

萨克再现或"重构"了这个故事，并没有影响故事的张力和效果。它生动地表明了展示和讲述之间的区别。

## 27

# 故事线和诱饵

场景越激烈，越快让读者融入进来，作家就越成功。因此作家在写作场景时，要尽快把读者推入白热化的情节中。情节优先于地点和人物。

劳伦·斯莱特在《三个维度》的大部分场景中做到了这一点，丽贝卡·思科鲁特在《永生的海拉》中也是如此。每个场景的开头都没有给读者提供什么信息，只有对场景来说必要的信息。背景知识嵌在后文中。

正如电影圈人士所说，背景是幕后故事，而不是前景故事。

问：但在开始场景之前，我不必告诉读者我在谈论谁，我们所处的位置，我们怎么发展到这一步的？

答：当然。毫无疑问。正如我所说，故事是人物和地点存在的原因。故事介绍了相关细节并提供背景。讲故事就好了。你不必马上指明一切,只要读者能够理解场景就行了。

下面是一个场景的例子,这个场景用故事吸引读者,几乎同时包含了地点和人物,细节恰到好处,来自珍妮特·沃尔斯2005年的畅销回忆录《玻璃城堡》。

我坐在出租车里,思忖着今晚自己是否穿得太讲究了,透过车窗,我突然看见妈妈在垃圾桶里翻找东西。天刚刚黑。3月里呼啸的狂风把下水道检修孔里冒出的蒸汽吹得左右摇晃,人行道上人们行色匆匆,纷纷竖起衣领。我要参加派对的地方离我只有两个街区了,可我的车被堵在这里不能动弹。

妈妈离我不到15英尺远。她肩上围了件旧衣服来抵御春天的寒气,她在垃圾箱里翻找着,她那只黑白小猎犬在她脚边玩耍。妈妈的姿势我很熟悉,歪着头,伸出下唇,端详着从垃圾箱里淘出的东西是否有价值,发现喜欢的东西时张大双眼,像孩子一样欢喜。她的长发有些灰白,乱蓬蓬地缠结在一起,眼睛深陷进眼窝里,但她仍然让我想起我小时候她的样子,从悬崖上燕式跳水,在沙漠里作画,大声朗读莎士比亚。她的颧骨仍然高而结实,但由于这些年日晒雨淋,皮肤干枯发红。对于路人来说,她跟纽约成千上万无家可归的人没有区别。

　　我好几个月没有见到妈妈了,她抬起头来时,我惶恐不安,担心她看到我并叫出我的名字,也担心去同一场派对的路人看到我们在一起,妈妈会自我介绍,我的秘密就会泄露无遗。

这个场景扣人心弦,很有感染力。用故事引导,但又告诉你足够的人物信息,让读者融入故事中,想要了解更多的背景知识。在这3段话中,作者提供了一些背景知识。我们知道多年前"我小时候",叙述者和妈妈的情形。我们对于那时的妈妈有简单但生动的了解,与她现在的状况形成对比。这就够了,此时我们只需要这么多。

这里还有一个故事线场景的例子,来自切斯特·A. 菲利普斯(Chester A. Phillips)的《扑过来的狮子》(*Charging Lions*),这是他硕士学位论文中的一段,结合了回忆录、伦理学和科学知识。这篇文章作为最佳动物主题类创意非虚构论文获得了2011年创意非虚构编辑奖。

　　"快醒醒,"黛比叫道,"我想那头狮子抓住了公爵夫人的牛犊!"

　　我迅速从床上坐起来,一时间有点儿昏昏沉沉。在温暖的夜晚,我们开着窗户睡觉,我听见刺耳的尖叫声,正是公爵夫人的独特叫声,跟它母亲一样。如果多年来你每天都在跟某个人或动物打交道，你就会明白这些事情：声调的差异；性情平静、易激动还是好斗；是否喜欢冒险；有多少母性本能；聪明还是狡诈；走远路的意愿……从畜栏里，传来一声声的响亮吼叫，声音里充满忧虑，那是绝望母亲痛苦的呼喊。

沃尔斯和菲利普斯的两个例子是回忆录。读一读丽贝卡·思科鲁特的沉浸式文章《给尼莫做手术》的第一个场景，全文转载如下，并标注了下划线。请注意这篇文章中的场景和信息部分比其他例子中的场景和信息部分要长。它们仍然行之有效吗？

## 给尼莫做手术

海伦·罗伯茨（Helen Roberts）医生正要做这个快进快出的普通手术，切开第一刀，突然愣住了。"邦妮，"她说着，转向麻醉师，"它还有呼吸吗？我感觉它没有呼吸。"罗伯茨环视了一下房间。"把多普勒检测仪拿过来，"她告诉另一位助手，"我想听听它的心跳。邦妮，它怎么样了？"邦妮把紫色眼镜往上推了推，靠在手术台上，把脸凑到它跟前，观察是否有呼吸的迹象：没有。"它沉睡得太深了，"罗伯茨说，"注入30毫升的淡水。"邦妮拿起一个装满池水的旧塑料罐，往麻醉机里倒了两口水。几秒钟后，多普勒仪传来了微弱的心率声。邦妮不太满意："鳃部动了，但就动了几下。"这时多普勒仪没有声音了，她伸手去拿水罐。"等等，"罗伯茨说，"鳍动了，该死，它醒过来了，注射了30毫升的麻醉剂呢。"罗伯茨叹了口气。"它屏住了呼吸，"她说着摇了摇头，"鱼比人们想象的聪明得多。"

没错，罗伯茨和博妮塔（邦妮）·伍尔夫正在给一条金鱼做手术。不是人们花费几千美元购买并养在装饰性池塘里的那种观赏型金鱼（虽然她们也给那种鱼做手术），而是在集市购买的一条名叫"金色一号"的金鱼，它之前的主人把它带到了罗伯茨位于布法罗郊外的诊所，说他们没有时间照料这条金鱼，于是罗伯茨收养了它。也就是说，这是一条任何人都可能养过的普通鱼。就像拉克奇，这条锦鲤本身有1.5磅重，却长着2.5磅重的肿瘤；森夏恩，在粗暴的交配中被树枝刺伤；贝塔，患了腹部积水；还有无数金鱼患有浮力失调症，比如永远腹部朝上，背部朝下的贝利·鲍勃，或者游动时总是头向下，尾巴朝上的雷文。这些鱼都动过手术。

10年前，很难找到给鱼看病的兽医，但这已经成为历史，兽医行业正在稳步发展以满足宠物主人的需求。在20世纪初期，兽医主要治疗牲畜。狗和猫如果生病了，不会得到治疗，它们会被射杀。但是，到了50年代中期时,全世界都爱上了牧羊犬任丁丁[1]和神犬莱西[2]。人们开始思考,我不应该射杀我的狗。到了70年代,猫狗可以得到跟人一样的医疗护理。但是给鸟治病?这简直是疯了。宠物店会给出鸟类的护理建议,很多鸟死于药剂。然而到了80年代,鸟类医学有了自己的学术项目、专业协会,至少一份专门介绍防治鸟病的月刊,吸引了不少鸟类爱好者。今天,医生可以为鹦鹉做手术,给猫狗做器官移植,还可以为沙鼠做化疗。但是,如果有人想带鱼去看兽医,人们还是认为他是疯子。至少目前是这样。

"我确信鱼类医学会像80年代的鸟类医学一样为大多数人所接受,"美国兽医协会(American Veterinary Medical Association)科学活动助理指导戴维·斯卡夫(David Scarfe)医生说,"实际上,鱼类医学的发展速度远远超出了我的想象。"根据美国兽医协会的数据,目前有近2000名兽医给鱼看病。鱼医的人数在稳步增长,市场前景看好:美国大约有1390万户家庭养鱼,每年仅在鱼缸、净水器和鱼食等鱼类用品上的花费就共有几十亿美元,这还不包括鱼的护理费用和购买鱼的费用,这些费用可能高达10万美元,有时甚至更高。

---

1 任丁丁,是美国士兵从法国的德国军工厂救下的牧羊犬。这只狗演员在当时很有名气,从1922年开始,领衔主演了10多部电影。
2 《神犬莱西》是1954年首播的美国电视系列剧。

给鱼看病包括基本检查（40美元），化验血样（60美元）、X光透视（55美元），以及更高级的检查：超声波（175美元）和CAT扫描（250美元）。兽医给鱼做"鼻饲"，给鱼灌肠，用钢管和螺丝治疗骨折，切除变形卵，治疗脊柱侧弯，甚至给鱼做整形手术，比如植入玻璃眼和"手术模式改善"，包括鳞片移植、鳞片文身和去除难看的鳞片。

但是，最常见和最令鱼医头痛的是患了浮力失调症的鱼。这种病与鱼鳔有关，这是消化道上的一个器官，容易感染、阻塞或畸形，使鱼丧失调节空气的能力，"浮力失调"，从而以奇怪的姿势上浮或下沉，通常是腹部朝上，背部朝下。治疗这种病鱼，最好通过手术在鱼的腹部塞入一块小石头，使鱼体恢复平衡，这类手术的费用从150美元到1500美元不等，取决于做手术的位置和方法。许多医生首推绿豆疗法，"给生病的金鱼每天喂一颗绿豆，罐装绿豆或煮熟的绿豆皆可，要轻轻碾碎，每天一次，效果较好。"格雷格·卢巴特（Greg Lewbart）医生在《用绿豆治疗浮力失调症》（*Green Peas for Buoyancy Disorders*）一文中写道。卢巴特是一流的鱼医，但连他也不清楚绿豆疗法的治病机理。

我告诉别人我在写有关鱼类医学的文章时，他们的反应几乎一模一样：将病鱼从下水道冲走，再买一条不就行了吗？其实，给鱼治病有好几个理由。首先，有些鱼非常珍贵。"我给几条价值3万美元到5万美元的鱼做过手术。"卢巴特曾告诉我。那是在鱼展上获过大奖的观赏锦鲤，退休之后的主要职责是繁衍生命。"我在日本给一条鱼做过检查，它的主人拒绝了20万美元的报价。"卢巴特说。这就是他所说的大鱼。"人们会花数千美元给鱼治病。"但不是所有锦鲤都是观赏锦鲤，很多人是卢巴特所说的U. P. F.：丑陋的池塘鱼（ugly pond fish）。

另一个原因是，很多人与自己的鱼建立了深厚的感情，一提到把病鱼从下水道冲走就会让他们倒抽一口气，他们坚称自己的鱼通人性，赢得了他们的心。我听说过宙斯的故事，它重达两磅，却能制服家里的猫，在猫拍打水面时，它会咬住猫的爪子，把猫一头拽进鱼缸里。还有寿司，这条"喜欢群居"的锦鲤反复出现细菌感染。还有祖玛，这条"哀怨的锦鲤"曾跃出水面冲向主人戴维·斯马瑟斯，弄断了他的鼻子，他的另一条宠物海鲢绝对不会这么做。海鲢在池塘里跟他偎依在一起，他亲吻它时它扭动身体。闪电击中池塘附近，冲击波殃及海鲢，它的背部断了，戴维花了数千美元试图拯救海鲢，他给海鲢做了X光检查、CAT扫描、脊柱推拿和脊柱手术，还在池塘待了几个星期，在物理治疗期间轻轻地扶住海鲢的尾巴；什么都不管用，谈起海鲢时，他仍然泪流满面。

跟鱼有深厚感情的人不理解把鱼看作商品的人。"他们都不给鱼起名字。"博妮塔·伍尔夫有些震惊地说。新加坡国际鱼展的组织者刚刚宣布了一条收养鱼类的提议，宣称"鱼有生命，也有感情"，如果鱼没有在展会上获奖，"把它们送去收养更人道"，而不是把它们冲进厕所。还有人训练鱼捡球和扣篮。长岛鱼类医院的朱利叶斯·泰珀医生说，"鱼的一些个性可能是进食反应，但猫的一些特性也可以这么解释"。寿司的主人不接受这种解释。"你必须要见到寿司才能理解。"她告诉我。于是我跟罗伯茨医生一起去了玛莎·查普曼家，我想，好吧，寿司，让我见识一下你的个性。

"寿司在这里，"玛莎说着，把我带到家庭娱乐室里6英尺长，150加仑容量的鱼缸前。玛莎是特殊教育老师，热情而慈祥，50多岁，讲话时看着对方的眼睛，听起来像是跟一屋子二年级学生说话。"嗨，宝贝，"她柔情地说，"妈妈的宝贝女儿怎么样了？"寿司蹿到鱼缸表面，疯狂地溅起水来。"对了，让我们看看你是怎么摇尾巴的。"寿司照做了，尽管在我看来，鱼摇尾巴看上去就像在游泳。"它摇起尾巴就像狗一样，"玛莎说，"如果我能拥抱它就好了。"

寿司有两英尺长，除了体型大以外，它的外表毫无特色。鱼身大部分是白色的，有几个橙色斑点，短得可怜的鳍，典型的鲤鱼须。要是玛莎不在场，卢巴特会说它是丑陋的池塘鱼。玛莎把手伸进鱼缸里，拍了拍寿司的头。"亲爱的，看看谁来了，"她说，"跟丽贝卡问好。"

寿司没有理会我，但为玛莎跳起了"篮球舞"，它在原地游动，脸贴着玻璃，上下来回抽动。玛莎也回应了。她把涂了红色口红的嘴唇凑到鱼缸边上，正对着寿司。她握紧拳头，弯曲手肘和膝盖，翘起屁股，拼命地扭动身体，发出响亮的亲吻声。玛莎跳得越起劲，寿司跳得也越起劲。这时罗伯茨走进来说道："它很可爱吧？"寿司躲了起来。"罗伯茨医生觉得寿司是个男孩，但寿司是个女孩的名字。"玛莎敲了敲鱼缸。"别害怕，罗伯茨医生会让你感觉更好一些。"

罗伯茨身材娇小，是位"热心又迷糊的鱼医"，外表朴实，没有化妆，戴着厚厚的黑色塑料运动表，跟她的绿松色隐形眼镜不搭，这副隐形眼镜让她的眼睛看上去漂亮得不似人眼。她身边总有锡鱼、玻璃鱼、纸鱼、金属鱼、木头鱼和石头鱼。当然，还有她的宠物鱼：斑点、胡萝卜、哈里森、福特和其他大约32条鱼，包括她最喜欢的大橙。在她的客厅、办公室和电脑桌面上的鱼的照片中，它是"小塘中的大鱼"。"出来吧，寿司，"罗伯茨说，"我是你的朋友。"

我盯着鱼缸看了好几个小时，玛莎重复播放《双峰》(Twin Peaks)的主题曲，我心想，真是有趣的鱼。寿司很活跃，闪闪发光，来回游动，身体随着音乐缓慢的旋律动来动去。这真让人着迷。但对我来说，它更像是熔岩灯，而不是宠物。对它来说，我更像家具，而不是人。我没有感觉到寿司的个性，我感觉到了罗伯茨医生和玛莎的个性。寿司游过去时，她们的眼睛睁得大大的，脸上浮起笑容，触摸着玻璃，跟它打招呼。寿司转过身去时，她们说："它是不是很了不起？""它太有趣了。"诸如此类。

她们知道人们会说她们疯了。"我不在乎别人怎么想，"玛莎说，"我拿我跟寿司的关系来教导特殊教育的学生，要爱护异于常人的人，比如他们自己。"她凝视着鱼缸，声音突然严肃起来："当你看到有那么多的可能性去爱那些通常没有机会得到爱的人和动物时，世界都会变得更广大。"

金色一号终于不再屏住呼吸，这意味着罗伯茨医生可以给它做切除卵巢的手术了。至少计划是这样。"我确信它是条雌鱼，"罗伯茨说，"不过很难分辨鱼的性别。如果它是条雄鱼，也没事。我们可以阉割它。"罗伯茨出生于英格兰，在意大利和佐治亚州长大；她的口音轻柔，带点儿乡土气息，完全难以识别。我问她为什么要给鱼做绝育手术时，她说："金鱼是鱼类世界的兔子，我不想面对处理鱼宝宝时的道德抉择。"

除了跟人类一样的手术器械和监测器，手术台完全像是园艺品店：一个装满池水和麻醉剂的乐柏美盆子，用胶带将透明塑料管连到潜水泵上。金色一号躺在盆子上方的塑料格栅上，黄色泡沫板让它保持直立，管子通过鱼嘴从盆子里输入麻醉水，从鳃里排出来，以此重复，就像再循环的喷泉。

在我能找到的第一例宠物鱼手术记录中，手术台设备也是一样的，那是1993年做的手术，记录大约两年后由北卡罗来纳州立大学兽医学院的格雷格·卢巴特博士撰写。卢巴特是水产医学教授，留着棕色短发，鬓角灰白，脸上长着一层雀斑，就像有人给他涂了棕褐色的油漆。他有些迟疑地告诉我，"我不会告诉客户，但我是以渔民的身份进入这一行的"。说到这里，他不禁笑了起来。"这的确很不可思议：周末我有时会去海边钓鱼，"他停顿了一下，"大部分时候，我捕到鱼再放生，但也不总是这样，无论怎样，对动物来说都不愉快。我把鱼钩拿出来，鱼受到创伤，我再把脸上留着巨大伤口的鱼扔回水里，或者把鱼扔到冷库里，让它在那里扑腾几分钟。接着我周一上班，有人带来一条金鱼，我安慰他们，给金鱼做手术，再给它术后止痛。"

卢巴特热爱鱼类医学，他周游世界各地讲授和实践鱼类医学。他发表并出版了有关鱼类医学的学术文章和书籍，但他的志趣并不限于鱼。"我真正喜欢的是海洋无脊椎动物，"他告诉我，比如蜗牛、蠕虫、马蹄蟹，"离人们带这些家伙去看兽医还有一段路要走，但我认为前景是光明的。"

　　鱼类医学实际上可以追溯到19世纪，但到20世纪七八十年代才为人所接受，当时科学家开始发表从鱼激素、营养学到池边手术台等主题的各种研究文章。但这与宠物鱼没有关系。直到卢巴特发表手术论文前，鱼类医学的参考文献都是来自渔业、海洋生物学和野生动物的研究。

　　在70年代末期，几篇不知名的文章提及了新兴的宠物鱼行业。有些人甚至说兽医应该从水产养殖转为养宠物鱼。但这种情况10多年后才出现，锦鲤一下子成为价值数百万美元的产业，网络出现了，宠物主人开始在搜索引擎中输入"鱼医"。他们查找到像卢巴特这样的兽医的研究论文时，开始打电话和发邮件。"我从没有想过要当鱼医，"长岛鱼类医院的泰珀医生说，"后来我接到一个电话，对方问我是否给鱼治病，或者认识给鱼治病的人。我说：'不，老实说，我不知道。'于是我就想，为什么我没有早点儿想到这条路？"

　　宠物鱼医学并不为大众所接受；很多鱼主人并不知道有鱼医这种职业；另外一些人寻找鱼医而不得。美国兽医协会和几位兽医在开发客户推荐数据库，但目前还不能使用。在数据库搭建好之前，卢巴特每年要处理四五百个电话和邮件，解答人们有关鱼的疑问，也有很多鱼主人自己解决问题。就像博妮塔·伍尔夫，她其实不是鱼类麻醉师。她喜欢鱼,嗓音沙哑像烟鬼,收集了很多枪支。正如罗伯茨医生所说,你不能跟邦妮开把鱼从下水道冲走的玩笑。伍尔夫和她的鱼说话,把鱼的照片放在钱包里。"我也有孙子孙女,"她咧嘴笑着说,"但我只带着鱼的照片。"她学的鱼类保健与医药课程比大多数兽医还多,她是从谷歌上搜索"锦鲤"一词入圈的。不出所料,她找到了KoiVet.com,这个网站关于鱼的知识应有尽有,还有Aquamaniacs.net。在这两个网站上,成千上万鱼友加入留言板,寻求精神上的支持,并在鱼遇到危机时,立即获得自助帮助。他们互相介绍鱼医,虽然历来在鱼类医学这个领域,鱼主人通常知道的比兽医多。但现在情况发生了变化:兽医学校开始讲授鱼类医学。

我最近去北卡罗来纳州观摩了世上少有的水产医学系的讨论会,由卢巴特监督。他和同事还开设了为期一周的鱼类医学强化课程,以及世上唯一的水产医学实习项目。他们的课程总是满员。研讨会第一天,来自美国各地的8名兽医学生学习了捕捉、麻醉和运输鱼。他们抽取了血液,采集了鱼鳍和鱼鳞样本,在显微镜下检查是否有寄生虫。他们观察一只患水肿的水下青蛙,以及一只肚子里装满不该吃的石头的乌龟。研讨会大约25%的内容讲解水生爬行动物,75%的内容讲解鱼类,但在第一天,没有找到生病的鱼。外面阳光灿烂,于是卢巴特带大家去班杰利公司做鱼类医学讲座。他戴着黑色塑料太阳镜坐在太阳底下，一手拿冰激凌，一手拿鱼类书籍，谈起鱼癌和鲤鱼疱疹。最后他问："有什么问题吗？"一个来自宾夕法尼亚州的学生举起了手："可以靠当鱼医谋生吗？"

答案是肯定的，又是否定的。尽管给鱼治病的时薪高达100美元，但如今对于全职鱼医来说，业务很少。一些做得比较好的鱼医在渔场、公共水族馆、动物园或热带鱼行业工作。另外一些鱼医在给鱼看病外，还从事教学和研究。大多数宠物鱼医生也给其他动物看病。"给猫狗看病是我的生计来源，"罗伯茨说，"给鱼治疗是偶尔的甜点。"一段时间都会是这样。"鱼类医学仍然是一种爱好，"泰珀说，"我每年在这上面花费上千美元。"他觉得部分原因在于季节性，锦鲤在冬季处于休眠状态，因此他和其他人支持发展预防性鱼医学。这就是"金色一号"手术的不同寻常之处："金色一号"没有病，很健康。绝育意味着罗伯茨不必面对安置鱼宝宝的伦理问题，但也是商业举措。罗伯茨说："如果我能掌握这项技术，我就可以给一些鱼主人提供这些服务，他们可能也有这个问题，'我真的很喜欢这条金鱼，但我不希望再来一千条了'。"

距"金色一号"起来活动，在池里游来游去寻找食物还有15分钟时，罗伯茨医生戳了戳鱼肚。她跟伍尔夫聊了聊她的新视频游戏，突然停了下来。"看这里，邦妮，"罗伯茨从"金色一号"的腹部拉出一条长长的黄色胶状物质，"看来它是雄性，不是吗？"邦妮点了点头："对，海伦，它是雄性。"罗伯茨笑了："你怎么可能是雄鱼？你看上去那么像雌鱼！"

"不能做卵巢切除手术了。"邦妮说。

"好的，"罗伯茨像往常一样轻快地说，"我们给它做阉割手术。"接着她转向我，轻声说："鱼类医学还不是精确的科学，但我们在努力。"

## 把读者带入故事中

思科鲁特的第一个场景激起了读者的兴趣，让读者想要了解很多。读者纳闷，给金鱼做手术？那是怎么回事？于是他们往下读。这就是作家想要达到的效果：让读者快速融入故事中，不会转头离开。

在菲利普斯《扑过来的狮子》中，读者想知道，公爵夫人能活下来吗？于是往下读寻找答案。在《玻璃城堡》里，读者想知道这对母女是如何走到这副田地的。读者要读完整本书才知道答案，但既然这本书卖了数百万册，沃尔斯的写法肯定是没问题的。

## 背景顾名思义,意为背后的故事

　　读者进入故事的速度越快,他们就越投入这个故事。不需要提供读者当前不需要也用不到的信息,即使他们最后需要知道这些信息。

　　仔细阅读上面3个"投入其中"的例子,是否缺失什么信息让你感到困惑、失去兴趣或者觉得蒙在鼓里? 可能没有。当然,你想要了解更多沃尔斯家族、尼莫和公爵夫人的情况,但迄今为止,在开始阶段,读者跟作家保持同步,还没有缺少什么。这引出了一条好建议:跟着故事走。

## 28

# 故事决定了作者提供给读者的事实

我记得有次跟一位很有声望的电台记者一起旅行，观察他的工作方式。我跟在他身边一整天，看他采访、收集事实、问问题。那天结束的时候，他准备返回几百英里之外的总部。他说："现在我掌握了事实，我得琢磨琢磨怎么讲述这个故事。"

传统记者就是这样工作的。作家和像那天我跟随的记者都知道必须有故事，即使如此，他们也坚持事实至上。但在创意非虚构作品中，事实和讲述事实的故事同等重要，故事在写作中占据优先地位。如果作家以故事开始，以故事抓住读者，那么故事就决定了作家提供给读者的事实，或者至少决定了事实的顺序和着重点。

这时，你可能会听到"真相计"的警报响起，全国各地的记者会说："那些创意非虚构作家在编故事。"

并非如此。丽贝卡·思科鲁特借由给尼莫做手术来讲述"人与鱼之间的深厚感情",手术及手术的进程决定了作家首先传达给读者的信息。这通常是最重要的信息。不是说不能忽略某些事实,尤其是如果它们跟故事的主题无关。重复一下:故事决定了作家提供给读者的信息和事实。写作过程是一体的。

---

### 练习15

再一次,回到你手头在写的文章,同时看看本书摘引的文本。你的开头是否精心斟酌过,可以迅速吸引读者?如果不是,思考如何让你的前几段或前几页更引人入胜?翻阅一下你家里或报摊上的杂志和散文集。它们通过了"让读者立即投入"的测试吗?试试写一些可以立即吸引读者注意力的开头。写5个这样的开头,即使你没有想好后续故事。也试试在对话中开展这项测试。对朋友说些有趣的事情激起她的好奇心,这些事情也许跟你实际上要谈的事情不相干,看看她有多大兴趣!

---

我曾与马萨诸塞州的一位"图书医生"交谈过,她服务于众多试图给大众写作的常春藤联盟的学者。她说:"他们给我他们的书稿,里面充满了行业术语和技术信息,他们对我说,'增添点儿趣味'。他们认为只要在里面插入一些趣闻逸事,他们的书就能上畅销书排行榜。"但不是这么回事儿。

　　不论是沉浸式写作还是回忆录，书是风格与内容、事实与故事的整体，故事决定了事实的顺序和重要性，但是这种层次体系并不意味着你可以编造事实。

## 29

# 框架:(场景之后)结构的第二部分

我之前说过,这里再说一次,因为这是持续的挑战:(1)创意非虚构的基石是场景——小故事;(2)通过场景中或场景之间的情节来传达信息;(3)故事是呈现非虚构作品的创意载体。这是风格与内容的舞蹈。

但是,作家不能只写场景,把它们堆在一起,从中挑出最好的,就成就一篇完整的文章。场景是好的开始,但还不够。场景需要一定的顺序,必须遵循有逻辑的进程或模式。这种模式本身就是一个故事,称为框架。

框架给故事定形,吸引读者翻页(或滚动屏幕),以了解场景之间发生了什么。这是故事的情节,从头到尾,人物、地点或物体的变化。框架是总体叙事,是读者的旅程,是从开始到结束的一个个场景。框架或总体叙述几乎总是一个故事。这是更宏大更笼统的故事,而场景是更小、更具体的故事。因此框架也可以被认为是总体叙述或"故事结构"。

不管你使用什么术语,几乎每篇文章、每个章节、每本书都是以某种故事为框架,或松散或紧密。看看《艰难的抉择》是怎么架构的,是什么把9个黄色部分(场景)联系起来的?

这篇文章按时间先后顺序叙述兽医一天的生活。从早上作家和兽医在兽医办公室碰头开始,6个小时后结束,回到他们开始的地方。《三个维度》也同样按时序讲述故事。一开始,劳伦·斯莱特拒绝接受那位边缘型人格障碍患者,两三天后,斯莱特医生跟她的病人见面,故事到这里结束。这几天里,发生了很多事情,但这个框架是连续的时间进程。

书籍通常是按时间顺序架构的。我非常喜欢特雷西·基德尔的《房子》,这本书以一个家庭购买土地在上面建房子开始,到8个月后他们搬进房子时结束。

框架是必要的技巧,不仅适用于创意非虚构作品,在小说、电影和电视剧中也同样重要。想想《法律与秩序》(*Law and Order*)(不是《法律与秩序:特殊受害者》;我是《法律与秩序》的拥趸,这是我的又一软肋)。

《法律与秩序》通常从偶然发现一具尸体开始:这是场景1。警探勘查犯罪现场,总结谋杀的情况。资深警探伦尼(Lenny)通常以一句有趣或讽刺的评论结束这一幕,也就是场景2。这些场景一个个有逻辑地继续发展下去。审问并释放嫌疑人,到最后逮捕嫌疑人。地方检察官办公室接手案件,随后进行审判。更多的场景。紧张的情绪拉满。框架，即整体情节一般不断向前推进，直到最后，观众才知道被逮捕和审判的对象是否被定罪。换句话说，所有场景都建构在整体故事中。

很多框架不仅是按时间顺序建构的，还进行了压缩。《给尼莫做手术》可以以合乎逻辑的时间顺序展开。但因为故事以正在进行的手术开始，增强了悬念，带读者在金鱼手术中迂回前进，以手术完成、病鱼活了下来结束。思科鲁特设置了一些悬念。尼莫有危险，读者悬着一颗心：尼莫是生是死？

## 框架之一：有人处于危急关头

我们已经明白要让读者融入情节，投身于故事中。这通常意味着有人处于危急关头，人物、作家或两者会发生点儿什么。

这里有另一个例子，我最喜欢的框架之一，因为它总让我发笑。菲莉斯·拉斐尔（Phyllis Raphael）在2003年发表于《哈珀斯》杂志上的文章《韦斯特伍德最后的探戈》（*Last Tango in Westwood*）中，开头描述了她在20世纪60年代跟马龙·白兰度（Marlon Brando）参加的一次宴会，当时他还是年轻性感的男演员。他跟拉斐尔随意地交谈，餐厅里坐满了人，拉斐尔的丈夫也在场，但白兰度偷偷爱抚她的后背和胳膊。他们此前从未谋面，显然白兰度在"挑逗"她，拉斐尔写道："他的抚摸让我的皮肤发热，就像加利福尼亚沙漠中的太阳反射器。热量沿着我的手臂穿过我的身体，进入我的大脑。我小心翼翼地保持不动，甚至呼吸时也不动。无论是白兰度还是我，都没有显露出任何明显迹象表明我们之间有事情。虽然我感觉到了他的触摸，我的表情没有变化，而白兰度即使直视着我，也显得若无其事。"

《韦斯特伍德最后的探戈》大概有4000字，主要写的是白兰度和也在那家餐厅用餐的女演员丽塔·海沃斯（Rita Hayworth），还有其他演艺圈人士，包括夭折了演艺生涯的拉斐尔。但是，故事是以白兰度和拉斐尔的秘密互动为线索展开的，他是否会引诱她（他当着她丈夫的面，邀请她跟他回家），她又是否经受住了诱惑。显然危急时刻吸引了读者往下读。

构思作品的框架时，可以考虑这种呈现场景的方式："我的角色遭遇了什么危机？"

## 改变叙事顺序：排篇布局的大师麦克菲

文章不必按照从头到尾的时间顺序来展开。作家可以从故事中间写起，比如约翰·麦克菲1973年发表于《纽约客》杂志的经典文章《佐治亚州之旅》（*Travels in Georgia*），开篇是这样一个场景：他跟两位旅伴，佐治亚州自然保护区委员会的博物学家萨姆（Sam）和卡罗尔（Carol），在路上发现了一只死去的啮龟，捡起来，准备拿它当晚餐。

不久，他们来到河岸边，一个名叫查普·考西（Chap Causey）的牵引式起重机操作员在拓宽河床。麦克菲和他的同伴要在佐治亚州跨越1300英里考察湿地。他们是环境保护主义者，想要保护野生动物的栖息地湿地。起重机吞噬河岸这一场景，清楚地说明了危机，让这篇文章的开头生动吸引人。

接着麦克菲回到了旅程的起点，这是发现啮龟、碰到查普·考西之前的事情。在接下来的25页里，几乎占据故事2/3的篇幅，他解释了他跟萨姆和卡罗尔一起旅行的缘由，并且充分刻画了他们的性格。他们在路上碰到了更多动物尸体，在卡罗尔家逗留了一阵，他的房子里有一群获救的动物，还有动物骨骼收藏品。他们露营，吃路上捡来的死麝鼠，月光下在河里划船。

每一个场景都推动着故事的发展，都与故事的主题有关。比如，我们了解了卡罗尔的很多事情，这些事情都涉及她保护佐治亚州湿地的不竭热情。一篇文章不仅仅是大量精彩场景和信息，不管它们组织得多么巧妙。框架的每一部分都必须有特定重点或主题，与整体故事相关。

最后，麦克菲和他的同伴回到了查普·考西的起重机所在的河岸，麦克菲继续前行，完成了他的旅程和故事，以泛舟与年轻的佐治亚州州长吉米·卡特（Jimmy Carter）的对话结束。

麦克菲是排篇布局的大师，他在故事中运用的其他框架包括一场网球比赛[《中央球场》（*Centre Court*），首次发表于《花花公子》（*Playboy*），在这篇文章中，亚瑟·阿什（Arthur Ashe）与克拉克·格雷布纳（Clark Graebner）的冠军赛不仅让作家得以描述两位运动员，还介绍了网球运动]，还有大富翁游戏[《寻找马文花园》（*The Search for Marvin Gardens*），首次发表于1972年的《纽约客》杂志，在这篇文章里，麦克菲游览了大西洋城]。每个框架都提供了引导读者的故事,并为讲述其他信息留下了空间。

不管作家选择从哪里开始叙述故事,总会有方法来安排场景,有着明确开头和结尾,与整个更大的故事相连,这样就可以把所有故事整合起来,写出让读者读懂的场景。

麦克菲使用的框架,以及这里大部分例子中的框架结构,都比较紧密、具体,比如鱼的手术或兽医的一天。伊芙·约瑟夫的文章《黄色出租车》松散而微妙,但从头到尾的结构方向都与她在临终护理医院的工作和经历有关。请注意,她在文章开头提到,1985年她来临终护理医院工作。在文章末尾,她告诉读者,3年前,她离开了临终护理医院。她在临终护理医院的经历,她对死亡和临终的反思可能不是按时间顺序来排列的,但切合文章的主题和方向。她讲述和展现给我们的内容并没有不协调。

## 平行叙事:《三个维度》《永生的海拉》框架解析

《三个维度》的框架更紧凑简明:劳伦·斯莱特与病人的初步接触,从她第一次知道这位病人,到她们见面。你也可以认为这是"公共故事"。但《三个维度》还有另一个框架,或者说潜在的框架,即身为边缘型人格障碍患者的斯莱特自己的故事,也就是"个人故事"。

斯莱特在公共或"治疗师"的故事之后,引入了个人故事,但她本来可以以另外一种方式轻松架构这个故事,一开始就回忆她在医院度过的童年,再闪现到她的主管打来的电话。她也可以在情节更白热化时开始故事，写她在会议休息期间走错了洗手间，从而迷失在记忆里。

斯莱特选择以公共故事为框架，但个人故事与治疗师的故事一样扣人心弦。以哪一个故事为主线都行之有效。因此斯莱特的文章有平行的叙事线：两个主要故事同时争夺读者的注意力。这很好。气氛越紧张悬疑，读者就越会往下读。在一篇长篇文章中，可能同时有3个到4个故事上演。如果读者对一个层面或故事的兴趣减弱，还有另一个后备故事。

由于有更多空间和时间充实情节、地点和人物，在书籍中更容易展开平行叙事。在《永生的海拉》中，除了海瑞塔的故事，思科鲁特还叙述了很多故事，比如发现海拉细胞的乔治·盖伊医生的生活经历。在我的书《观赏球赛的最佳位置，但你必须站着》中，我讲述了美国职业棒球大联盟裁判组一年的生活。但同时，我也让读者从美国职业棒球大联盟的首位黑人裁判阿特·威廉姆斯（Art Williams）的视角看待那一年。我本来可以从威廉姆斯的角度来写这本书，那可以成为整体叙述。现在回想起来，这样写比较个人化，这个故事本来也是有关种族主义和棒球的，这可能是最佳选择。

## 埋下伏笔时，后面要有呼应：《低俗小说》等作品框架解析

我们在餐厅里，听到了一对心理变态的恋人之间的对话，他

们在吃早餐时决定抢劫这家餐厅,抢走收银机里的钱,抢劫顾客。他们已经准备就绪。

但是,突然间我们回到了前一天,碰到了一群古怪可疑的人,由布鲁斯·威利斯(Bruce Willis)、约翰·特拉沃尔塔(John Travolta)、塞缪尔·杰克逊(Samuel Jackson)、哈维·凯特尔(Harvey Keitel)和乌玛·瑟曼(Uma Thurman)扮演,他们都参与了一系列不同的杀人、抢劫和诈骗事件。每个故事彼此独立,但共同的暴力和变态属性,将每个故事巧妙相连。

两个小时的紧凑戏剧之后,其中的两个角色,杰克逊和特拉沃尔塔,决定在一家餐厅吃顿丰盛的早餐来结束痛苦疲惫的通宵工作,观众上一次看到这家餐厅时,有人正要在此抢劫。我不会透露电影的结局,我只想说,自开场以来,我们没有听到关于那对变态恋人的任何消息。然而,观影过程中我们一直记挂着他们。我们知道导演昆汀·塔伦蒂诺(Quentin Tarantino)既然一开始引入了这两个精神变态,后面就一定会有所交代,我们知道他迟早会的。在这部1994年的标志性电影《低俗小说》(*Pulp Fiction*)中他确实做到了。

---

## 练习16

试着确定并描述《永生的海拉》节选的框架,接着翻阅你最喜欢的杂志和文集,确定其框架。记下作家打破时间顺序的频率。作家是怎么做到这一点的? 寻找《黄色出租车》这样细微松散的框架，和《给尼莫做手术》这样更清晰更有针对性的框架。你所写的文章有框架吗？把框架限定在一定范围内是否更有效？往往如此。

同样，小说家唐·德利洛（Don DeLillo）在2003年《纽约客》上发表的文章《在罗马的那一天》（*That Day in Rome*）里，也埋下了一个伏笔。德利洛和妻子沿着罗马的康多托大街散步，有人朝他们走来，那是一位"美丽动人的国际电影明星，身穿闪亮的淡紫色衬衫，绒面革裤子和长靴，两手各挽着一个男人"。（注意具体的细节。）

接下来几个段落，德利洛描述了罗马城，罗马的环境和文化历史。他还指出这位女演员看上去自在而开心。最后他告诉我们，这次邂逅是25年前的事了。他在文章中重温这段经历，勾勒细节时，他意识到"过了这么多年，他已经不确定，那位电影明星是谁"。

从这里开始，德利洛讨论起多年来他喜欢的电影，以及让他想起那位神秘女郎的女演员们。他讨论了与妻子在电影和女演员方面产生的分歧，并告诉我们婚姻生活的一些挑战。我们了解到安妮塔·埃克伯格（Anita Ekberg）、詹姆斯·邦德（James Bond）、茜茜·史派克（Sissy Spacek）、费德里科·费利尼（Federico Fellini），以及其他许多他熟知的人，但直到文章结尾，我们才知道25年前他看见的女演员是谁。德利洛挑逗读者，调动我们的兴趣，到最后揭晓答案。

　　显然德利洛想要写一篇有关电影、婚姻和回忆的文章,但全文以这位神秘女演员为线索串联起来,他逗弄我们,如果我们能耐下心读完这篇散漫芜杂的文章,他会给出她的名字,最后他兑现了,那是乌苏拉·安德列斯(Ursula Andress)。

## 30

# 主要焦点

许多人混淆了框架和焦点。请记住框架是结构性的，就像一幅画的画框，它展示了场景的发生地点，以及选择和安排场景的根本原因。

焦点，也是选择和安排场景的另一种方法，代表主题、用意或论题，是作家希望读者阅读后思考的东西。为了把这些场景联系在一起，它们应该反映相同或近似的主题。

在《艰难的抉择》中，9个场景中有7个有类似的主题，都跟兽医是要结束生病动物的生命还是努力拯救它们有关。每次她面临这种困境，都是"艰难的抉择"。大多数场景都反映了这一主题。

在《给尼莫做手术》一文中，丽贝卡·思科鲁特在文章的1/3处陈述了她的主题："人跟鱼之间的纽带。"劳伦·斯莱特在开头的一段中解释了其关注点："因为我已经学会了如何缓解热点。"

那些与你的关注点毫无关系的场景，无论多么趣味盎然引人入胜，都要舍弃。例如，《艰难的抉择》中的那位兽医是优秀的业余网球运动员，大部分时候，她在离开办公室前都会换上"白衣"。但网球跟山羊或马不搭，跟"艰难的抉择"没有关系。这位兽医努力了6年才进入兽医学校学习，时至今日，人们认为女性没有力气处理大型动物，因此兽医学校主要招收男生。我本来可以想办法把这条信息插入文中，但将这个素材留给了另一篇文章的章节，那个章节着重讨论为了得到男同行的认可，女兽医面临的重重困难。

## 框架反映焦点

理想情况下，故事结构或框架在大部分场景中都有相同或相似的关注点，越相似越好。伊芙·约瑟夫在临终关怀的背景下讨论死亡和濒临死亡，她告诉我们，这个过程无论是对临终者还是照顾他们的人来说，都有一种美感和意义。框架与焦点相吻合。在思科鲁特和斯莱特的文章中，框架和焦点也是协调的。但《艰难的抉择》中按顺序安排的"生活中的一天"没有遵循这一模式。它涉及的范围很广，并没有反映兽医每天面临的艰难抉择。这没有问题，这也是可行的，但它可以更清晰。

向前推进时，思考一下这些问题：文章可以写得更精彩些吗？是否还可以尝试其他选项？

## 拉伸故事（场景），反映焦点

在这种情况下，故事（场景）成了容器。有些故事可以延伸，包含大量信息和场景，但有些不行。我已经讨论过《三个维度》和《给尼莫做手术》里场景中的场景。后者以一次外科手术为框架，这种外科手术是罕见的，不大可能发生的，在这篇文章中管用，因为它传达了信息，设置了必要的悬念，尼莫会活下来吗？想想橡皮筋，越拉越紧，直到断裂。精彩的故事也是如此，它可以被拉伸，作者偏离正题时，悬念不断升级，读者会更焦急。

思科鲁特在《给尼莫做手术》中记述的金鱼手术是有弹性的，它包含了信息，还有其他场景、故事和人物。框架在很大程度上反映了文章的焦点：如果没有"人与鱼之间的纽带"这个首要主题，也就不可能有这台手术。因此这是一体的。

现在回到《艰难的抉择》。按时间顺序记录"一天的生活"是可取的。它可行，因为从一开始焦点就很明确，故事有内在动力。但是，读者会怀疑可能发生了什么。

请牢记，故事是有弹性的，框架可以反映焦点的想法能发挥最大影响，取得最佳效果，在标黄的场景中，哪个场景足够有弹性，可以容纳其他所有场景，增强悬念，并反映焦点？我们来看一看：

可以立即删除一些场景。为牛去角的场景（第185页）没有反映焦点问题，可以去掉。虽然兽医讲述的一些故事（比如萨兜的故事）反映了焦点，但范围有限，无法容纳其他故事的所有细节和人物。

鉴于此，我们必须回到兽医那里，重新采访她，即便如此，我们也要在投入大量时间和精力后，才能知道她的故事是否足够有容量有弹性，可以涵盖其他故事。

剩下两个再现的故事（场景）。其一，里奇和霍尼的故事（第177页），从弹性的角度来看是可行的，但没有太多悬念。我们从一开始就知道兽医不会了结霍尼的性命。但是，相比之下，在文章的最后一个场景中，我们不知道兽医是否会花时间或金钱来治疗那只山羊，或者做出艰难的决定，让它安乐死（第189页）。最后一个场景有弹性，可以容纳文中的其他场景，也有吸引读者注意力的潜在悬念，当然，还有焦点。

你会怎么修改这篇文章？你可以使用倒叙手法，从这天结束的时候开始写，兽医检查努比亚山羊，难以抉择。但你不会告诉读者她的决定是什么。相反，你会闪回到这天的开始，写一个预示性的过渡，告诉读者这是兽医思考了一整天做出的抉择，这种艰难的抉择困扰着她的职业。她会如何处理这只山羊？

因此，兽医的决定或迟疑不决吸引了读者，但在这一天结束之前，作者不会告诉读者她的决定是什么。在文章的最后，作者给出回应，轻巧地揭示了兽医的决定。这个艰难抉择的故事有足够的弹性，可以容纳文中包含的其他故事，只需稍做修改便能增强悬念。在这个例子中，我调整了一些信息的顺序，但增加的内容很少。我在结构上做了变动，但没有改动内容。

## 练习17

修改《艰难的抉择》，不改变文本内容，只是改变标黄场景的位置或者拉伸标黄的场景。怎么让我的建议有效果？

# 修改，再修改：最初的开头／真正的开头

"你做了多大程度的修改？" 1956年，《巴黎评论》(*Paris Review*)的记者问欧内斯特·海明威。

他回答说："要看情况。《永别了，武器》(*A Farewell to Arms*, 1929)的结尾，最后一页，我改了39次才满意。"

"有什么技术问题吗？什么让你犯难？"

"找到准确的词。"海明威回答道。

海明威的传记作者说，海明威修改起来不遗余力。正如修改《永别了，武器》的最后一章，他竭尽了全力。但F. 斯科特·菲茨杰拉德(F. Scott Fitzgerald)曾说海明威的第一本书，也是他颇受好评的作品《太阳照常升起》(*The Sun Also Rises*, 1926)有相当一部分"冗长拖沓"。

那时，海明威认为这部小说已经完工。他的编辑，传奇人物

马克斯韦尔·珀金斯准备出版这部小说。他在斯克里布纳出版公司任职，也是菲茨杰拉德和托马斯·沃尔夫的编辑，但据说，海明威要求收到当时在巴黎的朋友菲茨杰拉德的反馈之后，才走下一步。

菲茨杰拉德迟迟没有回复，他不想告诉海明威他对这本书的看法，但海明威很执着，最后菲茨杰拉德写了一封信，逐页批评了这部小说，至少是该书的第一部分。菲茨杰拉德写道，"从第五章开始很好"。

海明威感到难堪，也许很恼火。但他越是查看《太阳照常升起》的前几章，越觉得有些场景和信息是多余的，这些场景和信息要么可以删除，要么可以插入后面的文本中。最后，海明威删掉了《太阳照常升起》的前四章，我们今天读到的这本书，是从初稿的第五章开始的。

这个故事，加上《创意非虚构写作》编辑长期的编辑经验：从一开始就剔除不必要的背景信息，引发了一个有趣而有价值的实验——最初的开头／真正的开头。

以下文字摘自《创意非虚构写作》的网站（www.creativenonfiction.org）。如果你访问这个网站，你会看到最初的开头／真正的开头实验的结果。详情如下：

在标准的新闻报道中，导语包含著名的新闻五要素，即5个W，分别为何人（who）、何事（what）、何时（when）、何地（where）和何因（why），有时还有如何

（how）。在创意非虚构作品中，导语的内容不太一样。

在创意非虚构作品中，开头的主要目的不是把故事的首要信息迅速传达给读者，而是吸引读者，故事的开头可以不描述五个W。作者通常会特意搁置回答这些基本问题，以增强悬念，让故事逐步发展。"对作家来说，导语还有一个更复杂的功能：它告诉作家要把读者带到哪里，以及何时介绍观点、主题和人物。换句话说，导语就是指引，让作家向前推进，并给予动力。

然而，在修改时，作者通常要回到文章的开头，看最初的开头是否有必要。通常是不必要的。最初的开头只是一个工具，或触发装置，让作者进入"真正的开头"。

在编辑本期杂志的过程中，经作者同意，我们删除了3篇文章的初版本的开头，让文章从几段后或几页后开始。我们旨在开门见山，删掉冗杂的导语，让读者从一开始就进入故事的核心：情节、主题和内容。

网上发布的是这些文章的初稿，其中的图表不仅显示了编辑过程中被删掉的内容，还有被移到后文的内容，在某些情况下，也显示了添加的内容。


最初的开头/真正的开头表明了在创作场景时要考虑的又一个重要问题：你的开场段落是否打动读者？用棒球的比喻来说，你是在挥动手臂准备投球还是正在投球？前者很有意思，后者必不可少。

## 吹毛求疵的批注问号

我在很多方面让学生不爽。我不怎么表扬他们；我总是很挑剔，对他们的作品吹毛求疵。我让他们立即投入写作项目中，选定文章的主题。我不允许拖延。我要他们走入社会，进行沉浸式写作。

除了阅读书籍外，他们还仔细查阅维基百科，做电话采访，写东西。他们必须参与其中，这就是创意非虚构写作的现实生活层面。但他们最不喜欢的是我无休止的问号，这甚至逼得他们纵酒。

当阅读他们的手稿，碰到我不太理解的内容，不清楚的引文或想法，含义不明的意象时，我就在手稿的页边写下一连串的问号。因为文章一定要清晰明了才行。

我说："词句应该拥抱读者，帮助讲述故事，而不是让读者困惑，让他们去查词典，或者回到文章中去看他们是不是漏掉了什么内容，才能懂得作者的意思。"

"可是你明白我的意思。"我的学生顶了回来。

"我大概明白你的意思，那是因为我了解你，我知道你在写什么。我们经常讨论你的故事。"

学生有时会向我解释某个短语、句子或意象的意思。"每次读者遇到障碍时，你都会在旁边解释吗？"我问。

"我的妻子（男朋友、母亲、室友）读过，很清楚我的意思。"他们经常反驳道。

"好吧，也许你应该在投稿时把你的妻子（男朋友、母亲、室友）送到杂志社编辑那里去，这样他们就可以帮你解释和澄清。"

本书中以写作为导向的章节论述的主要是结构，而不是文字的编辑。形式和结构是主要的挑战。当你修改结构、塑造场景时，你也在修改、优化场景和句子。在这个过程中也完成了很多文字编辑工作。但迟早你会定下文章的形式，准备专注于逐字逐句地琢磨文章。我指的不是语法和标点，我指的是用语准确、遣词造句（措辞）恰当、表达清晰。这不是容易的工作。

## 练习18

表达清晰也意味着用语准确。回顾你最近写的一个场景，你是否向读者展示了你想让他们知道的东西？你是否也在告诉读者你想展示的内容？你需要讲述和展示吗？也许不需要。编辑散文时，切记行文简洁、用词精确。别害怕删减。文章经过删减后，效果之好经常令人惊讶。圈出重复使用的词。你需要在一段话中重复一个词三四次吗？也许不需要。把短语和隐喻从文本中拎出来。它们仍然讲得通吗？不要只是反复阅读句子和段落，要仔细审查它们。

约翰·麦克菲曾经告诉我，写一篇平均长度的《纽约客》文章，他要花大约9个月时间做研究并写作。他把大部分写作时间花在形式和结构上，直到后期才把重点放在遣词造句上。但是，等他把文章寄给《纽约客》的编辑时，文章已经炉火纯青了。在编辑过程中的某个时刻，他总会从普林斯顿坐火车到纽约，与编辑碰头，他们会仔细讨论每页上的每个词、每句话、每个意象和短语，润色、明确词语的含义，使行文清晰。麦克菲说，这个过程可能需要一两天的时间，那是很多的问号。

## 把手稿放进抽屉的阶段

问：厘清了文章的结构，内容也清晰了，我还审查了文章，做了修改，是否可以提交呢？

答：没错。你可以把手稿放进抽屉里了。把文章或章节放上几个星期，不要看。刚写完文章时，我们都觉得写得好极了。但隔了一段时间后再看，完美的滤镜就消除了。你希望编辑看到的是你的最佳作品，而不是有潜力的作品。大部分编辑只会认真考虑你的作品一次，如果不是那么出色，就会被拒稿。

问：可我需要出版作品，不是吗？否则我如何证明自己并谋生？我需要出版的写作样稿。

答：但你要出版优秀的作品。你不会想要平庸的样稿。你希望作品可以打动读者、编辑和朋友，而不是在10年后还让你困扰难堪。因此，慢慢来，尽力而为。你迟早会出版作品，那神奇的日子到来时，你会自豪地向全世界展示你的作品。

## 记住：写作就是修改

第二部分的引言中，我阐述了修改的理由。事实上，我发现很难区分写作和修改，因为写作和修改是同时进行的。几乎我们写的每句话、每一段、每一页，在成为草稿或初稿之前，我们都要修改和重写很多次。第二部分中有关写作的技巧、练习和想法不能再细分。写作是非凡的、同步化的创造过程。写作需要持续的努力，需要坚持不懈。你的作品永远不够好，总可以更出彩。温斯顿·丘吉尔说得很好："绝不！绝不！绝不放弃！"

# 关于创意非虚构写作,
# 我了然于心了,接下来呢

## 美国的创意写作硕士项目

自1936年,美国开始授予小说和诗歌文学硕士学位(MFA),当时爱荷华大学成立了作家研讨班,首次开展创意写作文学硕士项目。大约20年前,我协助开办了匹兹堡大学首个创意非虚构文学硕士项目,从那时起,世界各地的高校也设立了创意非虚构写作项目。我没有可靠的统计数据,但我估计在美国和其他国家有超过75所高校可以授予创意非虚构写作的硕士学位。此外,还有6所高校可以授予创意非虚构博士学位,或创意非虚构方向的创意写作博士学位,其中包括密苏里大学、内布拉斯加大学林肯分校和俄亥俄大学。

非全日制创意非虚构文学硕士项目也很受欢迎。学生不用参加每周的固定课程,主要在网上上课,或与非虚构写作导师进行电话交谈。学生和教师每年见两三次面,上7天到10天的课程和研讨班。非全日制硕士的学费与全日制硕士的学费差不多,但非全日制项目的学生可以兼顾工作和家庭,这样一来,教育体验更合算,虽然不一定那么"真实紧张"。

文学硕士项目对创意非虚构作家有用吗?什么人适合参加这样的课程?什么时候参加?在你决定花好几万美元以及两三年的时间之前,不妨问自己以下几个问题:

### 1.你遭受了多少痛苦,经历了多少?

这是一个严肃的问题,尤其是如果你刚刚拿到本科学位的话。写一本回忆录,描述你头21年经历的艰难困苦,这个想法殊为诱人。但是,大多数年轻人经历不够丰富,不足以谈论人生,特别是对那些比他们年长的读者来说。在创意非虚构项目的教员中流传着一个笑料,即他们在一个学期收到了多少个"死去的祖母"的故事。对于刚刚获得学士学位的21岁学生来说,失去祖父母往往是他们人生中发生的最糟糕的事情。

我不是说年轻人写不出有感染力有美感的作品,也不是说他们没有吃过苦。但是在攻读写作硕士学位之前,加入和平队、开开出租车,或者与不同的文化交流,往往会更好。别的不说,你会积累更多的素材、更多的参照、更多可借鉴的想法和经历。这并不意味着你放弃了当作家的梦想,相反,你过着创意非虚构写作的生活,即你在体验新的世界,并在业余时间定期写下你的所思所想。积累了大量新素材后，等你最终攻读文学硕士学位时，你的投资能获取最大的回报。

即使你小时候的确发生了一些可怕或有趣的事情（或两者都有），并且你和家人受了很多苦，你可能还是没有足够的距离和洞察力，能够充满激情运用娴熟的技巧反思这段经历并与读者分享。我偶尔与私人客户合作，他们有有趣的故事要讲述，但不想上写作课程。最近我帮一个人写了篇关于她祖母去世的文章，但这位作者已经65岁了。

### 2.你知道些什么？

这个问题与你的主题有关。如果你的生活丰富多彩，有难得而迷人的个人经历可以分享，那么你可以写回忆录，甚至两三本回忆录。但请记住，创意非虚构作品的使命是把从摩托车、更年期、登山到数学的各种主题的信息传达给读者。你知道的越多，出版商就越关注你，尤其如果你是专业人士或学者的话。

最近，我牵头举办了一系列讲座和研讨会，"改写你的想法"和"反思你的写作"，主要面向亚利桑那州立大学的教师和博士后学生。第一节课"专家的时代"，由一位文学经纪人主导，讨论了非虚构叙事的重要性和普及度。为了证明自己的论点，他调查了2010年售出的非虚构（主要是叙事类）书籍的文案，大部分是学者提出的。这项调查根据的是非正规数据。这位经纪人分析了《出版商午餐》（*Publisher's Lunch*）的网上公告，并没有把一切项目包括在内，但结果出乎意料，人们在这方面热情高涨。

一共有108本书，分属于历史、政治、时事、科学、商业、健康和宗教等主题领域，这些书卖给了59家不同的出版商，其中包括克诺夫、诺顿、企鹅和皇冠。有10本书拿到了6位数的预付款，有一本书的预付款超过50万美元。显然，许多其他大手笔的交易没有在网上披露，没有包括在这项调查中，但如果学者能够运用创意非虚构的技巧将研究转化为引人入胜和通俗易懂的故事，就会有殷勤的出版方迫切地想出版他们的作品。这位经纪人确信"专家的时代"已经到来，特别是如果这位专家擅长叙事的话。

这些课程主要是针对学者的，但是有抱负的作家都能从中受益。在这个世界上我们需要知道、想要知道的东西很多，但我们没有太多的时间去学习。很多人想要快乐地学习，知识渊博、愿意投入并且熟悉故事的创意非虚构作家可以满足这些需求。那么，你知道些什么，你能与全世界的读者分享些什么呢？

回到问题1，即将毕业的大四学生如果想要留在大学里，可以继续学习生物学、物理学、商科或其他学科。这样一来，可以获得深入的知识体系，将其作为写作素材。

### 3.攻读创意非虚构硕士学位，你想得到什么?

如果你想在大学里教写作，那么拥有MFA学位会有用。大多数写作项目提供MFA学位，也希望他们的教员拥有MFA学位。但这并不是刚需。

首先，当今大多数有声望的创意非虚构作家没有MFA学位，也不想花时间去攻读。其次，有这个学位并不能保证能获得教师工作。你仍然需要出版作品，出版至少一本或者多本广受好评的书。一本或两三本出版的书，通常比MFA学位更有价值更有说服力。最理想的莫过于把你的MFA论文手稿作为你的第一本书出版，但这种情况很少发生。当然，也有例外。我的不少学生MFA手稿写得特别精彩。丽贝卡·思科鲁特就是其中一位，本书摘录了她的手稿。另一位是《敲门声：穿越亚美尼亚种族灭绝的黑暗之旅》(*A Journey Through the Darkness of the Armenian Genocide*, 2007)的作者玛格丽特·安赫特（Margaret Anhert），她的作品为她赢得了很多奖项。

很多人参加创意非虚构写作课程，是因为他们想写一本书，并不在乎拿不拿MFA学位，能不能教书。很多创意非虚构写作的学生是处于职业生涯中期的专业人员，他们无意放弃日常工作，他们只是在寻求更多途径来探索写作。

对于那些有特定的书要写的作者，MFA项目很有吸引力。在这样的项目中，可能会有三四个导师一对一指导学生。这个项目提供了一个社群，学生可以在社群里分享初稿，在社群的支持下走下去。成为作家意味着接受一定程度的孤独，因此即使社群的成员不在同一个城市，拥有一个社群也是很有价值的。

除了MFA项目，还有其他选择。比如，你可以聘请一位导师，想让他指导你多久就指导多久，费用远低于MFA项目可能需要的3万到4万美元。我跟很多学生聊过，尤其是那些处在职业生涯中期的专业人士，他们上MFA课程是因为他们不知道有其他选择。比如，创意非虚构基金会可以提供辅导帮助。如果想要了解这个项目的其他信息, 请访问www.creativenonfiction.org。

创意非虚构MFA项目各不相同。有些项目的准入门槛比其他项目低, 质量管控不严。在大多数项目中, 除了完成课程作业外, 你还需要提交一份100页到200页长度的 "可出版" 手稿, 类似于硕士学位论文的要求。显然, "可出版" 是主观术语, 价值和标准见仁见智。写出 "可出版的" 手稿并不能保证作品会被出版。

我强烈建议:

- 在你缴纳报名费之前, 认真研究一下写作课程。不要因为收到某个项目的录取就沾沾自喜, 即使你是从所谓激烈竞争中脱颖而出的。项目主管往往会夸大其词。

- 申请拥有高标准和知名教师的项目。在入学之前, 弄清楚该项目毕业生毕业后的去向, 他们是否成功, 他们的作品已经在哪里发表, 或将要在哪里发表。

- 搞清楚在攻读课程的两三年时间里, 你的教授是谁。了解一下他们的作品。你喜欢他们的写作方法吗? 他们有东西可以教你吗? 确保他们有教学经验。一个好作家可能不是好老师, 或者可能不愿意投入必要的时间来指导你。有些大学为了省事, 让非虚构写作经验有限的诗人和小说家来教创意非虚构课程, 损害学生的利益。要寻找这样一些项目, 项目中的老师以出版和教授创意非虚构为主业, 而不是副业。

- 要有眼力。如果你没有进入最适合你的项目, 那么花一年时间打磨写作样本, 再试一次。样本决定了你会被录取还是被拒绝，因此要开始写作生涯，最好的方法是尽力写出最好的作品，提交给最好的项目，然后耐心等待结果。记住，你仍然笔耕不辍，在编辑素材，朝着正确的方向前进。时机至关重要。如果你在准备好之前就去攻读写作硕士，你会花掉第一学期或第一年去寻找写作主题。

## 不出版，就出局

没错，这是学术界的一句老话。如果你不能出版书籍，发表论文，你就得不到终身职位。从某种程度上来说，作家也是如此。如果你没有出版作品，你的作品就没有得到正式认可。没有出版作品是令人沮丧的。独自辛苦地写作，却没有人关注，实在令人泄气。人们知道你是作家时，他们会想知道你最近出版的作品，或者在哪里可以读到你的作品。

精通一门艺术或技艺需要时间，有时要过很久世界（或出版业）才能认识到你的价值。获得认可需要时间。玛格丽特·米切尔（Margaret Mitchell）的小说《飘》（*Gone with the Wind*）获得了1936年的普利策奖，但在麦克米伦出版公司出版这部小说之前，被知名出版商拒绝了近40次。J. K. 罗琳（J. K. Rowling）在写作《哈利·波特与魔法石》（*Harry Potter and the Philosopher's Stone*）时，几乎一贫如洗，这本书是7本哈利·波特系列书籍的第一本，后来这一系列书籍让她名利双收。约瑟夫·赫勒花了十几年的时间写作《第二十二条军规》（*Catch* 22），1961年由西蒙–舒斯特出版公司出版。

多年来，我学会了保护自己，我很少告诉别人我在写什么，甚至我是做什么职业的，除非真的被逼急了。我宁愿听别人说话，我的一些好素材就是这么来的。况且，大多数人宁愿说也不愿意倾听。

倾听是创意非虚构生活中的关键元素。与别人讨论你的作品是自我毁灭。透露故事能够抽取活力、自发的洞察力和探索能力，而这些对于你写作创意非虚构作品必不可少。我并不是推荐"隐居写作"，只是建议你谨慎行事，让你未出版的作品有喘息的空间，一旦出版，一切不言自明。

## 不要担心，开心一点，放聪明点

我知道我这么说很容易，因为我已经出版了很多书，但我相信我们更在意的是作品的质量，而不是作品是否传播开来。如果你的作品**值得**出版，那么它迟早会出版。作品出版之时，正如我之前所说，你希望它能反映出你的最好水平。这并不是说在抽屉阶段结束之后，一切就绪时，你不应该尝试出版，只是你不应过于焦虑。如果你的故事精彩，如果你态度认真，研究扎实，一直致力于写出最高水平的作品，你的成功指日可待。

同时，了解写作和出版业务，可以加速这一进程，并帮助自己。阅读行业信息，大多数图书馆都有《出版商周刊》(*Publishers Weekly*)，网上可以找到《纽约时报书评》(*New York Times Book*

*Review*）；看看最近出版了些什么书，它们的评价如何。每天的
《纽约时报》也评论书籍，报道出版行业。当然，你不用把时间都
花在报纸上。我使用谷歌快讯，这样我就知道出版业的动态，我
每天都会收到与我写作内容相关的最新谷歌快讯。虽然现在书
店不如以前那么多，但去离你最近的独立书店或巴诺书店浏览一
下书架还是有用的。看看最近出版了一些什么书，跟你写的书相
似的书摆在哪个架子上。注意你的竞品书，因为在某个时候你得
推销自己的书。

　　关于销售、营销和出版创意非虚构作品，有很多话可说，足
以再写一本书，但以下是值得深思的几个要点：

● 忘掉主流杂志。《哈珀斯》《纽约客》《大西洋》（*Atlantic*）和
　其他类似杂志，这些杂志很少刊登自主投稿。试试《创意非
　虚构写作》《佐治亚评论》（*Georgia Review*）《科罗拉多评
　论》（*Colorado Review*）《草原篷车》等文学杂志。这样的杂
　志美国有数百家。他们一直在寻求优秀作品，不限主题，他
　们也不回避大胆的作品和实验性作品，即使是5000字的长
　文。在文学期刊上发表文章的稿酬很低，有时你只能得到赠
　阅本。但寻求新兴人才的图书编辑和经纪人关注这些期刊。
　每出版一期《创意非虚构写作》杂志，都会有经纪人和编辑
　来打听在杂志上发表文章的作家。
● 抽屉阶段结束，你创作出了引以为豪的作品后，再去找文学
　经纪人。选择经纪人时，要像选择文学硕士课程一样有眼

力，甚至更有眼力。跟经纪人面谈，跟其客户交谈，看看他们出版了什么作品。不要被经纪人对你的奉承冲昏了头脑。另外，请记住，经纪人总在寻找整本书的手稿或书稿的文案。很少有经纪人会代理散文。最好找朋友或同事认可并推荐的经纪人。你还可以访问作家代表协会网站：http://aaronline.org，了解更多寻找经纪人并与经纪人合作的流程，查看在寻找作家的一长串经纪人的名单。

- 尽量学习写作图书文案，尤其是"公共"创意非虚构作品的文案。写出精彩的图书文案比写书本身更有挑战性。它们通常很长（50页并不罕见），作家在文案中细致地描述其要创作的作品。图书文案通常包括样章。丽贝卡·思科鲁特的文案近2万字，大约是她成书的1/4长度。我建议你找个导师来帮你弄文案。创意非虚构指导项目可以帮上忙，你也可以参加有编辑或经纪人发表讲话的作家讨论会。市面上有很多如何写作书籍文案的书，任何一本都管用。经纪人和编辑在意的显然不是形式，而是内容。花时间和精力写文案是非常有价值的。很多书商依据图书文案，而不是完成的书，就购买了创意非虚构书籍的版权。

- 考虑一下小出版社。西蒙-舒斯特、哈珀·科林斯、兰登书屋等大公司声名显赫，但经济衰退和数字时代的冲击削弱了它们的格局，它们仍未从余震中恢复过来。最近，大学出版社和小型独立出版社填补了大出版社留下的严肃文学的空白。你可以咨询内布拉斯加大学出版社、咖啡屋、普林斯顿大学出版社和萨拉班德等出版社。虽然小出版社营销预算有限，但大出版社也不怎么做营销了。大出版社通常把时间和精力花在知名作家身上，比如约翰·格里森姆和丹妮尔·斯蒂尔（Danielle Steele）。

- 学习营销，推销自己。丽贝卡·思科鲁特自费开展营销活动，做图书推广巡回宣传，这让她上了《出版商周刊》的封面故事。之后，评论家和读者也开始关注。尽管她的书很精彩很有感染力，但她的营销智慧和坚持不懈也有所助益。

## 33

# 最后：请重读本书

现在你读完了本书，不管是从头还是从中间开始读的，或者一点点循序渐进，请再读一遍。我希望你能记得创意非虚构作家的本质之所在：我们的使命、我们的生活、我们的文学和我们的激情。

记住：写作、修改、重写。这就是我要说的重点。写作、修改、重写—写作、修改、重写，直到你确信没法再更改一个字，你的作品已经尽善尽美。然后开始写点儿新东西。

记住温斯顿·丘吉尔的话。如果你没有很快发表作品，如果你发表作品时，评论家对你大加挞伐或置之不理，不要放弃，也不要屈服。继续写下去。时候到了，你会出版书籍，你会有声望，但你的首要任务是写出高水平的文章，写出值得骄傲的文章。

我不能向你保证名利双收，我甚至不能保证你会志得意满，因为作家的满足感和快乐感很难长久。但是，如果你再读一遍这本书，斟酌我在书中所说的话，你会得到在创意非虚构领域获得成功所需的信息和灵感。

话说回来，想想谁在跟你说话、指引你、敦促你。

教父。

# 附　录

过去与现在：

1993—2010年间创意非虚构写作的重要（或平淡）时刻

　　2010年，为了庆祝《创意非虚构写作》由文学期刊转变为如今的季刊，哈蒂·弗莱彻（Hattie Fletcher）整理了这个非官方的创意非虚构历史和大事记。弗莱彻是《创意非虚构写作》的执行编辑，也是将其从期刊转变为杂志的统筹者。或许你可以自行添加上2012年及之后的大事。

　　"创意非虚构"这个词可能相对较新，但它描述的内容并不新鲜。从远古时代起人们就在绘声绘色地讲述真实的故事。猎人回到洞穴，试图描述他蹑手蹑脚地靠近一只鸟时草地上的光亮，这让他想起父亲教他打猎的那些下午。从那以后，有一长串作家的作品形式和内容和谐统一，他们运用场景、对话和其他文学手法来讲述真实的故事。奥古斯丁（Augustine）、蒙田（Montaigne）、梭罗、伍尔夫、海明威、奥威尔……他们可能不会称自己为创意非虚构作家，但当时他们也并不知道有这种说法。

但是，现在我们知道，自从《创意非虚构写作》第一期付印以来，创意非虚构作品流行开来，既是一种文学形式，也是出版业中非常受欢迎（利润丰厚）的领域。是否经历过艰难时期？是的，但这是意料之中的。也许20年后我们回顾弗雷时代，会认为那是反叛的青春期。

至于接下来会发生什么，谁知道呢？可以肯定的是，我们不知道。我们只能梳理一下过往。

必须明确一点：这只是推测！我们不在现场，没法证实这个故事，尽管如此，我们相信对可能发生过的事件这么描述是说得过去的。（我们假设你也这么认为，但人们有时会因为这种事情陷入麻烦。）

1993年　《创意非虚构写作》第一期出版，这是致力于长篇叙事非虚构作品的文学期刊。

—　"这是虚构的？还是非虚构的？为什么没人在意？"《纽约时报》书评家角谷美智子（Michiko Kakutani）感叹道："书籍、电影和电视纪录片每天刺激着我们，它们在历史与虚构、现实和虚拟现实之间来回跳动而不受惩罚。"

—　苏珊娜·凯森（Susanna Kaysen）：《冰箱里的灯》（*Girl, Interrupted*），回忆录，叙述作者因心理问题住院的经历。

1994年　据美国作家与写作项目协会（AWP）的统计，共有534个授予学位的创意写作课程，其中64个设有文学硕士学位。

—　约翰·贝伦特的《午夜善恶花园》：埃德蒙·怀特（Edmund White）称这部真实的犯罪小说是"自《冷血》之后最精彩的

非虚构小说,并且更具趣味性",这本书连续4年入围《纽约时报》畅销书排行榜,还掀起了去萨瓦纳旅游的热潮。

— 以忧愁少女为主题的其他回忆录:31岁的露西·格里利(Lucy Grealy)在《一张脸的自传》(*Autobiography of a Face*)中探讨了"丑陋:深不见底的悲伤"。26岁的伊丽莎白·伍尔策(Elizabeth Wurtzel)以《忧郁青春日记》(*Prozac Nation: Young and Depressed in America*)登场。

— 舍温·努兰(Sherwin Nuland)的《死亡的脸:耶鲁大学努兰医生的12堂死亡课》(*How We Die: Reflections on Life's Final Chapter*),基于作者的家庭经历,荣获美国国家图书奖非虚构类作品奖。

— 斯沃斯莫尔学院大二学生贾斯廷·霍尔(Justin Hall)开始在网上写日记,记录自己的生活。后来,《纽约时报杂志》称他为"个人博客发起人"。

1995年 如今全美播放的节目《美国生活》(*This American Life*)首次在芝加哥公共广播电台播出,由艾拉·格拉斯(Ira Glass)主持,主要由戴维·塞达里斯和萨拉·沃威尔(Sarah Vowell)等人用第一人称叙述。

— 66岁的电视机修理工、大屠杀幸存者赫尔曼·罗森布拉特赢得了《纽约邮报》(*New York Post*)情人节真实故事大赛,他写的是一个年轻女孩从集中营的铁丝网上方给他扔苹果,后来他们再次重逢喜结连理的故事。

— 戴维·塞达里斯的《裸体》:塞达里斯关于他的家庭和其他主

题的故事集，全球销量超过700万册（还在继续增长）。

— 玛丽·卡尔的《骗子俱乐部》，开启了"回忆录热潮"。这一年《哈佛法律评论》（*Harvard Law Review*）的编辑贝拉克·奥巴马也出版了一本回忆录，但反响平平。

1996年 回忆录热潮仍在持续：弗兰克·麦考特的《安吉拉的灰烬》出版，这本畅销回忆录讲述了他在爱尔兰的童年时光，赢得了普利策奖和美国国家书评人协会奖。

— 评论家詹姆斯·阿特拉斯（James Atlas）在《纽约时报杂志》上宣称："现在是文学回忆录的时代。小说并没有传递信息。回忆录传递了信息。理想的情况下，如果作家在写作回忆录时能够熟练运用小说家的技巧，那么回忆录将达到无可比拟的深度，激起强烈共鸣。"

— 首届中大西洋创意非虚构作家大会在古彻学院举行，这是第一个专门针对这一体裁的活动。

— 奥普拉·温弗里发起了读书俱乐部。

— 本杰明·威尔科米尔斯基（Binjamin Wilkomirski）的《碎片：战时童年回忆》（*Fragments: Memories of a Wartime Childhood*）。这本大屠杀幸存者回忆录最初在德国出版，获得了国家犹太图书奖。

— 赫尔曼·罗森布拉特在奥普拉·温弗里的节目中叙说自己的爱情故事，奥普拉称之为"我们节目中讲述过的最伟大的爱情故事"。

1997年 布伦特·斯特普尔斯（Brent Staples）在《纽约时报》发表评论

说："回忆录正在抢占小说的地盘。认为只有小说家才有能力将生活转化为文学作品的想法显然已经过时了。"

—— 评论家詹姆斯·沃尔科特在《名利场》发表评论说："这是一种新型的自白式写作流派，被称作'创意非虚构'。"他抱怨道："从来没有这么多人这么能无病呻吟、堆砌词语。"在同一篇文章中，沃尔科特称《创意非虚构写作》的编辑李·古特金德是"创意非虚构背后的教父"。

—— 凯瑟琳·哈里森的《吻》：将自己与父亲的乱伦关系写成非虚构作品，让作者饱受批评，她在1992年的小说《血浓于水》（*Thicker Than Water*）里首次探讨了这一情节。

—— 比小说更离奇：米莎·德丰塞卡（Misha Defonseca）的《米莎：大屠杀时期的回忆录》（*Misha: A Memoire of the Holocaust Years*）叙述了一个年轻的犹太女孩徒步穿越欧洲，寻找遭到驱逐的父母的旅程。一群狼保护着她。

—— 玛雅·安杰卢（Maya Angelou）的《女人心语》（*The Heart of a Woman*），奥普拉读书俱乐部推荐的首部非虚构书籍。

—— "灾难非虚构"风行一时。乔恩·克拉考尔（Jon Krakauer）的《进入空气稀薄地带：珠穆朗玛峰山难的个人记录》（*Into Thin Air: A Personal Account of the Mount Everest Disaster*），塞巴斯蒂安·荣格尔的《完美风暴：一个男人对抗大海的真实故事》（*The Perfect Storm: A True Story of Men Against the Sea*）将报道、调查与推测结合起来，叙述震撼人心的悲剧。

—— 马克·科尔兰斯基的《鳕鱼：一部改变世界的鱼的传记》（*Cod:*

*A Biography of the Fish That Changed the World*）开创了一个时代，《纽约客》评论家亚当·高普尼克（Adam Gopnik）称之为"小事/大事"书的时代，这类书以小见大，讲述的主题包括调味品［2003年：《万用之物：盐的故事》（*Salt: A World History*）；1999年：纳撒尼尔（Nathaniel）的《豆蔻的故事：香料如何改变世界历史》（*Nutmeg: Or the True and Incredible Adventures of the Spice Trader Who Changed the Course of History*）］和五颜六色［2001年：《淡紫色：改变世界的颜色》（*Mauve: How One Man Invented a Color That Changed the World*）；2002年：《颜色的故事：调色板的自然史》（*Color: A Natural History of the Palette*）］等。丁蒂·W. 穆尔（Dinty W. Moore）编辑的简练非虚构在线杂志《简明》（*Brevity*）发布了第一期。

1998年　本年度最畅销的虚构图书：米奇·阿尔博姆（Mitch Albom）的《相约星期二》（*Tuesdays with Morrie*），讲述作者每周拜访昔日教授的励志故事，这位教授身患肌萎缩性侧索硬化症，时日无多。

—　爱德华·鲍尔（Edward Ball）的《家族中的奴隶》（*Slaves in the Family*），作者探究了其家族的蓄奴往事及其影响，赢得了美国国家图书奖非虚构类作品奖。

—　丑闻！一位瑞士记者质疑威尔科米尔斯基《碎片》的真实性。在作者版权代理公司的资助下，展开了详细的调查，证明这部"回忆录"大部分是虚构的。

— "好得不真实"：《新共和》杂志副主编斯蒂芬·格拉斯被解雇，因为编辑们发现他为该杂志撰写的41篇报道中，至少有27篇是捏造的。

1999年 随着LiveJournal、Pitas.com和blogger.com的推出，个人博客盛行。

— 埃德蒙·莫里斯的《荷兰人：里根传》：这位著名传记作者把自己杜撰成了传记中的一个人物。莫里斯在美国公共电视网（PBS）《新闻时刻》节目中，为他颇有争议的手法辩护，解释说："我是罗纳德·里根纪录片的放映者，这部纪录片绝对真实，有详尽的记录。"

— 约翰·麦克菲的《旧世界年刊》（*Annals of the Former World*），一部以北纬40度线为中心的北美地理学史诗性巨著，分为4部分，获得了普利策非虚构奖。

2000年 《幸存者》（*Survivor*）第一季开播：美国人迷上了真人秀节目。

— 不可思议的矛盾心理？戴夫·埃格斯的畅销回忆录《怪才的荒诞与忧伤》（*A Heartbreaking Work of Staggering Genius*）开头充满大量警告、道歉和免责声明。后来的版本还有一个附录，"我们犯过的错"。

— 纳斯迪吉（Nasdijj）的《梦里血流成河》（*The Blood Runs Like a River Through My Dreams*）。纳瓦霍族作家3本回忆录中的第一本，他声称自己"当作家是为了叫板所有白人老师和白人编辑，他们说这是不可能的，像我这样的蠢人是办不到的"。

2001年 芭芭拉·埃伦赖希（Barbara Ehrenreich）的《我在底层的生活》

（*Nickel and Dimed*），为了体验低薪阶层如何挣扎求生，这位《哈珀斯》杂志作者潜入底层社会做家庭清洁工、服务员和沃尔玛员工。

— 著名小说家肯·克西（Ken Kesey）去世，享年66岁。汤姆·沃尔夫的《令人振奋的兴奋剂实验》（*The Electric Kool-Aid Acid Test*）和亨特·S.汤普森的《地狱天使》都以他的"迷幻音乐派对"为主角。

— 好莱坞爱上了非虚构作品。《美丽心灵》（*A Beautiful Mind*），改编自西尔维娅·娜萨（Sylvia Nasar）为诺贝尔奖得主约翰·纳什（John Nash）撰写的传记，获得了4项奥斯卡奖，包括最佳影片奖。这一年，马克·鲍登（Mark Bowden）的《黑鹰坠落》（*Black Hawk Down*）和伊丽莎白·伍尔策的《忧郁青春日记》也改编成了电影。

2002年　比小说更离奇：奥古斯丁·巴勒斯的回忆录《拿着剪刀奔跑》讲述了他与母亲的心理医生的非常规家庭一起生活的青春时代，在《纽约时报》畅销书榜上占据了两年时间。

— 除此之外（偷偷说），这一年非虚构的发展异常缓慢。

2003年　卡洛斯·艾勒（Carlos Eire）的《在哈瓦那等待风雪：古巴男孩的告白》（*Waiting for Snow in Havana: Confessions of a Cuban Boy*），斩获国家图书奖非虚构类作品奖。埃里克·拉森（Erik Larson）的历史纪实惊险作品《白城恶魔》（*The Devil in the White City*）屈居其后。

— 升级版回忆录。詹姆斯·弗雷神气十足地登上文学舞台。在

《纽约观察家报》(*New York Observer*)的采访中,他承诺:"我将努力写出我这代人最好的书,努力成为最好的作家。也许我会一败涂地。"他的回忆录《岁月如沙》(*A Million Little Pieces*)广受好评。小说家帕特·康罗伊(Pat Conroy)说这本书是"瘾君子的《战争与和平》(*War and Peace*)"。[《纽约时报》以尖锐著称的珍妮特·马斯林(Janet Maslin)指出这本书起初是当小说卖的:"只有一个小问题:这个故事应该是全然真实的。"]

— 乔治·普林顿去世(George Plimpton),他是《巴黎评论》的创始人,也是为了故事不遗余力的作家,享年76岁。

— 一图胜千言。玛赞·莎塔碧(Marjane Satrapi)的《我在伊朗长大》(*Persepolis*),这是一本插图漫画回忆录,叙述了一个女孩在伊朗的成长经历,被翻译成英文。

— 丑闻:贾森·布莱尔,27岁的《纽约时报》知名记者,被曝多篇报道是抄袭杜撰后,黯然辞职。

— 希拉里·罗德姆·克林顿(Hillary Rodham Clinton)的回忆录《亲历历史》(*Living History*)首日销量突破20万册,让该书的出版商西蒙–舒斯特出版公司赚回了创纪录的800万美元预付款。

2004年 比尔·克林顿《我的生活》(*My Life*)(预付金:1500万美元)第一周就售出近93.5万册,创造了非虚构书籍的销量新纪录。

— 《创意非虚构写作》以《事实至上:最佳创意非虚构写作》(诺顿出版社出版)庆祝创刊10周年。

— 纪录片热：迈克尔·摩尔的《华氏9/11》在戛纳电影节获得了金棕榈奖，这是第二部获此殊荣的纪录片。该片成为有史以来票房最高的纪录片。在本年度上映的还有摩根·斯珀洛克（Morgan Spurlock）的《大号的我》（*Super Size Me*）。该片导演在一个月内只吃麦当劳的食物，体重涨了24.5磅。

2005年　奥普拉读书俱乐部选了《岁月如沙》，詹姆斯·弗雷上了奥普拉的节目，节目名为"让奥普拉彻夜难眠的男人"。奥普拉版的平装本销量超过200万册。

— 琼·迪迪翁的《奇想之年》（*The Year of Magical Thinking*），记录了丈夫意外离世后艰难的一年，以及作者内心的痛苦与无助，获得了国家图书奖非虚构类奖。

— 丑闻？鲁道夫·H.特科特（Rodolph H. Turcotte）医生的家人起诉了奥古斯丁·巴勒斯及其出版商圣马丁出版社，指控巴勒斯在《拿着剪刀奔跑》中对其家人的描述侵犯隐私并诽谤人格。该案后来达成和解，和解金额未公开。巴勒斯说这次和解是"所有回忆录作者的胜利"，但同意在今后印刷本书时修改作者说明。

— 奇闻趣事新闻之父亨特·S.汤普森自杀身亡，享年67岁。

— 《大西洋月刊》（*Atlantic Monthly*）宣布，每月月刊不再刊登短篇小说，每年会出版一期小说专刊。编辑解释说，杂志空间有限，此外，"现在深度叙述报道变得日益重要"。

— 讽刺作家斯蒂芬·科尔伯特（Stephen Colbert）在他的新节目《科尔伯特报告》（*The Colbert Report*）的第一集中介绍了"貌

似真实"（truthiness）的概念。

— 丑闻！曾无家可归、吸毒成瘾的隐居变性男妓及自传体小说家，曾在《西洋镜》（*Zoetrope*）、《麦克斯》（*McSweeney's*）、《时尚》（*Vogue*）、《纽约时报》及其他刊物上发表作品的J. T. 勒罗伊（J. T. LeRoy），被《纽约杂志》曝光是作家（和前性爱电话接线员）劳拉·阿尔伯特（Laura Albert）捏造的人物。《旧金山纪事报》说这是"这代人中最臭名昭著的文学骗局"。

2006年 丑闻！"确凿证据"网站发布《无数个小谎言：揭露詹姆斯·弗雷虚构成瘾》，详细叙述了这位畅销书作家的失实之处。弗雷在他的网站上回应："……让仇恨者仇恨，让怀疑者怀疑，我坚决捍卫我的书和我的生活，我不会做任何进一步的回应来抬高这些喷子的身价。"几天后，弗雷出现在"拉里·金现场"节目，讨论他的书的真实性；奥普拉打来电话支持他。两周后，在奥普拉自己的节目上，她斥责了弗雷和他的编辑南·塔利斯（Nan Talese），并向她的观众道歉。"我让人觉得真相并不重要，"她说，"我错了。"

— 丑闻！《洛杉矶周刊》（*LA Weekly*）披露纳瓦霍族回忆录作家纳斯迪吉实际上是蒂莫西·帕特里克·巴鲁斯（Timothy Patrick Barrus），一个来自密歇根州兰辛（Lansing）的白人，也是以写同性恋和虐恋色情作品而出名的作家。

— 《美国新闻与世界报道》（*U.S. News & World Report*）指出："三大丑闻（勒罗伊、弗雷和纳斯迪吉）同时出现，就像骗局三冠王，最大的输家是准确、真实和文学本身。"

— 《创意非虚构写作》以特刊《无数个小选择：创意非虚构的基础知识》(*A Million Little Choices: The ABCs of CNF*)回应了詹姆斯·弗雷的争议，后来诺顿出版社将其扩展并再次出版成书，名为：《保持真实：研究和写作创意非虚构作品，你需要了解的一切》(*Keep It Real: Everything You Need to Know About Researching and Writing Creative Nonfiction*)。

— 韦氏词典将"貌似真实"定为其年度词语（排在第二位的是"谷歌"）。

— 在线杂志《史密斯》(*Smith*)开始征集六字回忆录[1]，最终出版了一本"来自知名和不知名作家"的畅销文集。

— 《创意非虚构写作》推出了PodLit，一个专注于非虚构和文学思潮的文学播客。

— 伊丽莎白·吉尔伯特的《美食、祈祷、恋爱》，数以百万的读者购买、阅读、心生向往（并开始练瑜伽）。

2007年 诺曼·梅勒去世，享年84岁。他是小说家，新新闻主义代表人物、《乡村之声》(*Village Voice*)的创始人，普利策奖得主。

— 丑闻！算是吧。也许。亚历克斯·赫德对戴维·塞达里斯的4本书做了事实核查，并在《新共和》杂志撰文发表调查结论，说这位畅销幽默作家常常用力过猛，他的作品不能算非虚构，"即使允许扭曲'夸张'这个词的定义"。读者们显然忙

---

1 指以6个单词讲述人生故事的回忆录。——编者注。

于欢笑，没有感到愤怒。

— 《出版商午餐》一贯追踪出版趋势，其创始人迈克尔·卡德尔（Michael Cader）表明，本年度出版商购买了295本回忆录，只购买了227本处女作小说。此外，据《今日美国》（*USA Today*）报道，2007年非虚构类图书交易中12.5%为回忆录，2006年为10%，2005年为9%。

— 诺顿出版公司出版了李·古特金德编辑的新年刊《最佳创意非虚构》（*The Best Creative Nonfiction*）第一卷。

2008年　玛格丽特·B. 琼丝（Margaret B. Jones）的《爱与后果：关于希望和生存的回忆录》（*Love and Consequences: A Memoir of Hope and Survival*），讲述了一半白人、一半印第安血统的寄养儿童和血帮成员的成长故事。在《纽约时报》2月份的评论中，角谷美智子说这个故事"不同凡响"，琼丝"描写心理细节时有小说家的视角，描写社会习俗时有人类学家的视角"；《娱乐周刊》（*Entertainment Weekly*）将这本书评为A级，警告说读者"可能想知道琼丝是否对对话添油加醋。"

— 丑闻！米莎·德丰塞卡承认她的大屠杀回忆录"不是确切的事实，是自我的真实"。现实中，作者真名为莫妮克·德·瓦埃勒（Monique de Wael），是比利时抵抗运动中两名天主教成员的遗孤。

— 丑闻！3月份，玛格丽特·B. 琼丝原来是玛格丽特·塞尔策（Margaret Seltzer），白人女孩，由亲生父母抚养，并就读北好莱坞的私立学校。她的出版商河源出版社召回了所有书籍，并给读者退款。

— 史密斯的《出乎意料：知名作家和不知名作家的六字回忆录》
（*Not Quite What I Was Planning: Six-Word Memoirs by Writers
Famous and Obscure*）成为《纽约时报》畅销书。

— 丑闻！距赫尔曼·罗森布拉特的回忆录《铁丝网外的天使：幸
存的真爱故事》出版只有几周时，他承认编造了重要细节，
于是该书的出版计划取消了。作者坚称，"我想把幸福带给
人们"。

2009年 《希布》（*Heeb*）杂志对低劣的欺骗性幸存者回忆录不满，宣
布了一个（自称）"自我膨胀和有点唐突的宣传噱头"：虚假
大屠杀回忆录竞赛。

— 弗兰克·麦考特去世，享年78岁。

— 据美国作家与写作项目协会的统计，共有822个授予学位的
创意写作课程，其中153个设有文学硕士学位。

— 达成出书协议4个月后，前副总统候选人萨拉·佩林（Sarah
Palin）提交了413页的回忆录《单打独斗》（*Going Rogue*）（据
报道预付款为500万美元）。

— 《创意非虚构写作》邀请大家提交130字的真实故事，参加每
日推特（Twitter）竞赛。

2010年 《创意非虚构写作》，成为一本杂志。

# 参考目录

## A

Anhert, Margaret. *The Knock at the Door: A Journey Through the Darkness of the Armenian Genocide.* New York: Beaufort, 2007.

## B

Berendt, John. *Midnight in the Garden of Good and Evil.* New York: Random House, 1994.

Bissinger, Harry Gerard, *Friday Night Lights.* New York: Da Capo, 1990.

Bouton, Jim. *Ball Four.* New York: Macmillan, 1970.

*Bowling for Columbine.* Directed by Michael Moore. Dog Eat Dog Films, 2002.

Burroughs, Augustine. Running with Scissors. New York: Picador, 2002.

## C

Capote, Truman. *In Cold Blood.* New York: Random House, 1965.

Churchill, Winston. Speech to Students. Harrow School, October 1941.

Clancy, Tom. *The Hunt for Red October.* Annapolis, MD: Naval Institute Press, 1984.

## D

D'Agata, John. *The Next American Essay.* St. Paul, MN: Graywolf, 2002.

Defoe, Daniel. *Robinson Crusoe*. London: W. Taylor, 1719.

DeLillo, Don. "That Day in Rome." *New Yorker*, October 20, 2003.

Didion, Joan. "Why I Write." *New York Times Magazine*, December 5, 1976.

Dillard, Annie. *Pilgrim at Tinker Creek*. New York: Harper's, 1975.

———. The Writing Life. New York: Harper & Row, 1989.


## E

*Easy Rider.* Directed by Dennis Hopper. Columbia Pictures, 1969.

Eggers, Dave. *Zeitoun.* San Francisco: McSweeney's, 2009.


## F

*Fahrenheit 9/11.* Directed by Michael Moore. Miramax Films, 2004.

Filkins, Dexter. *The Forever War*. New York: Knopf, 2008.

Finkel, Michael. *True Story: Murder, Mayhem, Mea Culpa*. New York: Harper-Collins, 2005.

Frank, Anne. *The Diary of Anne Frank*. New York: Random House, 1956.

Franzen, Jonathan. *The Corrections*. New York: Picador, 2001.

Frey, James. *A Million Little Pieces*. New York: Random House, 2003.


## G

Gardiner, Muriel. *Code Name "Mary": Memoirs of an American Woman in the Austrian Underground.* New Haven: Yale University Press, 1983.

Garreau, Joel. *Radical Evolution: The Promise and Peril of Enhancing Our Minds and Bodies and What It Means to Be Human.* New York: Doubleday, 2005.

Gilbert, Elizabeth. *Eat Pray Love*. New York: Penguin, 2006.

Glass, Stephen. *The Fabulist*. New York: Simon & Schuster, 2003.

Gutkind, Lee. *Almost Human: Making Robots Think*. New York: Norton, 2007.

———. *The Best Seat in Baseball, But You Have to Stand.* Carbondale: Southern Illinois University Press, 1975.

———. *Bike Fever*. New York: Avon, 1973.

———. "Difficult Decisions." *Prairie Schooner*, Winter 1996.

———. *In Fact: The Best of Creative Nonfiction*. New York: Norton, 2004.

——. *Keep It Real: Everything You Need to Know About Researching and Writing Creative Nonfiction*. New York: Norton, 2008.

——. *Many Sleepless Nights*. Pittsburgh: University of Pittsburgh Press, 1988.

——. *One Children's Place: Inside a Children's Hospital*. New York: Plume, 1990.

——. *The People of Penn's Woods West*. Pittsburgh: University of Pittsburgh Press, 1984.

Gutkind, Lee., and S. Gutkind. *Truckin' with Sam*. New York: Excelsior Editions/State University of New York, 2010.

## H

Harrison, Kathryn. *The Kiss*. New York: Avon, 1994.

Heard, Alex. "This American Lie: A Midget Guitar Teacher, a Macy's Elf, and the Truth About David Sedaris." *New Republic*, March 19, 2007. http://tinyurl.com/86apdqa.

Heller, Joseph. *Catch 22*. New York: Simon & Schuster, 1961.

Hellman, Lillian. *Pentimento*. New York: Little, Brown, 1973.

Hemingway, Ernest. Death in the Afternoon. New York: Scribner's, 1932.

——. *A Farewell to Arms*. New York: Scribner's, 1929.

——. E. *In Our Time*. New York: Boni & Liveright, 1925.

——. *A Moveable Feast*. New York: Scribner's, 1964.

——. *The Nick Adams Stories*. New York: Scribner's, 1972.

——. *The Sun Also Rises*. New York: Scribner's, 1926.

Hemley, Robin. *Confessions of a Navel Gazer*. Athens: Ohio University Press, 2011.

Hillenbrands, Laura. *Unbroken: A World War II Story of Survival, Resilience, and Redemption*. New York: Random House, 2010.

Harmon, William. *A Handbook to Literature*. 12th ed. Saddle River, NJ: Prentice Hall, 2011.

## J

*JFK*. Directed by Oliver Stone. Warner Bros., 1991.

Joseph, Eve. "Yellow Taxi." In Lee Gutkind, ed., *At the End of Life: True*

*Storie About How We Die.* Pittsburgh: Creative Nonfiction, 2012.

*Julia.* Directed by F. Zinneman. 20th Century Fox, 1977.

Junger, Sebastian. *The Perfect Storm.* New York: Norton, 1997.

# K

Kahn, Roger. *The Boys of Summer.* New York: Harper & Row, 1972.

Karr, Mary. *The Liars Club.* New York: Penguin, 1995.

Kerouac, Jack. *On the Road.* New York: Viking, 1957.

Kidder, Tracy. *House.* Boston: Houghton Mifflin, 1985.

*The King's Speech.* Directed by T. Hooper. UK Film Council, See-Saw Films, and Bedlam Productions, 2011.

Kurlansky, Mark. *Cod.* New York: Penguin, 1997.

# L

*Lawrence of Arabia.* Directed by David Lean. Horizon Pictures, 1962.

Leavitt, David. *While England Sleeps.* New York: Houghton Mifflin, 1993.

Liebling, Abbott Joseph. *The Sweet Science.* New York: North Point, 1951.

Lopate, Phillip. *The Art of the Personal Essay.* New York: Doubleday, 1994.

# M

Malcolm, Janet. "In the Freud Archives." *New York Review of Books*, 1983.

*March of the Penguins.* Directed by Luc Jacquet. 2005.

Marszalek, Keith I. "David Sedaris' Latest Book, Realish." *New Orleans TimesPicayune*, June 4, 2008. http://tinyurl.com/7jbdxpn.

McAdams, Dan. *The Redemptive Self.* New York: Oxford University Press, 2005.

McCourt, Frank. *Angela's Ashes.* New York: Scribner's, 1996.

McCullough, David. *The Great Bridge: The Epic Story of the Building of the Brooklyn Bridge.* New York: Simon & Schuster.

McPhee, John. "Centre Court." *Playboy*, June 1971.

——. *The Curve of Binding Energy: A Journey into the Awesome and Alarming World of Theodore B.* Taylor. New York: Farrar, Straus &

Giroux, 1994.

———. *The Founding Fish*. New York: Farrar, Straus & Giroux, 2002.

———. *Oranges*. New York: Farrar, Straus & Giroux, 1966.

———. *The Survival of the Bark Canoe*. New York: Farrar, Straus & Giroux, 1975.

———. "Travels in Georgia." *New Yorker*, April 28, 1973.

———. *Uncommon Carriers*. New York: Farrar, Straus & Giroux, 2006.

Michael Jordan Nike Commercial, 2008. http://www.youtube.com /watch ?v=fCp ElwU_hiI.

Miller, Arthur. *Death of a Salesman*. New York: Penguin, 1949.

Mitchell, Margaret. *Gone with the Wind*. New York: Macmillan, 1936.

Morris, Edmund. *Dutch: A Memoir of Ronald Regan*. New York: Random House, 1999.

Mortenson, Greg. *Three Cups of Tea: One Man's Mission to Promote Peace*. New York: Penguin, 2006.

## N

Nabokov, Vladimir. *Speak Memory: An Autobiography Revisited*. New York: Putnam's, 1966.

*Nixon*. Directed by Oliver Stone. Cinergi Pictures, 1995.

## O

Orlean, Susan. *The Orchid Thief*. New York: Random House, 1998.

Orwell, George. *Down and Out in Paris and London*. London: Victor Gollancz, 1933.

## P

*Patton*. Directed by Frank Schaffner. 20th Century Fox, 1970.

Pollan, Michael. *The Botany of Desire*. New York: Random House, 2001.

———. *The Omnivore's Dilemma*. New York: Penguin, 2001.

*Pulp Fiction*. Directed by Quentin Tarantino. Miramax Films, 1994.

Purpura, Lia. *On Looking*. Louisville: Sarabande, 2006.

# R

Rankine, Claudia. *Don't Let Me Be Lonely: An American Lyric*. St. Paul, MN: Graywolf, 2004.

Robinson, John Elder. *Look Me in the Eye: My Life with Asperger's*. New York: Random House, 2007.

Robinson, Margaret. *The Long Journey Home*. New York: Spiegel & Grau, 2011.

*Roger and Me*. Directed by Michael Moore. Warner Bros., 1989.

Rosenblat, Herman. *Angel at the Fence*. New York: Berkley Books, 2009.

Roth, Phillip. *Goodbye Columbus*. New York: Vintage International, 1959.

Rousseau, Jean Jaques. *Confessions*. Paris: Cazin, 1769.

Rowling, Joanne Kathleen. *Harry Potter*. London: Bloomsbury, 1997–2007.

# S

Sack, Kevin. "Shared Prayers, Mixed Blessings." *New York Times,* June 4, 2000.

Sedaris, David. *Naked*. New York: Little, Brown, 1997.

Sheehan, Susan. *Is There No Place on Earth for Me?* New York: Vintage, 1982.

*Sicko*. Directed by Michael Moore. Dog Eat Dog Films, 2007.

Skloot, Rebecca. *The Immortal Life of Henrietta Lacks*. New York: Crown, 2010.

Slater, LLauren. *Love Works Like This: Moving from One Kind of Life to Another*. New York: Random House, 2002.

——. *Lying: A Metaphorical Memoir*. New York: Penguin, 2000.

——. *Opening Skinner's Box*. New York: Norton, 2004.

——. *Prozac Diary*. New York: Penguin, 2000.

——. *Welcome to My World*. New York: Doubleday, 1996.

Slaughter, Frank. *The New Science of Surgery*. New York: J. Massner, 1946.

Spender, Stephen. *World Within World*. New York: Brace Harcourt, 1951.

# T

*The Social Network*. Directed by David Fincher. Columbia Pictures, 2010.

Talese, Gay. *Fame and Obscurity*. New York: Doubleday, 1970.

——. "Frank Sinatra Has a Cold." *Esquire*, 1966.

——. *Honor Thy Father*. New York: World, 1971.

Tall, Deborah, and John D'Agata. "Seneca Review Promotes Lyric Essay." *Seneca Review*, Fall 1997.

Thompson, Hunter. *Hell's Angels*. New York: Random House, 1967.

Thoreau, Henry David. *Walden*. Boston: Ticknor & Fields, 1854.

Twain, Mark. *The Adventures of Huckleberry Finn*. Chatto & Windus, 1884.

## W

Walls, Jeanette. *The Glass Castle*. New York: Scribner's, 2005.

Weisberger, Lauren. *The Devil Wears Prada*. New York: Doubleday, 2003.

Wolcott, James. "Me, Myself, and I." *Vanity Fair*, October 1997.

Wolfe, Tom. *The New Journalism*. New York: Harper & Row, 1973.

——. *The Right Stuff*. New York: Farrar, Straus & Giroux, 1979.

——. *This Boy's Life*. New York: Grove, 1989.

Woodward, Bob, and Carl Bernstein. *All the President's Men*. New York: Simon & Schuster, 1974.

Wouk, Herman. *Marjorie Morningstar*. New York: Little, Brown, 1955.

# 致　谢

　　非常感谢盖伊·塔利斯、丽贝卡·思科鲁特、伊芙·约瑟夫、劳伦·斯莱特、米拉·李·塞西和亚当·布里格尔，我们会在本书中深入探讨他们的作品。感谢和我一起成为创意非虚构代言人的《创意非虚构写作》杂志的同人：斯蒂芬·克涅佐维奇（Stephen Knezovich）、帕特里夏·帕克（Patricia Park）、珍妮尔·皮弗（Jenelle Pifer）、金妮·利维（Ginny Levy），特别是哈蒂·弗莱彻（Hattie Fletcher），她凭借一己之力整理了本书后面的附录："过去与现在：1993—2010年间创意非虚构写作的重要（或平淡）时刻。"感谢我"勇往直前的"代理人安德鲁·布劳纳（Andrew Blauner），和我"给力的"编辑勒妮·塞德利亚尔（Renee Sedliar）。感谢《创意非虚构写作》杂志的同事安贾莉·萨切德娃（Anjali Sachdeva）评阅了本书的初稿。感谢亚利桑那州立大学科学、政策与成果协会（Consortium for Science Policy & Outcomes）和休·唐斯人文传播学院（Hugh Downs School of Human Communication）对我的支持和信任。感谢我在亚利桑那州立大学的助理迈克尔·齐鲁尔尼克（Michael Zirulnik），他核对原稿，校对并整理了参考书目。感谢米歇尔·帕苏拉（Michele Pasula）的鼓舞。感谢凯瑟琳·朗（Kathryn Lang）多次阅读本书，提出了中肯建议，不断鞭策我。感谢我的读者，他们助我儿子读完了大学和研究生。